Mord auf leisen Pfoten

Mord auf leisen Pfoten

Kriminell gute Katzengeschichten
Gesammelt von Rotraut Schöberl

Mit Illustrationen von Livia Klingl

Residenz Verlag

Wir haben uns bemüht, alle Rechteinhaber ausfindig zu machen, verlagsüblich zu nennen und zu honorieren. Sollte uns dies im Einzelfall bedauerlicherweise nicht möglich gewesen sein, werden wir begründete Ansprüche selbstverständlich erfüllen.

MIX
Papier aus verantwortungsvollen Quellen
FSC
www.fsc.org
FSC® C014496

© 2020 Residenz Verlag GmbH
Salzburg – Wien

Bibliografische Information der Deutschen Nationalbibliothek
Die Deutsche Nationalbibliothek verzeichnet diese Publikation in der
Deutschen Nationalbibliografie; detaillierte bibliografische Daten sind
im Internet über http://dnb.dnb.de abrufbar.

© der Texte bei den Autor*innen
© der Zusammenstellung: Residenz Verlag GmbH 2020

www.residenzverlag.at

Alle Rechte, insbesondere das des auszugsweisen Abdrucks und das der
fotomechanischen Wiedergabe, vorbehalten.

Umschlaggestaltung: Thomas Kussin/buero 8
unter Verwendung einer Illustration von Livia Klingl
Typografische Gestaltung, Satz: Ekke Wolf, typic.at
Lektorat: Jessica Beer
Gesamtherstellung: GGP Media GmbH, Pößneck
ISBN 978 3 7017 1738 5

Rotraut Schöberl

Mörderische Katzenerlebnisse

Irgendwann im Frühjahr kam Claudia Romeder vom Residenz Verlag auf einen Kaffee im Leporello vorbei und wir sprachen über eine mögliche neue Anthologie mit Katzengeschichten.

»Oh Göttin, es gibt doch mehr als genug Katzenbücher«, meinte ich, *»und jedes Jahr kommen auch noch viele neue dazu! Allerdings, jetzt, wo wir drüber reden: eine gute Katzenkrimi-Anthologie fehlt eigentlich – und wenn jetzt noch etliche meiner katzenaffinen LieblingsautorInnen extra dafür Geschichten schreiben und wir mischen das mit guten alten Krimis, denn der großartige ›Ming‹ von Patricia Highsmith muss doch einfach dabei sein, auch Edgar Allen Poes ›schwarze Katze‹ und dann natürlich Rita Mae Brown & Sneaky Pie, sowie ›Madame Phlois Sünde‹ von Lilian Jackson Braun und auch der ›Weiße Tod‹ von Justin Scott und und …«*

Und siehe da, Beatrix Kramlovsky, Teresa Prammer, Julya Rabinowich, Thomas Raab, Eva Rossmann, Tex Rubinowitz, Susanne Scholl, Margit Schreiner, Cornelia Travnicek und Peter Zirbs waren mit Begeisterung dabei und lieferten schon bald spannende, gruselige, skurrile, hinterhältige, berührende, unglaubliche Katzenabenteuer – mit ziemlich kriminellem Touch.

Die große Katzenfreundin Livia Klingl hat viele Talente, eines davon ist das Zeichnen, und sie fertigte diese entzückenden Illustrationen an – und spendete ebenfalls ein mörderisches Katzenerlebnis.

Und so habe ich zwar schon »LiteraTier« herausgegeben, dann gemeinsam mit Elisabeth Orth eine »Theater-Anthologie« und mit Eva Rossmann eine »Krimi-Anthologie«, doch nun bin ich auch Herausgeberin einer Sammlung mit kriminellen Katzengeschichten, gemeinsam mit meinen beiden Lebensabschnittskatzen Ginger & Chili, die euch, ebenso wie ich, nun viel vergnügliche Spannung wünschen!

Lilian Jackson Braun

Madame Phlois Sünde

Madame Phloi hegte vom ersten Augenblick an eine instinktive Abneigung gegen den Mann, der in die Nachbarwohnung einzog. Er war dick, und seine Hosenaufschläge strömten den unangenehmen Geruch von Gullys aus.

Ihre erste Begegnung fand in dem altersschwachen Aufzug auf dem Weg zum neunten Stock statt. Das Gebäude war einst elegant gewesen, ging aber jetzt allmählich aus dem Leim. Madame Phloi kam von einem Spaziergang im Stadtpark zurück, wo sie Gras geknabbert und verblasste Schmetterlinge gejagt hatte, und als sie und ihre Begleiterin in den Lift stiegen, um langsam nach oben zu fahren, war die Kabine bereits halb voll – der neue Nachbar stand darin.

Der dicke Mann und die Madame bildeten einen Gegensatz, der in diesem Wohnhaus, das eine glanzvolle Vergangenheit und keine Zukunft hatte, nicht ungewöhnlich war. Er war beleibt, ungehobelt und schlampig gekleidet. Madame Phloi war eine langbeinige, blauäugige Aristokratin, deren cremefarbiges Fell an den Extremitäten in ein dunkles Braun überging.

Madame missbilligte dicke Männer. Sie hatten keinen Schoß, und wozu ist ein schoßloser Mensch gut? Trotzdem erwies sie ihm die normale Höflichkeit, seine Hosenaufschläge zu beschnuppern, wich aber auf der Stelle zu-

rück, zuckte mit der Nase und bleckte die Zähne.

»NEHMEN Sie diese KATZE von mir weg!«, brüllte der dicke Mann und stampfte donnernd mit den Füßen auf, um Madame Phloi zu verscheuchen. Ihre Begleiterin zog an der Leine, obwohl das nicht nötig war; Madame hatte sich mit einem Satz nach hinten in eine sichere Ecke des Aufzuges zurückgezogen, der erbebte und ächzend seine Fahrt nach oben fortsetzte.

»Mögen Sie keine Tiere?«, fragte die sanfte Stimme am anderen Ende der Leine.

»Dreckige, hinterhältige Viecher«, knurrte der dicke Mann. »In meiner letzten Wohnung ist so 'ne lausige Katze in mein Zimmer gekommen und hat meinen Wellensittich gefressen.«

»Das tut mir leid. Aber wegen Madame Phloi und Thapthim brauchen Sie sich keine Sorgen zu machen. Sie verlassen die Wohnung nie ohne Leine.«

»Sie haben ZWEI? Also, halten Sie sie von mir fern, oder ich drehe ihnen den dreckigen Hals um. Ich hab' keiner Katze mehr den Hals umgedreht, seit ich vierzehn war, aber ich weiß noch, wie es geht.«

Und dann ging er mit dem langen schwarzen Behälter, den er in der Hand hielt, auf die makellose Madame Phloi los, die mit angelegten Ohren verkrampft in ihrer Ecke saß. Ihr Fell sträubte sich, und sie versuchte, wegzuspringen. Selbst als ihre Begleiterin sie schützend in die Arme nahm, war Madame Phlois Körper angespannt und zitterte.

Erst als sie wieder in der Sicherheit ihrer bescheidenen, aber gut gepolsterten Wohnung war, entspannte sie sich.

Steifbeinig ging sie zu der sonnenbeschienenen Stelle auf dem Teppich, auf der Thapthim schlief, und leckte ihm über den Kopf. Dann wusch sie sich selbst von Kopf bis Fuß, um ihr Fell vom Geruch des dicken Mannes zu befreien. Thapthim wachte nicht auf.

Dieses verschlafene, anspruchslose, liebenswerte Geschöpf – ihr Sohn – war für Madame Phloi ein Rätsel; sie selbst war sensibel und temperamentvoll. Sie versuchte nicht, ihn zu verstehen; sie liebte ihn einfach nur. Sie brachte Stunden damit zu, ihm die Pfoten, die Brust und andere Körperteile zu putzen, an die er mühelos mit seiner eigenen Zunge herangekommen wäre. Zum Abendessen nahm sie ihr Futter ganz langsam zu sich, damit auf ihrem Teller eine Nachspeise für ihn übrig blieb, und er schlang diese Extraportion stets gierig hinunter. Und wenn er schlief, was meist der Fall war, hielt sie an seiner Seite Wache – aufrecht, in königlicher Haltung, bis sie vor Erschöpfung zu schwanken begann. Dann ließ sie sich nieder und döste vor sich hin – ein kleines, kompaktes Bündel, das wachsam ein Auge offenhielt.

Thapthim war wirklich liebenswert. Alle mochten ihn – andere Katzen, große und kleine Hunde, Menschen, und bis zu einem gewissen Grad sogar Leute, die vor Katzen Angst hatten. Er hatte ein Gesicht wie eine schöne, braune Blume und große, blaue Augen, zärtlich und vertrauensvoll. Seit seiner frühesten Jugend begann er zu schnurren, sobald ihn eine Hand berührte – egal, welche. Schließlich wurde er so freundlich, dass er schon schnurrte, wenn nur jemand vom anderen Ende des Zimmers in seine Richtung schaute. Überdies kam er, wenn er gerufen wurde; dankbar verschlang er alles, was ihm auf seinem Teller vorgesetzt wurde; und wenn man ihm sagte, er solle springen, sprang er.

Seine kluge Mutter missbilligte dieses unkatzenhafte Verhalten; es zeugte von einem gewissen Mangel an Charakter, und das verhieß nichts Gutes. Sie versuchte ihm ein gutes Beispiel zu sein. Wenn das Abendessen serviert wurde, schnupperte sie den Teller einmal hochmütig ab und marschierte davon, egal, wie verlockend das Gericht war. So machte es eine Katze mit Selbstachtung. Ein oder zwei Minuten später ging sie wieder hin und ließ sich herab, zu speisen, doch niemals mit offensichtlicher Begeisterung.

Außerdem springt jede Katze, die etwas auf sich hält, weg, wenn eine Menschenhand nach ihr greift, lässt sich jagen und flirtet ein wenig, bevor sie gestattet, dass man sie fängt und streichelt. Thapthim hingegen reagierte bedauerlicherweise auf jeden freundlichen Annäherungsversuch, indem er sich auf den Rücken drehte und mit seelenvollem Blick schnurrte.

Schon von klein auf kannte er die Wohnungsregeln:

»Auf dem Schrank mit den Töpfen und Pfannen ist schlafen verboten.«

»Auf dem Tisch mit der Schreibmaschine sitzen, ist erlaubt.«

»Auf dem Tisch mit der Kaffeekanne sitzen, ist unter keinen Umständen erlaubt.«

Die traurige Wahrheit war, dass Thaphtim diese Regeln befolgte. Madame Phloi hingegen wusste, dass eine Regel eine Herausforderung darstellte, und dass es eine Frage der Selbstachtung war, sie zu brechen. Zu gehorchen bedeutete, seine Würde zu opfern... Wie es schien, würde ihr Sohn niemals die wahren Werte des Lebens begreifen.

Sicher, in der menschlichen Welt der Schreibmaschinen und Kaffeekannen wurde Thapthim wegen seines freundlichen Wesens geliebt. Doch Madame Phloi wurde genauso geliebt – und zwar aus den richtigen Gründen. Sie wurde wegen ihrer Unabhängigkeit respektiert, wegen ihrer raffinierten Methoden, sich durchzusetzen, bewundert und wegen der Tolle auf ihrer weißen Brust und dem leichten Silberblick ihrer rittersporblauen Augen geliebt. Ihr Aussehen und ihr Verhalten war das einer klassischen Siamkatze. Wenn sie den Kopf zur Seite legte und einen Menschen mit ihrem herzzerreißenden Blick ansah, konnte sie ihm ein Porterhouse-Steak unter Messer und Gabel hervorlocken.

Bis der dicke Mann mit seinem schwarzen Behälter nebenan einzog, hatte Madame Phloi noch nie einen unfreundlichen Menschen kennengelernt. In ihrer Wohnung im neunten Stock hatte sie zwei Gefährten – angenehme Geschöpfe ohne Namen, die sehr häufig kamen und gingen. Dem einen konnte man leicht zwischen den Mahlzeiten einen Leckerbissen entlocken; wenn man ihn an den Knöcheln stupste, bekam man stets ein knuspriges Häppchen. Die andere diente in kalten Nächten als Wärmflasche und war auf der Stelle zu Diensten, wann immer Madame wünschte, dass ihr Bauch gestreichelt oder ihre Backenknochen massiert wurden.

Das Leben bestand jedoch nicht nur aus Liebkosungen und Leckerbissen; Madame Phloi ging einer regelmäßigen Beschäftigung nach. Sie war die offizielle Beobachterin und Lauscherin des Haushaltes.

Es gab sechs Fenster, die beobachtet werden mussten, denn auf gleicher Ebene mit den Fensterbrettern im neunten Stock verlief rund um das Gebäude ein breiter Sims, und der war eine Promenade für Tauben. Sie stolzierten dahin, putzten sich die Federn und ignorierten Madame, die auf dem Fensterbrett saß und sie durch das Fliegengitter leidenschaftslos, aber scharf beobachtete.

Während Beobachten der Job war, den sie tagsüber ausübte, war nach Einbruch der Dunkelheit Lauschen erforderlich, sie musste dazu größte Konzentration aufbringen. Madame Phloi lauschte nach Geräuschen in den Wänden. Sie hörte Termiten fressen, Rohre schwitzen und manchmal den uralten Verputz knacksen, doch meist lauschte sie den Geistern von Generationen verstorbener Mäuse.

Eines Abends, kurz nach dem Vorfall im Aufzug – Madame Phloi lauschte, Thapthim schlief, und die anderen beiden blätterten still die Seiten ihrer Bücher um –, drang ein seltsamer und schrecklicher Laut aus der Wand. Madames Ohren schnellten in die Höhe und legten sich dann flach auf den Kopf.

Aus der Wand kam ein endloses Kreischen, ein Laut, den Madame noch nie gehört hatte. Ihr Blut gefror in den Adern, und es war eine Qual für ihre Ohren. So schmerzlich war dieses schrille Kreischen, dass Madame Phloi den Kopf zurückwarf und sich mit einem durchdringenden Heulen beklagte. Bei dem ohrenbetäubenden Lärm wachte sogar Thapthim auf. Er sah sich beunruhigt um, schüttelte wild den Kopf und fuhr sich mit den Pfoten über die Ohren, um den unangenehmen Krach loszuwerden.

Die anderen hörten es auch.

»Hör dir das an!«, sagte die mit der sanften Stimme.

»Das muss der neue Nachbar sein«, sagte der andere. »Das ist ja unglaublich!«

»Wie kann ein so primitiver Mensch etwas so Wunderbares hervorbringen? Ist das Prokofjew, was er da spielt?«

»Ich glaube, es ist Bartók.«

»Heute im Aufzug hatte er seine Violine bei sich. Er versuchte, damit auf Phloi loszugehen.«

»Das ist ein Irrer … Sieh dir die Katzen an! Anscheinend halten sie nicht viel von Geigenmusik.«

Madame Phloi und Thapthim liefen aus dem Zimmer und stießen vor lauter Eile, sich unter dem Bett zu verkriechen, zusammen.

Das war nicht der einzige Lärm, der in jenen schlimmen Tagen, nachdem der dicke Mann eingezogen war, aus der Nebenwohnung drang. Als Madame Phloi am folgenden Abend ins Wohnzimmer ging, um mit dem Lauschen zu beginnen, hörte sie durch die Wand ein schwaches Flattergeräusch, begleitet von einem Zwitschern im angenehmen Plauderton. Das war Musik nach ihrem Geschmack. Sie setzte sich auf das Sofa und verstaute adrett ihre braunen Pfoten unter dem cremefarbenen Leib, um zuzuhören.

Ihrer Zufriedenheit wurde jedoch alsbald ein Ende gemacht. Eine Tür knallte, und die Stimme des dicken Mannes tönte durch die Wand wie Donner.

»Schau, was du angestellt hast, du dreckiges Stinktier!«, brüllte er. »Genau in meine Geige! Verschwinde in deinen Käfig, bevor ich dir eins über die Rübe gebe!«

Hektisches Flügelschlagen ertönte.

»RUNTER vom Fenster, oder ich schlag dir den Schädel ein!« Die Drohung hatte einen Schwall von Gezwitscher zur Folge.

»Halt's Maul, du blödes Vieh! Halt's Maul und geh zurück in deinen Käfig, oder ich ...«

Es folgte ein Klirren, und dann war alles still, mit Ausnahme eines gelegentlichen jämmerlichen »Piep!«.

Madame Phloi war fasziniert. Als sie am nächsten Tag wieder ihren Beobachtungsposten einnahm, erschienen ihr die Tauben als eine geradezu langweilige Unterhaltung. Thapthim schlief, und die anderen waren tagsüber außer Haus, hatten aber vor dem Weggehen das Fenster geöffnet und auf das kalte marmorne Fensterbrett ein kleines Kissen gelegt.

Da saß sie, ein kleines, aber wachsames Fellbündel, und schnupperte die willkommene Sommerluft, sah alles und wusste alles. Sie wusste zum Beispiel, dass die Person, die mit alten Tennisschuhen durch den Korridor im neunten Stock ging und leicht hinkte, an der Tür stehen bleiben, ihren Eimer hinstellen und mit einem Hauptschlüssel die Tür aufsperren würde.

Ja, sie machte sich kaum die Mühe, den Kopf zu wenden, als der Fensterputzer eintrat. Er gehörte zu ihrem festen Stab von Bewunderern. Sein Geruch war freundlich, wenngleich er an feuchte Keller und Wischlappen erinnerte, und er redete vernünftig, und gab nicht mit hoher Piepsstimme irgendwelchen Unsinn von sich wie einige Personen, die Madame Phlois Intelligenz beleidigten.

»Spring runter, Kätzchen«, sagte er mit melodiöser Stimme. »Charlie muss das Fliegengitter rausnehmen. Schau mal, ich habe dem schönen Kätzchen Käse mitgebracht.«

Er hielt ihr ein kleines Stückchen Hartkäse hin. Madame Phloi inspizierte ihn, doch es war die falsche Sorte, und sie schüttelte pingelig die Pfote.

»Ganz schön wählerisch, diese Katze«, lachte Charlie. »Also, jetzt setz dich hin und schau Charlie beim Fensterputzen zu. Spring ja nicht auf den Sims hinaus, weil Charlie dir nicht nachlaufen wird. Nein, Sir! Dieser alte Sims zerbröckelt ja schon. Eines Tages werden die Tauben mal fest aufstampfen, und dann wird er runterfallen! ... He, schau dir mal diese Glasscherben da draußen an! Da hat jemand ein Fenster zerbrochen.«

Charlie setzte sich auf das marmorne Fensterbrett und zog das obere Schiebefenster zu sich herunter, und während Madame Phloi seine Bewegung aufmerksam beobachtet, schlenderte Thaphtim gähnend und sich rekelnd ins Zimmer und verschlang den Käse.

»Also, jetzt setzt Charlie das Fliegengitter wieder ein, und ihr zwei könnt wieder die verrückten Tauben beobachten. Dieses Fliegengitter geht auch schon kaputt. Das ganze Gebäude zerfällt langsam.«

Er vergaß nicht, das Kissen wieder auf das kühle, harte Fensterbrett zu legen und setzte dann seine Arbeit in den anderen Zimmern fort. Madame nahm ihren Posten wieder ein. Sie ließ sich auf dem Rand nieder, damit Thaphtim den Großteil des Kissens für sich hatte.

Die Tauben waren heute Vormittag spät dran, vielleicht vom Fensterputzer verschreckt. Erst als der erste Besucher mit blaugrauen Flügeln angeflogen kam, sah Madame Phloi das winzige Loch im Fliegengitter. Jede Öffnung, wie klein sie auch sein mochte, war eine Verlockung: Sie musste beweisen, dass sie sich durch jedes enge Loch zwängen konnte, ob sie einen Grund dafür hatte oder nicht.

Sie wartete, bis Charlie aus der Wohnung gehinkt war und begann dann mit der Nase gegen das Fliegengitter zu stoßen; zuerst vorsichtig, dann hartnäckig. Zentimeter um Zentimeter löste sich das Gitter vom Rahmen, bis die ganze Ecke eine lose Klappe war. Dann glitt Madame Phloi durch – zuerst die Nase und die Ohren, dann die schlanken Schultern, die zierlichen Pfoten, der grazile Leib, die schlanken Flanken, die wie Stahlfedern gespannten Hinterbeine und schließlich der stolze braune Schwanz. Zum ersten Mal in ihrem Leben befand sie sich auf der Taubenpromenade. Ein köstlicher Schauder durchlief sie.

Der lethargische Thapthim, von dieser ungewohnten Wendung aufgeschreckt, saß drinnen, hatte die Zunge etwa einen Zentimeter herausgestreckt und sah seiner wagemutigen Mutter zu. Durch das Fliegengitter berührten sie einander kurz mit den Nasen, und dann begann Madame Phloi mit ihrer Erkundung. Vorsichtig trippelte sie dahin, denn die Tauben waren nicht sehr reinlich gewesen.

Der Sims war etwa sechzig Zentimeter breit. Vorsichtig trat Madame Phloi mit gesenkter Nase und hoch erhobenem Schwanz an den Rand. Neun Stockwerke unter ihr gab es Dinge, die sich bewegten, aber nichts von Interesse, wie sie entschied. Anmutig ging sie am äußersten Rand entlang, um den Glassplittern auszuweichen, und wagte sich, getrieben von einer fast vergessenen Neugier, weiter zur Wohnung des dicken Mannes.

Sein Fenster stand offen und hatte kein Fliegengitter, und Madame Phloi spähte höflich hinein. Auf dem Boden ausgestreckt, lag der dicke Mann persönlich. Er schnaubte, und sein ungeheurer Bauch hob und senkte sich in einer Art Rhythmus. Es beunruhigte sie stets, wenn ein Mensch auf dem Boden lag, den sie als Domäne der Katzen betrachtete. Sie leckte sich besorgt über die Nase und starrte ihn mit riesigen Augen an. In einer dunklen Ecke des Zimmers flatterte und kreischte etwas, und der dicke Mann schlug die Augen auf.

»Schnell! RAUS hier!«, schrie er, rappelte sich auf und schüttelte seine Faust gegen das Fenster.

Mit drei Sätzen legte Madame Phloi den Weg über den Sims zu ihrem eigenen Fenster zurück, zwängte sich durch das Fliegengitter und war in Sicherheit. Sie schaute zurück, ob sie der dicke Mann verfolgte; als sie sicher war, dass das nicht der Fall war, putzte sie Thapthim die Ohren und sich selbst die Pfoten. Dann setzte sie sich hin, um auf Tauben zu warten.

Wie jedes normale Tier befolgte Madame Phloi die Dreierregel. Sie widerstand jeder Neuerung dreimal, bevor sie sie akzeptierte, nahm jedes Hindernis dreimal in Angriff, bevor sie aufgab, und probierte jede Aktivität dreimal aus, bevor sie müde wurde. Folglich machte sie noch zwei weitere Ausflüge auf die Taubenpromenade und überredete schließlich Thapthim, sie zu begleiten.

Gemeinsam spähten sie über die Kante auf die Welt unter ihnen. Das Gefühl der Freiheit war berauschend. Tollkühn sprang Thapthim nach einer tief fliegenden Taube und landete auf dem Rücken seiner Mutter. Sie gab ihm dafür eins hinter die Ohren. Er versetzte ihr einen Klaps auf die Nase. Sie rangelten und wälzten sich über den Sims, ohne sich dessen bewusst zu sein, wie weit es nach unten ging; spielerisch zwickten sie einander in die Haut und bedachten einander ausgelassen mit gutturalen Knurrlauten.

Plötzlich rappelte sich Madame Phloi auf die Beine und kauerte sich abwehrbereit hin. Der dicke Mann beugte sich aus seinem Fenster.

»Komm her, miez, miez«, sagte er in jenem Falsett, das sie so verachtete, und hielt ihnen auf einer Untertasse etwas Futter hin. Madame erstarrte, doch Thapthim wandte seine schönen, vertrauensvollen Augen dem Fremden zu und ging auf dem Sims zu ihm hin. Schnurrend und freundlich mit dem Schwanz wedelnd tappte er in die Falle. Es ging alles blitzschnell; die Untertasse wurde zurückgezogen, und ein langer, schwarzer Behälter wurde wie ein Baseball-schläger gegen Thapthim erhoben und fegte ihn vom Sims ins Nichts. Er war beim Fallen ganz still.

Als das Paar lachend und plaudernd, die Arme voller Pakete, nach Haus kam, wussten die beiden sofort, dass etwas nicht in Ordnung war. Niemand begrüßte sie an der Tür. Madame Phloi kauerte niedergeschlagen auf dem Fensterbrett und starrte auf das Loch im Fliegengitter, und Thapthim war nirgends zu finden.

»Das Fliegengitter ist zerrissen!«, rief die sanfte Stimme.

»Ich wette, er ist draußen auf dem Sims.«

»Kannst du dich hinausbeugen und nachsehen? Sei vorsichtig.«

»Halte Phloi fest.«

»Kannst du ihn sehen?«

»Keine Spur von ihm! Da liegen Unmengen Glasscherben herum, und das Nachbarfenster ist zerbrochen.«

»Glaubst du, dieser Mann …? Mir wird schlecht.«

»Keine Sorge, Liebling. Wir finden ihn schon … Es läutet an der Tür! Vielleicht bringt ihn jemand nach Hause.«

Vor der Tür stand Charlie und zappelte nervös herum. »'tschuldigung, Leute«, sagte er. »Fehlt Ihnen eine von Ihren Katzen?«

»Ja! Haben Sie ihn gefunden?«

»Armer kleiner Kerl«, sagte Charlie. »Hab' ihn direkt unter Ihrem Fenster gefunden, wo das dichte Gebüsch ist.«

»Er ist tot!«, jammerte die Sanfte.

»Ja, Madam. Es geht tief hinunter.«

»Wo ist er jetzt?«

»Ich hab' ihn in den Keller hinuntergebracht, Madam. Ich werde mich um ihn kümmern, wie es sich gehört. Ich glaube nicht, dass Sie den armen Kerl sehen wollen.«

Noch immer starrte Madame Phloi auf das Loch im Fliegengitter und wartete auf Thapthim. Von Zeit zu Zeit sah sie auch bei den anderen Fenstern nach, nur um sicherzugehen. Als die Zeit verging und er nicht zurückkam, suchte sie auch hinter den Heizkörpern und unter dem Bett. Sie öffnete Schranktüren und versuchte sich hineinzuzwängen. Sie schnupperte den Boden an der Eingangstür ab. Schließlich stellte sie sich mitten ins Wohnzimmer und begann mit hoher, klagender Stimme laut zu rufen.

Später an jenem Abend kam Charlie noch einmal in die Wohnung.

»Wollte Ihnen nur sagen, dass ich ihn gut versorgt habe, Madam«, sagte er. »Ich hab' eine Schachtel genommen, die genau die richtige Größe hatte – eine weiße Schachtel, aus einem schönen Geschäft. Und ich hab' ihn in einen alten blauen Vorhang gewickelt. Es hat wirklich schön ausgesehen zu seinem Fell. Dann hab' ich den kleinen Kerl direkt unter Ihren Fenstern begraben, hinter den Sträuchern.«

Und noch immer suchte Madame Phloi nach ihm. Immer wieder ging sie zum Fenster und sah hinaus auf den Sims, wo Thapthim verschwunden war. Sie verweigerte die Nahrung. Sie wies jeden Versuch, sie zu trösten, zurück. Und die ganze Nacht saß sie mit großen Augen wartend in der Dunkelheit.

Das Wohnzimmerfenster war jetzt fest geschlossen, doch als Madame Phloi am nächsten Tag allein in der einsamen Wohnung zurückblieb, begann sie das Fliegengitter im Schlafzimmer zu bearbeiten. Eines war neu und ließ sich nicht lösen, doch das zweite Fliegengitter war schon etwas korrodiert, und bald bahnte sie sich ihren Weg durch den Schlitz, der immer länger wurde, während sie sich auf den Sims hinauskämpfte.

Vorsichtig suchte sie sich einen Weg durch die Glasscherben und ging zu der Stelle, wo Thapthim verschwunden war. Und dann geschah alles noch einmal. Da war er – der dicke Mann – und hielt ihr eine Untertasse hin.

»Komm her, miez, miez.«

Madame Phloi duckte sich und wich zurück.

»Will das Kätzchen Milch trinken?« Wieder dieses hässliche Falsett, doch diesmal lief sie nicht nach Hause. Sie kauerte auf dem Sims, ein paar Zentimeter außerhalb seiner Reichweite.

»Braves Kätzchen. Braves Kätzchen.«

Ganz vorsichtig kroch Madame Phloi auf die Untertasse in der ausgestreckten Hand zu, und der dicke Mann streckte verstohlen die zweite Hand aus und schnipste mit den Fingern, wie man es tut, um einen Hund zu rufen.

Die Madame zog sich diagonal zurück – halb nach Hause und halb auf den gefährlichen Rand zu.

»Komm her, Kätzchen. Braves Kätzchen«, gurrte er und beugte sich noch weiter aus dem Fenster, doch leise murmelte er: »Du dreckiges Miststück! Ich kriege dich, und wenn es das Letzte ist, was ich tue. Wolltest meinen Vogel fangen, was?«

Mit all ihren Sinnen witterte Madame Phloi Gefahr. Ihre Ohren waren angelegt, ihre Schnurrhaare sträubten sich, und ihr weißer Bauch drückte sich auf den Sims.

Sie kam noch ein wenig näher, und der dicke Mann fasste nach ihr. Sie machte einen Satz zurück, wobei sie sein schwitzendes Gesicht nicht aus den Augen ließ. Sie sah, dass er verstohlen die Untertasse wegstellte und seinen dicken Bauch noch weiter aus dem Fenster lehnte.

Noch einmal kam sie näher, fast in seine Reichweite, und wieder griff er mit beiden kräftigen Armen nach ihr.

»Diesmal kriege ich dich, du stinkendes Katzenvieh«, murmelte er. Er hob ein Knie auf das Fensterbrett und stürzte sich auf Madame Phloi. Als sie aus seinen Fingern schlüpfte, landete er mit seinem ganzen Gewicht auf dem Sims.

Ein Teil des Mauerwerks bröckelte unter ihm weg. Er brüllte, griff ins Leere, und gleichzeitig verschwand ein cremig-braunes Pelztierchen wie ein Blitz aus seinem Blickfeld. Der dicke Mann war beim Fallen nicht still.

Was Madame Phloi anbelangte, die saß auf einem sonnenbeschienenen Fleck auf ihrem Wohnzimmerteppich, dehnte ihren Körper und putzte ganz unschuldig ihren schönen braunen Schwanz.

Rita Mae Brown & Sneaky Pie Brown

Entdeckung im Tunnel

Erst in den Stunden des schwindenden Lichts, als sich gegen sieben Uhr abends lange, kupferfarbene Schatten ausbreiteten, wurde Harry klar, was sich im Postamt eigentlich abgespielt hatte.

Josiah und Officer Cooper hatten Mim wiederbelebt, Little Marilyn war gegangen. Sofern sie die verzweiflungsvolle Lage ihrer Mutter bekümmerte, hatte sie es gut verborgen. Mim hatte sie im Laufe der Jahre oft genug zur Verzweiflung getrieben. Wenn sie im Postamt ohnmächtig wurde und sich den Schädel brach, dann war das eben so.

Die Leibwache rieb Mim Amylnitrit unter die Nase, und als sie zu sich kam, sagte sie: »Ich passe hier nicht mehr her. Mein Leben ist wie ein altes Kleid.«

Für einen kurzen Augenblick bedauerte Harry sie.

Josiah kümmerte sich um Mim und brachte sie zu seinem Laden.

Den restlichen Tag über strömten Leute zum Postamt herein und hinaus. Harry und Officer Cooper hatten kaum Zeit, auf die Toilette zu gehen, geschweige denn zum Nachdenken.

Zum Denken kamen sie später, als die Frauen, beide bewaffnet, in der drückenden, vom grünen Duft der Vegetation geschwängerten Hitze den alten, steilen Schienenstrang zum Greenwood-Tunnel erklommen. Mrs. Murphy und Tucker hatten sich geweigert, in dem weiter unten geparkten Wagen zu bleiben. Auch sie keuchten.

»Die Leute haben mal Balken hier raufgeschleppt. Selbst mit Maultieren war das eine elende Schufterei.«

»Die alten Schienen führten zum Tunnel. Crozet hat Versorgungswege und -gleise angelegt, bevor –« Harry brach ab. Ein gelber Schwalbenschwanz tänzelte vor ihnen und flog davon.

»*Ist das ein Scherz von dir?* Coop … Coop! Das hat Josiah zu mir gesagt, nachdem er seine Karte gelesen hatte.«

»Na und? Ned hat Susans Handschrift erkannt. ›Schade, dass Du nicht hier bist‹ war eine Pleite.«

»Begreifen Sie denn nicht? Der Mörder weiß, dass außer dem Sheriff nur ich es bin, die das Postkartensignal kennt. Ich war es, die zu Mrs. Hogendobber lief, noch bevor Ihre Leute bei ihr ankamen. Ich bekomme die Post als Erste zu sehen. Er hat sich verraten. Er ist es! Herrgott, Josiah DeWitt. Ich hab' ihn gern. Wie kann man einen Mörder gernhaben?«

Officer Cooper nahm die Information mit unbewegtem Gesicht zur Kenntnis. »Also, wenn jemand in dem Tunnel ist, sitzen wir ganz schön in der Tinte.«

»Wie die Ente auf Kelly Craycrofts Poster.« Harrys Gedanken rasten. »Ich weiß nicht, wie lange er braucht, um zu merken, was er getan hat.«

»Nicht lange. Aber unsere Leute sind überall. Er wird vielleicht nicht imstande sein, seinen Laden frühzeitig zu verlassen. Aber sobald er zugemacht

hat, wird er auf Sie losgehen.«

»Er weiß nicht, wo ich bin.«

»Dann kommt er in der Nacht hierher – falls hier wirklich etwas ist –, oder er macht sich aus dem Staub. Ich weiß nicht, was er tun wird, aber er hat keine Angst.«

Der von Kudzu umkränzte verschlossene Tunneleingang ragte vor ihnen auf.

»Los, weiter«, drängte Harry.

Cooper fuhr ihr mentales Radar aus und ging vorsichtig auf den Eingang zu. Harry, ein paar Schritte hinter ihr, nahm die Oberseite des Tunnels in Augenschein. Es wäre beschwerlich, oberhalb des Tunnels auf den Berg zu steigen, ja, es würde Stunden dauern. Aber es war zu schaffen.

Der Tunneleingang war tatsächlich versiegelt. Nur mit Dynamit hätte man ihn öffnen können.

»*Komm, wir suchen Paddys Kaninchenloch.*« Mrs. Murphy und Tucker schwärmten aus.

Die Nase am Boden, entdeckte Tucker die schwachen Überbleibsel von Bobs und Ozzies Witterung. »*Ozzie und Berryman waren hier.*«

Mrs. Murphy nickte. »*Paddy hat vielleicht recht. Wenn Berryman hier oben war, dann ist hier ein Schatz!*« Sie raste der Corgihündin voraus, während Harry und Coop auf Zehenspitzen die Tunnelöffnung abschritten.

Hinter dem Laubwerk verborgen befand sich ganz unten am Tunnel ein kleines Loch. Ein Kaninchen konnte leicht hinein- und herausgelangen. Mrs. Murphy ebenfalls.

»*Geh du nicht rein*«, warnte Tucker. »*Wir gehen zusammen.*«

»*Okay, ich zuerst. Ich hab' bessere Augen.*« Mrs. Murphy schlüpfte durch das Loch. »*Heiliges Kanonenrohr!*«

»*Alles in Ordnung?*« Tucker, halb drinnen und halb draußen, scharrte mit den Vorderpfoten, was das Zeug hielt.

»*Ich denke schon.*« Mrs. Murphy lief zu ihrer Freundin zurück. »*Kannst du schon was sehen?*«

»*Kaum.*« Tucker blinzelte, aber sie kam sich vor wie in einem Meer aus chinesischer Tusche.

Langsam gewöhnten sich ihre Augen an die Dunkelheit, und sie sah den Schatz. Es war nicht Claudius Crozets Schatz, aber es war ein ungeheures Vermögen an Gemälden, Louis-Quinze-Möbeln und Teppichen, sorgsam in dicke Schonbezüge verpackt. Mrs. Murphy sprang auf einen Louis-Quinze-Schreibtisch. Ein vergoldetes Kästchen stand darauf. Sie hob mit einer Pfote den Deckel. Drinnen glitzerte alter kostbarer Schmuck. Neben dem Tunneleingang war eine alte Förderlore abgestellt. Darauf thronte ein riesiger bauchiger Schrank.

»*Hol Harry.*«

Tucker flitzte zum Kaninchenloch und bellte.

»Wo ist der Hund?« Officer Cooper sah sich um. »Hört sich an, als wäre er im Tunnel. Das ist unmöglich.«

Harry zerrte Gestrüpp, Kudzu und Ranken beiseite, um an die rechte Tunnelecke heranzukommen. Tucker bellte zu ihren Füßen. »Da ist ein Kaninchenloch. Tucker, komm da raus.«

Officer Cooper ließ sich auf alle viere nieder. Eine schwarze nasse Nase zuckte. »Komm schon, Köter.«

»*Kommt ihr doch rein*«, erwiderte Tucker.

»*Sie passen nicht durch.*« Mrs. Murphy gesellte sich zu ihr. »*Gehen wir raus. Es muss einen anderen Eingang geben.*«

Tucker zwängte sich ächzend aus dem Loch. Mrs. Murphy tänzelte hinaus. Tucker sprang an Harry hoch. Mrs. Murphy umrundete ihre menschliche Freundin. Harry verstand. Sie ging in die Hocke, und dann, als Cooper ihr den Weg frei machte, legte sie sich flach auf den Bauch. »Da drinnen ist was. Ich brauche eine Taschenlampe.«

Auch Cooper legte sich hin. Harry rückte beiseite, damit sie besser sehen konnte, und sie wölbte die Hände um die Augen. »Antiquitäten. Ich kann nicht viel sehen, aber ich sehe eine große Kommode.«

Harry sprang auf und fuhr mit den Händen über die Tunnelöffnung. Cooper trat zu ihr. Harry klopfte gegen die rechte Seite des versiegelten Tunneleingangs. Es klang hohl. »Epoxyd und Harz. Jetzt wird es verständlich, nicht?«, sagte Harry.

»Die Möbel wurden nicht durch das Kaninchenloch gezwängt, es sei denn, Josiah verfügt über Zaubertränke wie in *Alice im Wunderland*. Irgendwo muss ein Knopf oder ein Riegel sein. Ich wette, Kelly hat es Spaß gemacht, das anzufertigen. Wie lange mag er wohl dazu gebraucht haben?«

»Wenn er nachts gearbeitet hat – ich weiß nicht, ein paar Monate. Einen Monat. Ich hab's.« Coop fand einen Riegel, den eine dicke Ranke verdeckte. Sie war auf der falschen Oberfläche befestigt. Rundherum wuchs natürliches Laubwerk. Mit einem Klicken öffnete sich eine Tür, die groß genug war, um eine Schienenlore hindurchzubekommen. Die beiden Frauen betraten den Tunnel. Die Tiere sausten hinter ihnen her.

»Hier drin befindet sich ein Vermögen«, flüsterte Harry.

Tucker stellte die Ohren auf. Mrs. Murphy erstarrte.

»Nicht bellen, Tucker. Er weiß, dass die Menschen hier sind, aber er weiß nicht, dass wir hier sind. Du musst winseln, um Harry zu warnen.«

Tucker jaulte leise. Harry bückte sich, um sie zu streicheln.

»*Mommy, bitte sei vorsichtig*«, jammerte der Hund.

»*Versteck dich, Tuck, versteck dich.*« Mrs. Murphy sprang von einem Schreibtisch auf einen Kleiderschrank neben dem Eingang. Tucker versteckte sich hinter der Lore.

Harry spürte die Angst der Tiere. »Cooper, Cooper«, flüsterte sie und packte Cynthias Arm. »Da stimmt was nicht.«

Cooper zog ihre Pistole. Harry tat desgleichen. Leichte Tritte drangen an ihre Ohren. Im Tunnelinnern wurden die Geräusche entlang der hundertsechzig Meter Gestein verstärkt und verzerrt. Harry schlich zur rechten Seite des Eingangs. Sie stellte sich auf die andere Seite der Lore. Cooper blieb links im tiefen Schatten.

Sie vernahmen eine bekannte, liebenswürdige Stimme. Josiah war zu schlau, sich in der Öffnung zu zeigen. »Ich habe dich unterschätzt, Harry. Man soll eine Frau nie unterschätzen. Officer Cooper, ich weiß, dass Sie bewaffnet sind. Ich schlage vor, Sie werfen Ihre Waffe heraus. Es gibt keinen Grund, Claudius Crozets Werk mit Blut zu besudeln – schon gar nicht mit meinem.« Cooper verhielt sich still. »Wenn Sie Ihre Waffe nicht zu mir herauswerfen, werfe ich diesen benzingetränkten Lappen und den winzigen Molotowcocktail in den Tunnel hinein, den ich zufällig für abendliche Belustigungen bei mir habe. Ich habe auch eine Pistole, wie Sie sich sicher denken können. Es ist Kellys. Wenn die Ballistiker ihren Bericht über Bob Berryman abliefern, werden sie den sterngeschmückten Staatsdiener Rick Shaw enttäuschen und ihm erzählen müssen, dass Bob mit der Waffe eines Toten ermordet wurde. Es ist unangenehm, in den Flammen zu sterben, aber wenn Sie herauslaufen, werde ich gezwungen sein, Sie zu erschießen. Wenn Sie Ihre Waffe rauswerfen, Officer Cooper, können wir vielleicht ein Geschäft miteinander machen. Etwas Lukrativeres als Ihr unermessliches Staatsbedienstetenge-halt ist allemal drin – das gilt auch für dich, Harry.«

»Was für Geschäfte hast du mit Kelly gemacht? Oder mit Maude?« Harrys Stimme, scharf und fest, hallte durch den Tunnel.

»Kellys Vertrag sah ausgezeichnete Bedingungen vor, aber nach vier Jahren bei zwanzig Prozent wurde er etwas habgierig. Wie du siehst, sind in dem Tunnel genügend Vor-räte angehäuft, sodass ich für die Zukunft auf seine Dienste verzichten konnte. Wenn meine Bestände zur Neige gehen, findet sich ein anderer profitgieriger Schwächling.«

»Du hast seine Straßenbaufirma benutzt.«

»Natürlich.«

»Und seine Lastwagen.«

»Harry, strapaziere meine Geduld nicht mit Fragen, deren Antwort auf der Hand liegt. Officer Cooper, werfen Sie Ihre Waffe heraus.«

»Zuerst will ich wissen, warum Sie Maude umgebracht haben. Was sie getan hat, liegt ebenfalls auf der Hand.«

»Maude war ein lieber Mensch, aber leider haben ihre Eierstöcke über ihren Kopf bestimmt. Sehen Sie, sie hat Bob Berryman tatsächlich geliebt. Als geschäftliche Gründe mich zwangen, Kelly Craycroft aus der Unter-nehmensführung zu entfernen, wollte sie sich nicht an einem Mord mitschuldig machen.«

»Und? War sie mitschuldig?«

»Nein. Aber sie hat Angst bekommen. Was, wenn ich erwischt und unser einträgliches Unternehmen aufge-deckt würde? Berryman hielt sie ewig hin und sagte ihr, er würde Linda verlassen, und Maude hat diesen nichtsnutzi-gen Kerl geliebt. Ein schwankender Partner ist schlimmer als überhaupt kein Partner. Sie hätte uns verraten können

oder, schlimmer noch, sie hätte sich Bob Berryman gegen-
über verplappern können – Bettgeflüster –, und der mit
seinem komischen Ehrgefühl wäre schnurstracks zu den
Sachwaltern der Obrigkeit getrabt. Sie sehen, die arme
Maude musste verschwinden. So, meine Damen, das war
Aufschub genug. Werfen Sie die Waffe raus.«

»Hast du versucht, Mrs. Hogendobber zu ertränken?«
Harry wollte, dass er weiterredete. Sie hatte keinen Plan,
aber so gewann sie immerhin Zeit zum Überlegen.

»Nein. Raus mit der Waffe!«

Harry senkte die Stimme auf Klatschtonlage und betete,
dass Josiah diesen Tonfall unwiderstehlich finden möge.
»Wenn du die Pontons nicht aufgeschlitzt hast, wer dann?«

Er lachte. »Ich glaube, das war Little Marilyn. Sie
hat keine Hilfe geholt, bis sie merkte, dass zwei von den
Damen auf Mims Jacht nicht schwimmen konnten. Sie
wollte ihrer Mutter einfach nur die Party verderben. Ich
kann es nicht beweisen, aber das ist meine Vermutung.«
Er lachte wieder. »Ich hätte alles darum gegeben, das Boot
sinken zu sehen. Mims Gesicht muss puterrot gewesen
sein.« Er hielt inne. »Okay, genug geschwätzt. Wirklich,
es muss nicht sein, dass jemandem von uns etwas zustößt.
Wir brauchen bloß zusammenzuarbeiten.«

»Wie haben Sie Kelly und Maude dazu gebracht, Zyanid zu nehmen?«

»Sie ziehen die Sache in die Länge«, seufzte Josiah. »Ich
habe einfach Zyanid auf ein Taschentuch geträufelt und

so getan, als wär's Kölnisch
Wasser, und es ihnen rasch
auf den Mund gedrückt!
Simsalabim! Schon waren
sie tot. Jetzt aber weiter im
Programm, Mädels.«

Harry warf ein: »Du hättest sie nicht verstümmeln müssen.«

»Eine künstlerische Note.«
Er kicherte.

»Noch eine winzig kleine Frage.« Harry rang nach Luft. Ihre Stimme klang trotz der erstickenden Umgebung nach stählerner Ruhe. »Ich weiß, dass du die Ware in einer Lore hierhergeschafft hast, aber woher hast du sie bekommen?«

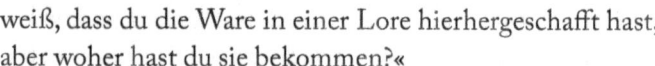

Josiah triumphierte. »Das ist das Allerbeste, Harry. Mim Sanburne! Ich bin jahrelang mit ihr unterwegs gewesen. In den feinsten Häusern. New York, Newport, Palm Beach, Richmond, Charleston, Savannah, wo immer eine elegante Party stattfand, bei der man unbedingt dabei sein musste. Ich habe die Ware taxiert, und ein, zwei Jahre später – *voilà* – kam ich zu einem anderen Zweck wieder. Keine Einladung mit Prägedruck mehr nötig. Das war der einfache Teil. Man besticht einen Hausangestellten – die Reichen sind bekanntlich knausrig. Man bezahlt jemandem genug, dass er davon ein Jahr leben kann, und eine Fahrkarte nach Rio, einfache Fahrt. Es war leicht, ins Haus zu gelangen, wenn die Herrschaften fort waren. Der schwierige Teil war, die Lore aus dem Lastwagen auf die Schienen zu bekommen und in den Tunnel zu rollen – und am nächsten Tag wach zu bleiben. Aber richtig schwer schuften mussten wir nie. Vielleicht drei Häuser im Jahr. Der Absatz ist einfach, sobald sich der Trubel gelegt hat. Eine kleine Fuhre nach Wilmington oder Charlotte. Ein Abstecher nach Memphis. Die hochnäsige Mim würde sterben, was? Sie rümpft ihre lange Nase über Gott und die Welt, aber sie verkehrt mit einem Verbrecher – einem eleganten Verbrecher allerdings.«

»Große Gewinnspanne, wie?«

»O ja, süß sind die Früchte des Kapitalismus – eine Lektion, die du nie gelernt hast, Mädchen. So, die Zeit ist um.« Seine hypnotische Stimme verhieß, dass alles gut ausgehen würde, dass das Ganze bloß ein köstlicher Ulk war.

Harry schob sich näher an die Öffnung heran und gab Coop pantomimisch zu verstehen, dass sie ihre Waffe hinauswerfen würde. Cooper nickte. Mrs. Murphy sträubte kampfbereit ihren Schwanz.

»Du wirfst den Molotowcocktail nicht rein. Das Feuer würde dein ganzes Lager vernichten. Der Rauch und die Erschütterung würden ganz Crozet hierherlocken. Damit wäre alles verdorben. Wenn wir ins Geschäft kommen wollen, sollten wir uns lieber von jetzt an vertrauen. Du wirfst deine Waffe zuerst hin, und Officer Cooper wirft ihre raus.«

»Du willst mich wohl für dumm verkaufen, Harry. Ich werfe meine Waffe nicht zuerst hin«, ereiferte er sich.

»Du bist doch so kreativ, Josiah. Überleg dir was«, spottete Harry. »Du könntest uns aushungern, aber Rick Shaw würde deine Abwesenheit bemerken. Und unsere auch. So geht's nicht. Wir sollten lieber jetzt zu einer Einigung kommen.«

»Du bist hart im Verhandeln.«

»Man soll eine Frau nie unterschätzen«, äffte Harry ihn nach. »Es wäre unangenehm, wenn einer von uns den anderen töten würde; denn du könntest die Leiche erst mitten in der Nacht beseitigen, und in dieser Hitze fängt sie nach zwei bis drei Stunden zu stinken an. Das wäre widerlich.«

»Ganz recht«, erwiderte Josiah knapp. »Was würdest du tun, wenn ich der Tote wäre?«

»Was du mit Maude getan hast. Dann würde ich ein Jahr warten, und Coop und ich würden deine Waren verkaufen. Oh, wir haben nicht deine Kontakte, Josiah, aber ich bin sicher, dass wir etwas herausschlagen könnten.« Sie log, was das Zeug hielt.

»Sei kein Esel! Mit mir kannst du ein Vermögen verdienen. Wenn du's auf eigene Faust machst, wirst du erwischt.«

»Bis hierher bin ich immerhin schon gekommen.«

Es folgte ein langes Schweigen. Der ungezündete Molotowcocktail wurde vor die Öffnung gelegt. Josiahs Hand zog sich geschwind zurück.

»Ein unumstößlicher Beweis dafür, was für ein Heiliger ich bin. Da ist der Molotowcocktail.«

»Josiah –« Harry hoffte noch immer, ihn durch Gespräche ablenken zu können – »wie hast du die Poststempel gefälscht?«

»Meine latente künstlerische Ader gelangte vorübergehend an die Oberfläche.« Er lächelte. »Ich verfüge über diverse Wachse, Farben, Beizen, etwas Goldbronze, alles Mögliche, um die Möbel zu restaurieren. Ich habe eine Farbe zusammengemischt und die Stempelbuchstaben aus alten Typen zusammengesetzt. Der Text kam mithilfe meines Computers zustande. Ich finde, die Postkarten waren ein Bravourstück. Zu gern habe ich mir das Gesicht des armen Rick Shaw vorgestellt, wie er versucht, daraus schlau zu werden – nachdem er gemerkt hat, dass die Postkarten ein Zeichen waren. Du hast es sehr schnell gemerkt. Ich war ungeheuer beeindruckt.«

»Aber du hattest keine Angst?«

»Ich? Nie.«

»Deine Waffe.« Harrys Stimme ließ die Forderung klingen wie eine höfliche Bitte.

»Was ist mit Coop? Ist sie wirklich da drin? Ich möchte

ihre Stimme noch mal hören. Woher weiß ich, dass du sie nicht inzwischen umgebracht hast?« Josiah stellte seinerseits eine Forderung. Er wollte hören, wo Coop war.

»Hier.« Cooper nickte Harry zu. Dann stellte sie sich geschwind neben Mrs. Murphy. Tucker legte die Vorderpfoten auf die Lore.

Harry sagte auf Coopers Zeichen: »Ich zähle bis drei, dann wirfst du deine Waffe hin. Sie wirft ihre hin. Eins ... zwei ... drei.« Sie warf ihre Pistole hinaus, und gleichzeitig warf Josiah seine in die Öffnung.

Er hatte eine zweite Waffe. Er verschwendete keine Zeit. Er stürmte in den Tunnel und feuerte wild um sich. Mrs. Murphy sprang mit ausgefahrenen Krallen auf seinen Kopf. Dann rutschte sie auf seinen Rücken. Tucker stieß die Lore an, die trotz ihres langsamen Tempos Josiah aus dem Gleichgewicht warf, als sie in ihn hineinrumpelte. Tucker biss ihn in die Hand, die die Waffe hielt, und er sank schwankend auf den Tunnelboden, wo sein Knie auf eine Stahlschiene aufschlug. Ohne dass der Hund sein Handgelenk losließ, hob Josiah die Hand mit der Waffe und zielte auf Harry, die sich fallen ließ und zur Seite rollte. Mrs. Murphy hing an seinem Rücken und schlug ihre Krallen mit aller Kraft hinein. Cooper gab präzise und mit geübter Beherrschung einen einzigen Schuss ab. Josiah ächzte, als die Kugel mit einem dumpfen Knall in seinen Rumpf drang. Er ballerte wild drauflos. Cooper schoss noch einmal. Zwischen die Augen. Er zuckte zusammen und war tot.

»Tucker!« Harry rannte zu dem Hund, der verletzt war, aber mit dem Schwanz wedelte.

Cooper nahm Mrs. Murphy auf den Arm und ging zu Harry hinüber. Sie küsste die Katze, deren Fell noch gesträubt war. »Gut gemacht, Mrs. Murphy.« Sie bückte sich, um Josiahs Puls zu fühlen. Dann ließ sie seinen Arm fallen wie ein verfaultes Stück Fleisch. »Harry, wenn die zwei ihn nicht aus dem Gleichgewicht gebracht hätten, hätte er eine von uns erwischt. Er hatte eine Schnellfeuerwaffe. Der Tunnel ist nicht besonders breit. Er war kein Dummkopf, außer dass er sich im Postamt verplappert hat.«

Harry setzte sich auf die feuchte Erde, und Tucker leckte ihr die Tränen vom Gesicht. Mrs. Murphy stellte sich auf die Hinterbeine und legte die Vorderpfoten an Harrys Hals. Harry rieb ihre Wange in Mrs. Murphys weichem Fell.

»Komisch, Cooper, ich hab' nicht an mich gedacht. Ich hab' an diese beiden gedacht. Wenn er Mrs. Murphy oder Tucker etwas angetan hätte, ich wäre imstande gewesen, ihn mit meinen bloßen Händen zu töten. Mein Verstand war vollkommen ruhig und glasklar.«

»Sie haben Mumm, Harry. Ich war bewaffnet. Sie haben Ihre Waffe rausgeworfen, um ihn reinzulegen.«

»Sonst wäre er nicht reingekommen. Ich weiß nicht – vielleicht doch. Gott, es kommt mir vor wie ein Traum. So ein gerissener Schweinehund. Er hatte zwei Pistolen.« Cooper filzte die Leiche. »Und ein Stilett.«

Agatha Christie

Der seltsame Fall
des Sir Arthur Carmichael

*Nach den Aufzeichnungen des hervorragenden Psychologen
Dr. Edward Carstairs, M. D.*

Ich bin mir vollkommen klar, dass man die seltsamen und
tragischen Ereignisse, die ich hier niederschreibe, auf zwei
völlig verschiedene Weisen betrachten kann. Meine eigene Ansicht darüber stand allerdings immer fest. Man hat
mich überredet, die Geschichte ausführlich aufzuzeichnen,
und ich glaube wirklich, dass man der Wissenschaft zuliebe verpflichtet ist, derartige seltsame und unerklärliche
Tatsachen nicht in Vergessenheit geraten zu lassen.

Was mich zuerst mit dieser Angelegenheit in Kontakt
brachte, war ein Telegramm meines Freundes Dr. Settle.
Bis auf die Nennung des Namens Carmichael war das
Telegramm keineswegs deutlich, aber seiner Aufforderung
entsprechend, nahm ich den Zug, der um 12.20 von Pad-
dington nach Wolden in der Grafschaft Herfordshire abging.

Der Name Carmichael war mir nicht unbekannt. Obgleich ich den verstorbenen Sir William Carmichael of
Wolden in den letzten elf Jahren nicht mehr gesehen hatte,
waren wir doch flüchtig miteinander bekannt gewesen. Er
hatte, wie ich wusste, einen Sohn, den gegenwärtigen Baro-

net, der inzwischen ein junger Mann von dreiundzwanzig Jahren sein musste. Dunkel erinnerte ich mich ferner der Gerüchte über Sir Williams zweite Ehe; bis auf einen undeutlichen Eindruck, der für die zweite Lady Carmichael nachteilig war, fielen mir jedoch keine Einzelheiten ein.

Settle erwartete mich am Bahnhof.

»Nett von dir, dass du gekommen bist«, sagte er, als er meine Hand drückte.

»Das ist doch selbstverständlich. So viel ich begriffen habe, scheint es sich um einen Fall zu handeln, der in mein Gebiet fällt?«

»Haargenau!«

»Also ein Fall von Geisteskrankheit?«, fragte ich. »Hat er irgendwelche besonderen Kennzeichen?«

Wir hatten inzwischen mein Gepäck abgeholt, saßen in einem Dogcart und fuhren vom Bahnhof in Richtung »Wolden«, das etwa drei Meilen entfernt war. Settle beantwortete meine Frage zuerst nicht. Dann brach es plötzlich aus ihm heraus.

»Die ganze Geschichte ist vollkommen unbegreiflich! Da ist ein junger Mann, dreiundzwanzig Jahre alt und in jeder Hinsicht durchaus normal. Ein netter, liebenswerter Junge mit nicht mehr als der ihm zustehenden Portion Blasiertheit, vielleicht kein brillanter Intellektueller, aber ein typisches Exemplar des jungen Engländers aus der normalen Oberschicht. Geht eines Abends, gesund und munter wie üblich, zu Bett, und am nächsten Morgen wird er im Dorf aufgegriffen, wo er in halb idiotischem Zustand umherwandert und nicht einmal seine nächsten und liebsten Mitmenschen erkennt.«

»Aha!«, sagte ich interessiert. Dieser Fall versprach tatsächlich, äußerst interessant zu werden. »Vollständiger Verlust des Gedächtnisses? Und das passierte …?«

»Gestern Vormittag. Am neunten August.«

»Und vorausgegangen ist nichts – kein Schock, soweit dir bekannt ist –, keine Erklärung für diesen Zustand?«

»Nichts.«

Plötzlich wurde ich misstrauisch.

»Verschweigst du mir irgendetwas?«

»N-nein.«

Sein Zögern bestärkte mein Misstrauen.

»Ich muss alles wissen.«

»Mit Arthur hat es nichts zu tun. Es hängt mit – mit dem Haus zusammen.«

»Mit dem Haus«, wiederholte ich erstaunt.

»Du hast dich doch häufig mit derartigen Dingen zu beschäftigen, nicht wahr, Carstairs? Du hast doch selbst sogenannte ›Spukhäuser‹ untersucht. Was hältst du von solchen Erscheinungen?«

»In neun von zehn Fällen sind sie reiner Schwindel«, erwiderte ich. »Der zehnte allerdings – nun ja, ich bin dabei auf Phänomene gestoßen, die vom gewöhnlichen materialistischen Standpunkt aus absolut unerklärbar sind. Ich bin überzeugt, dass es gewisse *occulta* gibt.«

Settle nickte. Wir waren gerade in den Park eingebogen. Mit der Peitsche deutete er auf ein flaches weißes Herrenhaus am Abhang des Hügels.

»Das ist das Haus«, sagte er. »Und – irgendetwas steckt in diesem Haus, irgendetwas Unheimliches, Entsetzliches. Wir alle spüren es … Und ich bin wirklich kein abergläubischer Mensch …«

»In welcher Art äußert es sich?«, fragte ich.

Er starrte vor sich hin. »Mir wäre es lieber, wenn du es

37

vorher nicht weißt. Verstehst du: Wenn du – unvoreingenommen – hierherkommst – nichts Genaues weißt – und
es dann auch siehst – vielleicht…«

»Gut«, sagte ich, »sicher ist es besser so. Ich wäre allerdings froh, wenn du mir ein bisschen mehr über die Familie erzähltest.«

»Sir William«, sagte Settle, »war zweimal verheiratet.
Arthur ist das Kind aus erster Ehe. Vor neun Jahren heiratete er noch einmal, und die gegenwärtige Lady Carmichael ist so etwas wie ein Geheimnis. Sie ist Halbeng-
länderin, und im Übrigen nehme ich beinahe an, dass asia-
tisches Blut in ihren Adern fließt.«

Er verstummte.

»Settle«, sagte ich, »du magst Lady
Carmichael nicht.«

Er gab es offen zu. »Das stimmt. Auf
mich macht sie immer den Eindruck,
als läge irgendetwas Unheilvolles über
ihr. Um aber weiterzuberichten: Von
seiner zweiten Frau hatte Sir William
ebenfalls ein Kind, auch einen Jungen,
der jetzt acht Jahre alt ist. Sir William
starb vor drei Jahren, und Arthur erbte
Titel und Besitz. Seine Stiefmutter und
sein Halbbruder wohnen weiterhin bei ihm
in ›Wolden‹. Der Besitz ist, was du auch wissen
musst, ziemlich heruntergewirtschaftet. Fast die gesamten
Einnahmen Sir Arthurs gehen für die Erhaltung drauf.
Mehr als ein paar hundert Pfund konnte Sir William seiner Frau nicht vermachen, aber glücklicherweise ist Arthur
mit seiner Stiefmutter immer glänzend ausgekommen,
und so war er äußerst froh, dass sie weiterhin bei ihm
wohnt. Dann…«

»Ja?«

»Vor zwei Monaten verlobte Arthur sich mit Miss Phyllis Patterson, einem bezaubernden Mädchen.« Mit gedämpfter Stimme, in der ein Anflug von Mitgefühl anklang, fügte er noch hinzu: »Nächsten Monat wollten sie heiraten. Sie ist jetzt hier. Ihren Kummer kannst du dir vorstellen...«

Wortlos nickte ich.

Wir fuhren jetzt auf das Haus zu. Zu unserer Rechten fiel der grüne Rasen sanft ab. Und plötzlich erblickte ich ein äußerst reizvolles Bild. Ein junges Mädchen kam langsam über den Rasen zum Haus. Sie trug keinen Hut, und die Sonne steigerte den Glanz ihres wundervollen goldfarbenen Haares. In der Hand trug sie einen großen Korb mit Rosen, und eine wunderschöne Perserkatze strich liebevoll um ihre Füße.

Fragend sah ich Settle an.

»Das ist Miss Patterson«, sagte er.

»Armes Mädchen«, sagte ich, »armes Mädchen. Welch ein Bild: sie mit den Rosen und der grauen Katze.«

Ich hörte einen leisen Laut und blickte meinen Freund erstaunt an. Die Zügel waren ihm aus den Fingern geglitten, und sein Gesicht war totenblass.

»Was ist los?«, rief ich.

Mühsam fasste er sich.

»Nichts«, sagte er, »nichts...«

Wenige Augenblicke später hielten wir vor dem Haus. Ich folgte ihm in das grüne Wohnzimmer, wo der Teetisch gedeckt war.

Eine immer noch schöne Frau mittleren Alters erhob sich bei unserem Eintritt und kam uns mit ausgestreckter Hand entgegen.

»Lady Carmichael, das ist mein Freund Dr. Carstairs.«

Ich kann die instinktive Welle der Abneigung nicht beschreiben, die mich überschwemmte, als ich die mir dargebotene Hand dieser bezaubernden und stattlichen Frau ergriff, die sich mit jener dunklen und sinnlichen Anmut bewegte, aus der Settle auf orientalisches Blut geschlossen hatte.

»Es ist reizend von Ihnen, Dr. Carstairs, dass Sie gekommen sind«, sagte sie mit leiser klangvoller Stimme, »und dass Sie versuchen wollen, uns in unserer großen Schwierigkeit zu helfen.«

Ich gab irgendeine triviale Antwort, und sie reichte mir meine Teetasse.

Wenige Minuten später betrat das Mädchen, das ich draußen auf dem Rasen gesehen hatte, ebenfalls das Zimmer. Die Katze war nicht mitgekommen, aber den Korb mit den Rosen hielt sie immer noch in der Hand.

Settle stellte mich vor, und das Mädchen sagte impulsiv: »Oh, Dr. Carstairs! Dr. Settle hat uns schon so viel von Ihnen erzählt. Und ich habe das sichere Gefühl, dass Sie etwas für den armen Arthur tun können.«

Miss Patterson war wirklich ein überaus reizendes Mädchen, obgleich ihre Wangen blass und ihre Augen von tiefen Schatten umgeben waren.

»Meine liebe junge Dame«, sagte ich tröstend, »Sie dürfen jetzt nicht verzweifeln. Diese Fälle von Gedächtnisschwund oder Persönlichkeitsspaltung sind häufig von sehr kurzer Dauer. In jedem Augenblick kann der Patient die volle Gewalt über sich selbst zurückerlangen.«

Sie schüttelte den Kopf. »Ich kann mir nicht vorstellen, dass es sich um Persönlichkeitsspaltung handelt«, sagte sie. »Dieser Mensch ist etwas ganz anderes als Arthur. Diese Persönlichkeit hat mit ihm überhaupt nichts zu tun. Das ist nicht Arthur. Ich …«

Und irgendetwas an dem Ausdruck jener Augen, die auf dem Mädchen ruhten, verriet mir, dass Lady Carmichael für ihre zukünftige Schwiegertochter nicht allzu viel übrig hatte.

Miss Patterson lehnte die Tasse Tee ab, und um die Unterhaltung auf ein unverfängliches Thema zu bringen, sagte ich: »Bekommt Ihr Kätzchen jetzt seine Schale Milch?«

Verwundert blickte sie mich an.

»Das – das Kätzchen?«

»Ja – das Kätzchen, das vor wenigen Augenblicken im Garten bei Ihnen war ...«

Ein schepperndes Klirren unterbrach mich. Lady Carmichael hatte die Teekanne umgestoßen, und das heiße Wasser ergoss auf den Fußboden. Ich behob den Schaden, und Miss Patterson sah Settle fragend an. Settle erhob sich.

»Vielleicht willst du dir den Patienten einmal anschauen, Carstairs?«

Ich folgte ihm sofort. Miss Patterson begleitete uns. Wir gingen die Treppe hoch, und Settle holte einen Schlüssel aus der Tasche.

»Manchmal geht er auf und davon«, erklärte er. »Deshalb schließe ich die Tür gewöhnlich ab, wenn ich das Haus verlasse.«

Er steckte den Schlüssel in das Schloss, und wir traten ein.

Ein junger Mann saß am Fenster, durch das die letzten Strahlen der untergehenden Sonne breit und gelblich hereinfielen. Er saß merkwürdig ruhig, beinahe zusammengekauert, und jeder Muskel seines Körpers schien entspannt zu sein. Zuerst glaubte ich, unsere Gegenwart wäre ihm gar nicht bewusst, bis ich plötzlich sah, dass er uns gespannt beobachtete, obgleich seine Augenlider sich überhaupt nicht bewegten. Seine Augen blickten zu Boden, als ich ihn ansah, und er blinzelte. Aber er rührte sich nicht.

»Steh auf, Arthur«, sagte Settle aufmunternd. »Miss Patterson und ein Freund von mir wollen dich besuchen.«

Aber der junge Mann am Fenster blinzelte nur. Dennoch merkte ich wenig später, dass er uns wieder beobachtete – heimlich und verstohlen.

»Möchtest du eine Tasse Tee?«, fragte Settle immer noch laut und aufmunternd, als spräche er mit einem Kind.

Er stellte eine Tasse Milch auf den Tisch. Überrascht zog ich die Augenbrauen hoch, und Settle lächelte.

»Eine merkwürdige Sache«, sagte er, »aber er rührt nur noch Milch an.«

Im nächsten Augenblick rollte Sir Arthur sich, ohne sich ungebührlich zu beeilen, auseinander, Glied für Glied, und ging langsam zum Tisch hinüber. Ich merkte plötzlich, dass seine Bewegungen vollkommen lautlos waren und seine Füße beim Gehen kein noch so leises Geräusch verursachten. Und als er den Tisch erreicht hatte, streckte er sich gewaltig, indem er das eine Bein weit nach vorn stellte und das andere nach hinten reckte. Diese Stellung trieb er bis zur äußersten Grenze, und dann gähnte er. Noch nie hatte ich ein derartiges Gähnen erlebt! Es schien sein ganzes Gesicht zu verschlucken.

Dann wandte er seine Aufmerksamkeit der Milch zu und beugte den Kopf zum Tisch hinunter, bis seine Lippen die Flüssigkeit berührten.

Settle beantwortete meinen fragenden Blick.

»Die Hände benutzt er überhaupt nicht mehr. Ist anscheinend in ein primitives Stadium zurückverfallen. Merkwürdig, was?«

Ich spürte, wie Miss Patterson schaudernd bei mir Halt suchte, und beruhigend legte ich meine Hand auf ihren Arm.

Die Milch war schließlich ausgetrunken, und noch einmal reckte Arthur Carmichael sich, um dann mit den gleichen geräuschlosen Schritten zum Fenster zurückzukehren, wo er sich zusammengekauert wieder hinsetzte und uns anblinzelte.

Miss Patterson zog uns in den Korridor hinaus.

Sie zitterte am ganzen Körper.

»Oh, Dr. Carstairs!«, rief sie. »Das ist nicht Arthur – das da drinnen ist nicht Arthur! Ich würde es spüren – ich würde es wissen ...«

Betrübt schüttelte ich den Kopf.

»Der Verstand kann einem manchmal seltsame Streiche spielen, Miss Patterson«, sagte ich.

Ich gestehe, dass der Fall mich irritierte. Er besaß einige ungewöhnliche Züge. Obgleich ich den jungen Carmichael bisher noch nie gesehen hatte, erinnerten mich seine merkwürdige Art des Gehens und die Art, wie er blinzelte, an irgendetwas, das ich nirgends richtig einordnen konnte.

Das Abendessen an jenem Abend war eine schweigsame Angelegenheit, und die Hauptlast der Unterhaltung lag auf Lady Carmichael und mir. Als die Damen sich zurückzogen, fragte mich Settle, was für einen Eindruck unsere Gastgeberin auf mich mache.

»Ich muss gestehen«, sagte ich, »dass ich ohne Grund und Veranlassung eine starke Abneigung gegen sie empfinde. Du hattest völlig recht damit, dass sie östliches Blut hat, und ich möchte fast sagen, dass sie deutliche okkulte Kräfte besitzt. Sie ist eine Frau von fast magnetischer Anziehungskraft.«

Settle schien etwas sagen zu wollen, beherrschte sich dann jedoch und bemerkte lediglich nach kurzer Pause: »Ihrem kleinen Sohn ist sie restlos ergeben.«

Nach dem Abendessen saßen wir wieder im grünen Wohnzimmer. Wir hatten gerade den Kaffee getrunken und unterhielten uns ziemlich förmlich über die Themen des Tages, als die Katze anfing, vor der Tür jämmerlich zu miauen. Niemand nahm davon Notiz, und da ich Tiere sehr gern habe, erhob ich mich kurz darauf.

»Darf ich das arme Tier hereinlassen?«, fragte ich Lady Carmichael.

Ihr Gesicht wirkte sehr blass, wie mir schien, aber mit dem Kopf machte sie eine leichte Bewegung, die ich als Zustimmung deutete, sodass ich zur Tür ging und öffnete. Draußen im Korridor war jedoch nichts zu sehen.

»Seltsam«, sagte ich. »Ich hätte schwören können, eine Katze gehört zu haben.«

Als ich zu meinem Sessel zurückging, fiel mir auf, dass alle mich gespannt beobachteten. Irgendwie fühlte ich mich dadurch etwas unbehaglich.

Wir gingen zeitig zu Bett. Settle begleitete mich in mein Zimmer. »Hast du alles, was du brauchst?«, fragte er und sah sich um.

»Ja – danke.«

Immer noch stand er missmutig in meinem Zimmer

herum, als wollte er etwas sagen, könnte sich jedoch nicht dazu entschließen.

»Übrigens«, bemerkte ich, »hast du gesagt, dass an diesem Haus etwas Unheimliches wäre. Bis jetzt macht es jedoch einen äußerst normalen Eindruck.«

»Bezeichnest du es etwa als ein fröhliches Haus?«

»Unter den gegebenen Umständen wohl kaum. Offensichtlich ist es von einem großen Kummer überschattet. Aber hinsichtlich irgendwelcher anomalen Einflüsse würde ich ihm jederzeit ein Unbedenklichkeitsattest ausstellen.«

»Gute Nacht«, sagte Settle unvermittelt. »Und angenehme Träume.«

Träumen tat ich allerdings. Miss Pattersons graue Katze schien selbst auf meine Seele einen tiefen Eindruck gemacht zu haben. Zumindest hatte ich das Gefühl, die ganze Nacht nur von diesem elenden Tier geträumt zu haben.

Mit einem Ruck aus dem Schlaf hochfahrend, wurde mir plötzlich klar, was diese Katze zwangsweise in meine Gedanken einschaltete: Das Geschöpf saß vor meiner Tür und miaute beharrlich. Unmöglich zu schlafen, solange dieser Lärm andauerte. Ich zündete also meine Kerze an und ging zur Tür. Aber im Korridor vor meinem Zimmer war niemand, obgleich das Miauen weiterging. Ein neuer Gedanke kam mir. Das unglückliche Tier war vielleicht irgendwo eingeschlossen und konnte nicht wieder heraus. Links von meiner Tür war der Korridor zu Ende, und dort lag Lady Carmichaels Zimmer. Ich wandte mich daher nach rechts und hatte gerade erst ein paar Schritte gemacht, als der Lärm plötzlich hinter mir losging. Ich fuhr herum, und dann hörte ich es wieder – diesmal ganz deutlich rechts von mir.

Irgendetwas – wahrscheinlich die kalte Zugluft auf dem Korridor – ließ mich erschauern, und ich kehrte direkt in mein Zimmer zurück. Alles war jetzt still, und bald darauf war ich wieder eingeschlafen – um am Morgen eines strahlenden Sommertages aufzuwachen.

Während ich mich ankleidete, sah ich von meinem Fenster aus den Störenfried meiner Nachtruhe. Die graue Katze schlich langsam und heimlich über den Rasen. Ihr Angriffsziel war meiner Ansicht nach ein kleiner Vogelschwarm, der ganz in der Nähe damit beschäftigt war, laut zu schilpen und sich zu putzen.

Und dann passierte etwas sehr Merkwürdiges. Die Katze kam heran und ging mitten zwischen den Vögeln hindurch, wobei ihr Fell die Vögel beinahe berührte – und sie flogen nicht auf. Ich konnte es nicht begreifen; die Geschichte schien mir unfasslich.

Sie beeindruckte mich so sehr, dass ich beim Frühstück nicht umhinkonnte, sie zu erwähnen.

»Wissen Sie eigentlich«, sagte ich zu Lady Carmichael, »dass Sie eine sehr ungewöhnliche Katze besitzen?«

Ich hörte das Klirren einer Tasse auf einer Untertasse und bemerkte, dass Miss Patterson mich – den Mund leicht geöffnet und schnell atmend – erwartungsvoll anstarrte.

Es folgte eine minutenlange Stille, und dann sagte Lady Carmichael in einer deutlich missbilligenden Weise: »Ich glaube, Sie haben sich geirrt. In diesem Hause gibt es keine Katze. Noch nie habe ich eine Katze besessen.«

Es war klar, dass es mir gelungen war, mitten in ein Fettnäpfchen zu treten, und so wechselte ich schnell das Thema.

Aber die Angelegenheit irritierte mich. Warum hatte Lady Carmichael erklärt, in ihrem Hause gäbe es keine Katze? Gehörte sie vielleicht Miss Patterson, und wurde ihre Anwesenheit der Hausherrin gegenüber verheimlicht? Vielleicht hatte Lady Carmichael eine dieser seltsamen

Antipathien gegen Katzen, die man heutzutage so oft antrifft.

Diese Erklärung war zwar nicht gerade plausibel, aber es blieb mir im Augenblick nichts anderes übrig, als mich mit ihr zufriedenzugeben.

Unser Patient befand sich noch im gleichen Zustand. Dieses Mal untersuchte ich ihn gründlich und konnte ihn genauer beobachten als am Abend zuvor. Auf meinen Vorschlag hin wurde das Notwendige veranlasst, dass er möglichst oft mit der Familie zusammen sein konnte. Ich hoffte nicht nur, so eine bessere Gelegenheit zu bekommen, ihn zu beobachten, da er weniger auf der Hut sein würde, sondern auch, dass der übliche Tagesablauf irgendeinen Funken von Intelligenz erwecken würde. Sein Verhalten blieb jedoch unverändert. Er war ruhig und fügsam, wirkte beinahe gedankenlos, war jedoch in Wirklichkeit von gespannter und fast unheimlicher Wachsamkeit. Zumindest eines bedeutete allerdings eine Überraschung für mich: seine innige Zuneigung zur Stiefmutter. Miss Patterson übersah er völlig; aber immer gelang es ihm, so dicht wie möglich neben Lady Carmichael zu sitzen, und einmal sah ich, wie er – ein einfältiger Ausdruck der Liebe – seinen Kopf an ihrer Schulter rieb.

Der Fall machte mir Sorgen. Immer wieder hatte ich jedoch das Gefühl, dass es irgendeinen Hinweis auf die ganze Angelegenheit geben müsste, der mir bisher entgangen war.

»Ein äußerst seltsamer Fall«, sagte ich zu Settle.

»Ja«, sagte er, »und sehr – sehr suggestiv.«

Er blickte mich an, meiner Ansicht nach ziemlich unsicher.

»Sag mal – erinnert Arthur dich vielleicht an irgendetwas?«

Seine Worte waren mir unangenehm, da sie mich an meinen Eindruck vom Vortag erinnerten.

»An was soll er mich erinnern?«, fragte ich.

Er schüttelte den Kopf.

»Vielleicht ist es auch nur Einbildung«, murmelte er, »nichts als Einbildung.«

Und mehr wollte er zu der Angelegenheit nicht sagen.

Alles in allem steckte in dem Fall irgendein Geheimnis. Ich war immer noch ganz besessen von dem verwirrenden Gefühl, jenen Hinweis übersehen zu haben, der den Schlüssel zu allem bildete. Und in einem weniger wichtigen Punkte steckte ebenfalls ein Geheimnis. Ich meine die belanglose Sache mit der grauen Katze. Aus irgendeinem Grund ging die Geschichte mir auf die Nerven. Ich träumte von Katzen, und ständig bildete ich mir ein, ihr Miauen zu hören. Hin und wieder sah ich das bildschöne Tier flüchtig von Weitem. Und die Tatsache, dass mit ihm irgendein Geheimnis verbunden war, ärgerte mich maßlos. Einem plötzlichen Impuls folgend, wandte ich mich eines Nachmittags an den Diener, um von ihm etwas zu erfahren.

»Können Sie«, sagte ich, »mir vielleicht etwas über die Katze verraten, die ich hier gesehen habe?«

»Über die Katze, Sir?« Er machte einen höflich erstaunten Eindruck.

»Gab es hier – gibt es hier – keine Katze?«

»Ihre Ladyship besaßen einmal eine Katze, Sir. Ein sehr hübsches Tier. Sie musste jedoch beseitigt werden. Ein Jammer, denn das Tier war wirklich bildschön.«

»War es eine graue Katze?«, fragte ich langsam.

»Ja, Sir. Eine Perserkatze.«

»Und sie wurde getötet?«

»Ja, Sir.«

»Sind Sie ganz sicher, dass sie getötet wurde?«

»Vollkommen sicher, Sir. Ihre Ladyship wollten den Tierarzt nicht kommen lassen – sondern taten es selbst. Vor knapp einer Woche. Das Tier wurde dann unter der Rotbuche begraben, Sir.«

Nach diesen Worten verließ er das Zimmer und überließ mich meinen Gedanken.

Warum hatte Lady Carmichael so entschieden behauptet, sie hätte nie eine Katze besessen?

Intuitiv hatte ich das Gefühl, diese an sich belanglose Angelegenheit mit der Katze sei in gewisser Weise bedeutungsvoll. Ich fand Settle und nahm ihn beiseite.

»Settle«, sagte ich, »ich möchte dich etwas fragen. Hast du in diesem Haus bisher eine Katze sowohl gesehen als gehört – oder nicht?«

Meine Frage schien ihn keineswegs zu überraschen; er schien sie direkt erwartet zu haben.

»Gehört habe ich sie«, sagte er, »aber gesehen noch nicht.«

»Aber damals bei meiner Ankunft!«, rief ich. »Auf dem Rasen, zusammen mit Miss Patterson!«

Er sah mich fest an.

»Ich sah Miss Patterson über den Rasen gehen. Sonst nichts.«

Ich begann zu begreifen. »Dann«, sagte ich, »ist die Katze …«

Er nickte.

»Ich wollte feststellen, ob du – unvoreingenommen – hören würdest, was wir alle hören …«

»Ihr anderen hört es also auch?«

Wieder nickte er.

»Es ist seltsam«, murmelte ich nachdenklich. »Bisher habe ich keinen Fall gekannt, in dem eine Katze in einem Haus spukt.«

Ich erzählte ihm, was ich von dem Diener erfahren hatte, und er sagte überrascht: »Das ist mir völlig neu! Das habe ich bisher nicht gewusst.«

»Aber was hat es zu bedeuten?«, fragte ich einigermaßen hilflos.

Er schüttelte den Kopf. »Das weiß der Himmel! Aber eines will ich dir sagen, Carstairs – ich habe Angst. Die – die Stimme hat einen drohenden Klang.«

»Drohend?«, wiederholte ich scharf. »Für wen?«

Er breitete ratlos die Hände aus. »Das kann ich nicht sagen.«

Erst abends, nach dem Essen, erkannte ich die Bedeutung seiner Worte. Wir saßen im grünen Wohnzimmer, wie schon am Abend meiner Ankunft, als es erklang – das laute beharrliche Miauen einer Katze vor der Tür. Aber diesmal klang es unmissverständlich verärgert – ein wütendes Katzenheulen, langgezogen und drohend. Und dann, als es verstummte, klapperte draußen der messingne Ring, als spielte eine Katze mit ihm.

Settle fuhr zusammen.

»Ich schwöre, dass es keine Einbildung ist!«, rief er.

Er lief zur Tür und riss sie auf.

Draußen war nichts zu sehen.

Als er zurückkam, wischte er sich die Stirn ab. Phyllis war blass und zitterte, Lady Carmichael hingegen war totenblass. Nur Arthur, der – zufrieden wie ein Kind – auf dem Fußboden hockte und seinen Kopf gegen die Knie seiner Stiefmutter gelehnt hatte, war ruhig und unbeeindruckt.

Miss Patterson legte ihre Hand auf meinen Arm, und wir gingen nach oben.

»Oh, Dr. Carstairs«, sagte sie verzweifelt. »Was soll das? Was hat es zu bedeuten?«

»Das wissen wir auch noch nicht, meine liebe junge Dame«, sagte ich. »Aber ich bin fest entschlossen, es herauszufinden. Sie dürfen jedoch keine Angst haben. Ich bin überzeugt, dass Sie persönlich vollkommen ungefährdet sind.«

Zweifelnd blickte sie mich an.

»Das glauben Sie?«

»Ich bin davon überzeugt«, erwiderte ich fest. Ich erinnerte mich der liebevollen Art, wie die Katze um ihre Füße gestrichen war, und hegte nicht die geringsten Befürchtungen. Die Drohung galt nicht ihr.

Eine Zeit lang döste ich vor mich hin, aber schließlich fiel ich in einen unruhigen Schlaf, aus dem ich mit einem Gefühl des Entsetzens aufschrak. Ich hörte ein kratzendes, lärmendes Geräusch, als würde Stoff gewaltsam zerrissen oder zerfetzt. Ich sprang aus dem Bett und lief auf den Korridor; im gleichen Augenblick stürzte Settle aus seinem gegenüberliegenden Zimmer. Das Geräusch kam von links.

»Hast du es auch gehört, Carstairs?«, rief er. »Hast du es auch gehört?«

Mit wenigen Schritten waren wir an Lady Carmichaels Tür. Nichts war uns entgegengekommen; das Geräusch war jedoch verstummt. Unsere Kerzen spiegelten sich in der glänzenden Tür von Lady Carmichaels Zimmer. Wir sahen uns an.

»Weißt du, was das war?«, flüsterte er beinahe.

Ich nickte. »Eine Katze hat mit ihren Krallen irgendetwas zerfetzt.«

Ein Schauder überlief mich. Plötzlich schrie ich leise auf und hielt die Kerze, die ich in der Hand hatte, tiefer.

»Sieh dir das an, Settle!«

»Das« war ein Sessel, der an der Wand stand – und sein Sitz war in lange Streifen gerissen und zerfetzt …

Wir betrachteten ihn aufmerksam. Settle sah mich an, und ich nickte.

»Katzenkrallen«, sagte er und holt tief Luft. »Unmissverständlich.« Sein Blick wanderte vom Sessel zur verschlossenen Tür. »Die Drohung gilt ihr – Lady Carmichael!«

In dieser Nacht konnte ich nicht mehr schlafen. Die Dinge hatten sich bis zu einem Punkt entwickelt, an dem irgendetwas geschehen musste. Soweit ich die Angelegenheit übersah, gab es nur einen einzigen Menschen, der den Schlüssel zu allem in der Hand hielt. Ich hatte den Verdacht, dass Lady Carmichael mehr wusste, als sie sagen wollte.

Sie war totenblass, als sie am nächsten Morgen herunterkam, und stocherte lustlos auf ihrem Teller herum. Ich war überzeugt, dass nur eiserne Entschlossenheit sie vor einem Zusammenbruch bewahrte. Nach dem Frühstück bat ich sie um eine kurze Unterredung. Ich kam sofort zum Thema.

»Lady Carmichael«, sagte ich, »ich habe allen Grund zur Annahme, dass Sie sich in einer sehr ernsten Gefahr befinden.«

»Wirklich?« Herausfordernd und wunderbar unbeteiligt stellte sie diese Frage.

»In diesem Haus«, fuhr ich fort, »befindet sich irgendetwas – ist irgendetwas vorhanden –, das Ihnen sichtlich feindlich gesinnt ist.«

»So ein Unsinn«, murmelte sie erbost. »Als glaubte ich an derartiges Zeug!«

»Der Sessel vor Ihrer Tür«, bemerkte ich trocken, »wurde in der letzten Nacht zerfetzt.«

»Wirklich?« Mit hochgezogenen Augenbrauen spielte sie die Überraschte, aber ich sah, dass das, was ich erzählt hatte, ihr nicht neu war. »Wahrscheinlich irgendein dummer Spaß.«

»Das glaube ich nicht«, erwiderte ich voller Mitgefühl. »Und ich möchte, dass Sie mir jetzt – um Ihretwillen …« Ich verstummte.

»Was soll ich?«, fragte sie.

»Mir alles erzählen, was in dieser Angelegenheit von Bedeutung sein könnte«, sagte ich ernst.

Sie lachte.

»Ich weiß nichts«, sagte sie, »absolut nichts!«

Und kein Hinweis auf die drohende Gefahr konnte sie veranlassen, ihre starre Haltung aufzugeben. Dennoch war ich überzeugt, dass sie in Wirklichkeit sehr viel mehr wusste als wir anderen, dass sie irgendeinen Hinweis besaß, von dem wir nicht das Geringste ahnten. Ich sah jedoch auch, dass es unmöglich war, sie zum Sprechen zu bringen.

Ich beschloss indes, jede nur mögliche Vorsichtsmaßnahme zu ergreifen, da ich überzeugt war, dass sie von einer sehr realen und nahe bevorstehenden Gefahr bedroht war. Bevor sie am folgenden Abend auf ihr Zimmer ging, wurde der ganze Raum von Settle und mir gründlich durchsucht. Außerdem hatten wir abgemacht, dass er und ich abwechselnd im Korridor Wache halten würden.

Ich übernahm die erste Wache, die ohne Zwischenfall vorüberging, und um drei Uhr löste Settle mich ab. Nach der schlaflosen Nacht war ich müde und schlief sofort ein. Und dabei hatte ich einen höchst seltsamen Traum.

Ich träumte, die graue Katze säße am Fußende meines Bettes und ihre Augen wären merkwürdig flehend auf mich gerichtet. Mit der Sicherheit des Träumenden wusste ich auf einmal, dass das Tier mich aufforderte, ihm zu folgen. Das tat ich, und es führte mich die große Treppe hinunter und dann nach rechts, in den gegenüberliegenden Flügel des Hauses und in einen Raum, der offenbar die Bibliothek war. Dort blieb das Tier an der einen Wand stehen und hob dann seine Vorderpfoten hoch und stützte sie auf eines der unteren Bücherregale; dabei blickte es mich wieder mit diesem rührenden bittenden Ausdruck an.

Auf einmal verschwanden Katze und Bibliothek; ich erwachte und stellte fest, dass es bereits Morgen war.

Auch Settles Wache war ohne Zwischenfall verlaufen; dafür interessierte er sich brennend für meinen Traum. Auf mein Verlangen hin führte er mich in die Bibliothek, die in jeder Einzelheit mit meinem Traumbild übereinstimmte. Ich konnte sogar genau auf die Stelle deuten, von der aus das Tier mir den letzten traurigen Blick zugeworfen hatte.

Schweigend und verwirrt standen wir beide da. Plötzlich kam mir eine Idee, und ich bückte mich, um die Titel jener Bücher zu lesen, die an dieser einen Stelle standen. Dabei fiel mir auf, dass sich in der Reihe eine Lücke befand.

»Irgendein Buch ist hier herausgenommen worden«, sagte ich zu Settle.

Er beugte sich ebenfalls zu dem Regal hinunter.

»Nanu«, sagte er. »Hier hinten steckt ein Nagel, an dem ein Stück vom Umschlag das fehlenden Buches hängt.«

Sorgfältig löste er den kleinen Papierfetzen ab; das Stück war zwar nicht größer als knappe drei Zentimeter im Quadrat – aber zwei bedeutungsvolle Wörter standen darauf: »Die Katze …«

Wir sahen uns an.

»Jetzt läuft es mir doch kalt über den Rücken«, sagte Settle. »Das ist verdammt unheimlich.«

»Ich würde alles darum geben«, sagte ich, »wenn ich wüsste, welches Buch hier fehlt. Glaubst du, es besteht eine Möglichkeit, es irgendwie herauszubekommen?«

»Vielleicht existiert irgendwo ein Katalog. Vielleicht weiß Lady Carmichael …«

Ich schüttelte den Kopf.

»Von Lady Carmichael werden wir nicht das Geringste erfahren.«

»Glaubst du?«

»Davon bin ich überzeugt. Während wir im Dunkeln tappen und uns herumtasten, weiß Lady Carmichael genau Bescheid. Und aus Gründen, die nur sie allein kennt, sagt sie nicht ein ein-

ziges Wort. Lieber geht sie das entsetzliche Risiko ein, als ihr Schweigen aufzugeben.«

Der Tag verstrich so ereignislos, dass es mich an die Stille vor dem Sturm erinnerte. Und ich hatte das seltsame Gefühl, die Lösung des Problems stehe dicht bevor. Noch tastete ich völlig im Dunkeln, aber bald würde ich alles erkennen. Die Tatsachen lagen vor aller Augen, klar und deutlich; es bedurfte nur eines kleinen erhellenden Hinweises, der sie zusammenschweißen und ihre Bedeutung zeigen würde.

Und genau das geschah. In der seltsamsten Weise.

Es geschah, als wir – wie gewöhnlich – nach dem Abendessen im grünen Wohnzimmer zusammensaßen. Wir waren sehr schweigsam gewesen – so still, dass eine kleine Maus quer durch das Zimmer rannte. Und im gleichen Augenblick passierte es.

Mit einem einzigen Satz sprang Arthur Carmichael von seinem Sessel. Sein zitternder Körper war pfeilschnell hinter der Maus her. Die Maus war hinter der Wandtäfelung verschwunden; er hockte jedoch geduckt davor, vor Eifer am ganzen Körper bebend, und wartete.

Es war entsetzlich! Noch nie hatte ich dieses lähmende Gefühl verspürt. Jetzt brauchte ich nicht mehr zu grübeln, an was Arthur Carmichael mich mit seinem lautlosen Gang und den wachsamen Augen erinnerte. Wie ein Blitz kam mir plötzlich die Erklärung – wild, unglaubhaft und unfasslich. Ich wies sie als unmöglich zurück, als undenkbar. Aber ich konnte sie nicht aus meinen Überlegungen vertreiben.

Ich kann mich kaum erinnern, was dann noch geschah. Die ganze Situation wirkte verschwommen und unwirklich. Ich weiß nur, dass wir irgendwie nach oben gingen und uns gegenseitig kurz eine gute Nacht wünschten – beinahe so, als fürchteten wir den Blick des anderen, um in ihm nicht die Bestätigung unserer eigenen Befürchtungen zu entdecken.

Settle machte es sich vor Lady Carmichaels Tür bequem, um die erste Wache zu übernehmen, während ich ihn um drei Uhr ablösen sollte. Besondere Befürchtungen für Lady Carmichael hegte ich eigentlich nicht; ich war zu sehr mit meiner fantastischen, unmöglichen Theorie beschäftigt. Ich sagte mir zwar, dass es unmöglich sei – aber fasziniert kehrten meine Gedanken immer wieder zu diesem Punkt zurück.

Und dann zerplatzte plötzlich die Stille der Nacht. Settles Stimme steigerte sich zu einem Schreien; er rief nach mir. Ich stürzte in den Korridor hinaus.

Er hämmerte und trommelte mit aller Kraft an Lady Carmichaels Tür. »Zum Teufel mit dieser Frau!«, schrie er. »Sie hat tatsächlich abgeschlossen!«

»Aber …«

»Sie ist drinnen, Menschenskind! Bei ihr drinnen! Hörst du sie denn nicht?«

Durch die verschlossene Tür drang das langgezogene wütende Jaulen einer Katze. Es folgte ein entsetzlicher Schrei – und noch einer … Ich erkannte Lady Carmichaels Stimme.

»Die Tür!«, schrie ich. »Wir müssen sie aufbrechen – sonst ist es zu spät!«

Wir warfen uns mit der Schulter gegen die Tür und versuchten mit aller Kraft, sie einzudrücken. Krachend gab sie nach – und wir fielen beinahe in das Zimmer.

Blutüberströmt lag Lady Carmichael auf ihrem Bett. Selten habe ich einen fürchterlicheren Anblick erlebt.

Ihr Herz schlug noch, aber ihre Verletzungen waren entsetzlich, denn an ihrer Kehle war die Haut zerrissen und zerfetzt... Am ganzen Körper zitternd flüsterte ich: »Die Krallen...« Ein Schauder abergläubischen Entsetzens überlief mich.

Sorgfältig säuberte und verband ich die Verletzungen, und dann schlug ich Settle vor, die Art der Verletzungen lieber für uns zu behalten – insbesondere gegenüber Miss Patterson. Schließlich bestellte ich telegrafisch eine Krankenschwester; das Telegramm sollte aufgegeben werden, sobald das Postamt öffnete. Langsam drang die Morgendämmerung durch das Fenster. Ich blickte auf den Rasen hinunter.

»Zieh dich an und komm mit«, sagte ich unvermittelt zu Settle. »Lady Carmichael ist im Moment gut aufgehoben.«

Wenig später war er bereit, und gemeinsam gingen wir in den Garten hinaus.

»Was hast du vor?«

»Ich will den Kadaver der Katze ausgraben«, sagte ich kurz. »Ich muss es genau wissen...«

In einem Geräteschuppen fand ich einen Spaten, und dann machten wir uns unter der großen Blutbuche an die Arbeit. Nach einiger Zeit wurde unsere Mühe belohnt. Erfreulich war es nicht; das Tier war immerhin seit einer Woche tot. Aber ich sah, was ich sehen wollte.

»Das ist die Katze«, sagte ich. »Dieselbe Katze, die ich hier am Tage meiner Ankunft sah.«

Settle schnupperte. Ein Geruch nach bitteren Mandeln war immer noch wahrnehmbar.

»Blausäure«, sagte er.

Ich nickte.

»Was glaubst du?«, fragte er neugierig.

»Dasselbe wie du!«

Meine Vermutung war für ihn nicht neu – in seinen Gedanken war sie, wie ich merkte, auch schon aufgetaucht.

»Das ist unmöglich«, murmelte er. »Einfach unmöglich! Es spricht gegen jegliche Wissenschaft – gegen die Natur...« Seine Stimme wurde immer unsicherer und verstummte. »Diese Maus gestern Abend«, sagte er. »Aber – mein Gott, das kann doch nicht wahr sein!«

»Lady Carmichael«, sagte ich, »ist eine sehr seltsame Frau. Sie besitzt okkulte Kräfte – hypnotische Kräfte. Ihre Vorfahren stammen tatsächlich aus dem Osten. Wissen wir, welchen Gebrauch sie gegenüber einem schwachen, liebenswerten Wesen wie Arthur Carmichael davon macht? Und vergiss eines nicht, Settle: Wenn Arthur Carmichael hoffnungslos geistesgestört und ihr ergeben bleibt, gehört der ganze Besitz praktisch ihr und ihrem Sohn – du hast selbst gesagt, sie vergöttere ihn. Und außerdem wollte Arthur heiraten!«

»Aber was machen wir jetzt, Carstairs?«

»Im Augenblick nichts«, sagte ich. »Wir können nur versuchen, Lady Carmichael vor der Rache zu schützen.«

Lady Carmichael erholte sich langsam. Ihre Verletzungen heilten von allein so gut, wie man es nur erwarten konnte – wenngleich sie die Narben von diesem Angriff wahrscheinlich bis an ihr Lebensende nicht verlieren würde.

Ich kam mir so hilflos vor wie noch nie. Die Macht, die uns besiegt hatte, war immer noch ungebrochen, unbesiegt, und obgleich sie sich im Augenblick ruhig verhielt, war doch anzunehmen, dass sie nur ihre Zeit abwartete. In einem Punkt war ich fest entschlossen. Sobald Lady Carmichael sich so weit erholt hatte, dass sie transportfähig war, musste sie »Wolden« verlassen. Immerhin bestand die Möglichkeit, dass diese entsetzliche Erscheinung nicht in der Lage war, ihr dann zu folgen. Und so vergingen die Tage.

Den 18. September hatte ich als den Tag festgesetzt, an dem Lady Carmichael weggebracht werden sollte. Am Morgen des 14. September kam es jedoch überraschend zur Krise.

Ich war gerade in der Bibliothek und besprach mit Settle die Einzelheiten von Lady Carmichaels Abreise, als ein aufgeregtes Dienstmädchen in den Raum stürzte.

»O Sir!«, rief sie. »Schnell! Mr. Arthur – er ist in den Teich gefallen! Er stieg in das Boot und das Boot trieb mit ihm ab, und dabei hat er das Gleichgewicht verloren und ist ins Wasser gefallen! Ich habe es vom Fenster aus gesehen.«

Ich zögerte keinen Augenblick, sondern lief sofort aus dem Zimmer, gefolgt von Settle. Phyllis stand draußen und hatte den Bericht des Mädchens selbst gehört. Sie lief mit uns hinaus.

»Aber Sie brauchen keine Angst zu haben!«, rief sie. »Arthur ist ein ausgezeichneter Schwimmer.«

Ich befürchtete jedoch das Schlimmste und beschleunigte mein Tempo. Die Wasseroberfläche des Teiches war spiegelglatt. Das leere Boot trieb langsam dahin – aber von Arthur war nichts zu sehen.

Settle riss sich das Jackett herunter und zog seine Schuhe aus.

»Ich gehe in den Teich«, sagte er. »Nimm du den Bootshaken und suche vom zweiten Boot aus. Das Wasser ist nicht tief.«

Die Zeit schien stillzustehen, während wir suchten. Minute folgte auf Minute. Und dann, als wir gerade verzweifelten, fanden wir ihn und brachten den anscheinend leblosen Arthur Carmichael ans Ufer.

Bis an mein Lebensende werde ich den hoffnungslosen, gequälten Ausdruck auf Phyllis' Gesicht nicht vergessen.

»Nicht – nicht...« Ihre Lippen weigerten sich, das entsetzliche Wort zu bilden.

»Nein, nein, meine Liebe!«, rief ich. »Wir bringen ihn schon wieder zu sich – keine Angst.«

Innerlich hatte ich jedoch kaum noch Hoffnung. Eine halbe Stunde war er unter Wasser gewesen. Ich schickte Settle ins Haus, um vorgewärmte Decken und andere notwendige Dinge zu besorgen, und begann dann mit Wiederbelebungsversuchen.

Angestrengt arbeiteten wir länger als eine Stunde, aber nichts deutete darauf hin, dass noch Leben in Arthur Carmichael war. Mit einer Kopfbewegung bedeutete ich Settle, mich wieder abzulösen, und näherte mich Phyllis.

»Ich fürchte«, sagte ich behutsam, »dass es keinen Sinn hat. Wir können Arthur nicht mehr helfen.«

Sie blieb einen Augenblick stumm, ohne sich zu rühren; und dann warf sie sich plötzlich über den leblosen Körper. »Arthur!«, rief sie verzweifelt. »Arthur! Komm zu mir zurück! Arthur – komm zurück – komm zurück!«

Ihre Stimme verhallte langsam. Plötzlich berührte ich Settles Arm. »Da!«, sagte ich.

Das Gesicht des Ertrunkenen bekam auf einmal eine Spur von Farbe. Ich fühlte seinen Puls.

»Weiter mit der künstlichen Beatmung!«, rief ich. »Er kommt wieder zu sich!«

Die Augenblicke schienen jetzt vorüberzufliegen. Nach wunderbar kurzer Zeit öffneten sich seine Augen.

Und dann entdeckte ich plötzlich auch einen Unterschied: *Das hier waren intelligente Augen, menschliche Augen ...*

Ihr Blick ruhte auf Phyllis.

»Tag, Phyllis«, sagte er mit schwacher Stimme. »Bist du da? Ich dachte, du kämst erst morgen?«

Irgendetwas zu sagen, traute sie sich noch nicht zu; stattdessen lächelte sie ihn nur an. Zunehmend verwirrt sah er sich um.

»Ja – aber wo bin ich denn? Und – richtig miserabel fühle ich mich. Was ist denn mit mir los? Tag, Dr. Settle!«

»Sie wären beinahe ertrunken – das ist los«, erwiderte Settle grimmig.

Sir Arthur schnitt eine Grimasse. »Ich habe früher schon gehört, dass einem hinterher ganz übel ist, wenn man zurückkommt! Aber wie ist es denn passiert? Bin ich etwa im Schlaf gewandelt?«

Settle schüttelte den Kopf.

»Wir müssen ihn ins Haus bringen«, sagte ich und trat einen Schritt näher.

Er starrte mich an, und Phyllis stellte mich vor: »Dr. Carstairs, der augenblicklich hier ist.«

Wir nahmen ihn zwischen uns und machten uns auf den Weg zum Haus. Plötzlich blickte er auf, als wäre ihm irgendetwas eingefallen.

»Sagen Sie, Doktor – bis zum zwölften bin ich doch wieder in Ordnung, nicht wahr?«

»Bis zum zwölften?«, sagte ich langsam. »Meinen Sie vielleicht den 12. August?«

»Ja – nächsten Freitag.«

»Heute ist der 14. September«, sagte Settle unvermittelt. Seine Verwirrung war nicht zu übersehen.

»Aber – aber ich dachte, heute wäre der 8. August? Dann muss ich also krank gewesen sein?«

Phyllis unterbrach ihn sofort mit ihrer behutsamen Stimme.

»Ja«, sagte sie, »du bist sehr krank gewesen.«

Er zog die Stirne kraus. »Das verstehe ich nicht. Als ich gestern Abend zu Bett ging, war ich noch kerngesund – das heißt natürlich, wenn es tatsächlich gestern Abend war. Und jetzt fällt mir auch ein, dass ich geträumt habe, geträumt…« Seine Stirnfalten wurden noch tiefer, während er sich bemühte, sich zu erinnern. »Irgendetwas – was war es denn nur? Irgendetwas Schreckliches – irgendjemand hatte es mir angetan – und ich war wütend – verzweifelt… Und dann träumte ich, ich wäre eine Katze – ja, eine Katze! Komisch, nicht? Aber der Traum selbst war gar nicht komisch. Er war – fürchterlich war er! Aber ich kann mich nicht mehr genau erinnern. Wenn ich nachdenke, verfliegt alles.«

Ich legte ihm die Hand auf die Schulter. »Versuchen Sie jetzt nicht erst nachzudenken, Sir Arthur«, sagte ich ernst. »Seien Sie zufrieden – dass Sie es vergessen.«

Irritiert sah er mich an und nickte. Ich hörte, wie Phyllis erleichtert aufatmete. Mittlerweile hatten wir das Haus erreicht.

»Übrigens«, sagte Arthur plötzlich, »wo ist eigentlich Mutter?«

»Sie ist – sie ist krank gewesen«, sagte Phyllis nach kurzem Überlegen.

»Ach! Die arme Mutter!« Seine Stimme verriet ehrliche Besorgnis. »Wo ist sie denn? In ihrem Zimmer?«

»Ja«, sagte ich, »aber vielleicht ist es besser, wenn Sie sie jetzt nicht stören…«

Das Wort erstarb mir auf den Lippen. Die Tür des Wohnzimmers öffnete sich, und in ihren Morgenmantel gehüllt, trat Lady Carmichael in die Diele.

Ihre Augen waren starr auf Arthur gerichtet, und wenn ich jemals den Ausdruck vollkommenen, von Schuld beladenen Entsetzens gesehen habe, dann in diesem Augenblick. Vor wahnwitzigem Entsetzen war ihr Gesicht kaum mehr menschlich. Mit der Hand griff sie sich an die Kehle.

In kindlicher Zuneigung machte Arthur einen Schritt auf sie zu.

»Guten Tag, Mutter! Dich hat es also auch erwischt, was? Das tut mir aber wirklich leid.«

Sie schrak vor ihm zurück; ihre Augen waren weit aufgerissen. Und plötzlich, mit dem Aufschrei einer verfluchten Seele, stürzte sie rücklings durch die offenstehende Tür.

Ich war sofort bei ihr, beugte mich über sie und nickte Settle zu.

»Los«, sagte ich. »Bring ihn vorsichtig nach oben, und komm dann wieder herunter. Lady Carmichael ist tot.«

Nach wenigen Minuten war er wieder da.

»Was ist los?«, fragte er. »Wodurch?«

»Durch einen Schock«, sagte ich verbissen. »Durch den Schock, Arthur Carmichael, den wirklichen Carmichael, dem Leben wiedergegeben vor sich zu sehen! Oder, wie ich lieber sagen würde: durch ein Gottesurteil!«

»Du meinst ...« Er zögerte.

Ich blickte ihm in die Augen, sodass er verstand.

»Leben um Leben«, sagte ich betont.

»Aber ...«

»O nein! Ich weiß, dass ein seltsamer und unvorhergesehener Zufall es der Seele Arthur Carmichaels ermöglichte, in seinen Körper zurückzukehren. Aber trotzdem ist Arthur Carmichael vorher ermordet worden.«

Fast ängstlich blickte er mich an. »Mit Blausäure?«, fragte er leise.

»Ja«, erwiderte ich. »Mit Blausäure.«

Über das, was wir glaubten, haben Settle und ich nie gesprochen. Aller Wahrscheinlichkeit nach ist es auch unglaubhaft. Entsprechend den orthodoxen Ansichten litt Arthur Carmichael lediglich an Gedächtnisschwund, zerfleischte Lady Carmichael sich den Hals in einem vorübergehenden Anfall von Wahnsinn, und das Auftreten der grauen Katze beruhte auf bloßer Einbildung.

Es existieren jedoch zwei Tatsachen, die meiner Ansicht nach unmissverständlich sind. Da ist einmal der zerfetzte Sessel im Korridor. Der zweite Punkt ist noch bedeutsamer. Tatsächlich wurde der Bibliothekskatalog gefunden, und nach gründlicher Suche zeigte sich, dass es sich bei dem fehlenden Buch um ein altes und seltsames Werk über die Möglichkeiten handelte, menschliche Geschöpfe in Tiere zu verwandeln!

Und schließlich noch etwas. Dankbar kann ich heute sagen, dass Arthur nichts davon weiß. Phyllis hat das Geheimnis dieser Wochen in ihr Herz eingeschlossen, und ich bin überzeugt, dass sie es ihrem Mann nie verraten wird, den sie aufrichtig liebt und der beim Erklingen ihrer Stimme über die Grenze des Grabes wieder zurückkehrte.

Patricia Highsmith

Mings fetteste Beute

Ming lag gemütlich am Fuß der Koje seiner Herrin, als der Mann ihn am Nacken ergriff, draußen absetzte und die Kabinentür schloss. Vor Schreck und kurzfristigem Zorn weiteten sich Mings blaue Augen, schlossen sich aber angesichts des gleißenden Sonnenlichts wieder zu Schlitzen. Er war nicht zum ersten Mal unsanft aus der Kabine hinausbefördert worden, und er wusste, dass der Mann es dann tat, wenn Mings Herrin Elaine gerade nicht hersah.

Auf dem Segelboot gab es jetzt keinen Schutz vor der Sonne, doch noch war es Ming nicht zu warm. Gewandt sprang er auf das Kabinendach und betrat die Taurolle gleich hinter dem Mast. Diese Taurolle passte Ming gut als Sofa, weil er von dort oben alles im Blick hatte, vor starken Winden geschützt war und seine Unterlage in der Mitte der Yacht obendrein das Schwanken und die plötzlichen Kurswechsel der *White Lark* dämpfte. Doch jetzt war das Segel eingeholt worden, weil Elaine und der Mann ihren Lunch gehabt hatten und wie oft nach dem Lunch eine Siesta hielten, und während dieser Zeit wollte der Mann ihn nicht in der Kabine haben, das wusste Ming. Gegen die Lunchzeit hatte Ming nichts. Er selbst hatte soeben köstlichen gegrillten Fisch und ein bisschen Hummer gespeist. Jetzt lag Ming entspannt in die Taurolle geschmiegt, riss gähnend das Schnäuzchen auf und blickte dann aus seinen gegen die grelle Sonne beinahe ganz geschlossenen Augenschlitzen zu den hellbraunen Bergen und den weißen und rosafarbenen Häusern und Hotels, die die Bucht von Acapulco umschlossen. Zwischen der *White Lark* und dem Strand, wo Badende unhörbar planschten, blinkte die Sonne auf der Wasseroberfläche wie Tausende winziger elektrischer Lichter, die an- und ausgingen. Ein Wasserskifahrer flitzte vorbei, eine weiße Gischtspur hinter sich herziehend. Welcher Aufwand! Ming döste fast und spürte, wie die Hitze der Sonne sich in sein Fell grub. Er stammte aus New York und betrachtete Acapulco als gewaltigen Fortschritt gegenüber der Umgebung in seinen ersten Lebenswochen. Er erinnerte sich an eine lichtarme Kiste, mit Stroh ausgelegt, und drei oder vier weitere junge Kätzchen und ein Fenster, hinter dem riesige Gestalten für einen Augenblick stehen blieben, klopften, um seine Aufmerksamkeit zu erregen, und weitergingen. An seine Mutter erinnerte er sich überhaupt nicht. Eines Tages kam eine junge Frau, die nach etwas Angenehmem roch, herein und nahm ihn mit – weg von dem scheußlichen, erschreckenden Geruch nach Hunden, Medikamenten und Papageienkot. Dann fuhren sie mit etwas, das, wie Ming inzwischen wusste, ein Flugzeug war. Inzwischen war er an Flugzeuge gewöhnt und konnte sie gut leiden. Im Flugzeug saß und schlief er auf Elaines Schoß, und wenn er Hunger hatte, gab es immer etwas zu naschen.

Elaine verbrachte jeden Tag viel Zeit in einem Laden in Acapulco, wo an allen Wänden Kleider und

Hosen und Badeanzüge hingen. Dort roch es sauber und frisch, vor dem Laden waren Blumen in Töpfen und Blumenkästen, und der Boden bestand aus kühlen blauen und weißen Fliesen. Ming konnte nach Belieben in den Hof hinter dem Laden spazieren oder in seinem Körbchen in einer Ecke schlafen. Vor dem Laden war mehr Sonne, aber freche Jungen hatten es oft auf Ming abgesehen, wenn er vor dem Laden saß, und deshalb konnte er sich dort nicht ausruhen.

Am liebsten lag Ming zusammen mit seiner Herrin auf einem der Liegestühle auf ihrer Terrasse zu Hause. Weniger lieb waren ihm die Menschen, die sie manchmal einlud, die über Nacht blieben, zu Dutzenden bis tief in die Nacht aufblieben und aßen und tranken und Grammophon oder Klavier spielten – die ihn von Elaine trennten. Menschen, die ihm auf die Pfoten traten, die ihn manchmal von hinten hochhoben, bevor er sich wehren konnte, sodass er sich sträuben und winden musste, um sich zu befreien, die ihn ungeschickt streichelten, die irgendwelche Türen schlossen und ihn dabei einsperrten. *Menschen!* Ming verabscheute Menschen. Auf der ganzen Welt konnte er nur Elaine leiden. Elaine liebte ihn und verstand ihn.

Vor allem diesen Mann namens Teddie verabscheute Ming in letzter Zeit. Teddie war seit Neuestem dauernd anwesend. Ming gefiel es nicht, wie Teddie ihn beäugte, wenn Elaine nicht zusah. Und manchmal murmelte Teddie, wenn Elaine nicht zuhörte, Worte, die, wie Ming wusste, eine Drohung

waren. Oder ein Befehl,
den Raum zu verlassen.
Ming nahm das gelas-
sen. Es galt die Würde
zu wahren. Und war seine
Herrin etwa nicht auf seiner Seite? Der Eindringling
war der Mann. Wenn Elaine zusah, tat der Mann manchmal, als möge er Ming, doch Ming ging ihm stets graziös,
aber unmissverständlich aus dem Weg.

Mings Nickerchen wurde vom Geräusch der sich öff-
nenden Kabinentür unterbrochen. Er hörte Elaine und
den Mann lachen und sprechen. Die große orangerote
Sonne näherte sich dem Horizont.

»Ming!« Elaine trat zu ihm. »Herzchen, was machst du
in dieser Hitze? Ich dachte, du wärst drinnen!«

»Das dachte ich auch!«, sagte Teddie.

Ming schnurrte, wie immer beim Aufwachen. Elaine
hob ihn sanft hoch, schmiegte ihn in ihre Arme und trug
ihn hinunter in den mit einem Mal kühlen Schatten der
Kabine. Sie sprach zu dem Mann, in nicht gerade freund-
lichem Ton. Sie setzte Ming vor seiner Wasserschüssel ab;
obwohl er nicht durstig war, trank er ihr zuliebe ein bisschen. Von der Hitze war ihm schwindelig, und er taumelte
leicht.

Elaine nahm ein nasses Handtuch und wischte Ming
das Gesicht, die Ohren und die Pfoten ab. Dann legte sie
ihn behutsam auf die Koje, die nach ihrem Parfum roch,
aber auch nach dem Mann, den Ming verabscheute.

Jetzt stritten seine Herrin und der Mann, das hörte
Ming an ihrem Tonfall. Elaine blieb bei Ming auf der
Kante der Koje sitzen. Und endlich hörte Ming das Plat-
schen, das bedeutete, dass Teddie ins Wasser gesprungen

war. Ming hoffte, dass er dort blieb, hoffte, dass er ertrank, hoffte, dass er wegblieb. Elaine machte in dem Aluminiumspülbecken ein Handtuch nass, wrang es aus, breitete es auf die Koje und setzte Ming darauf. Sie holte Wasser, und Ming, der jetzt durstig war, trank. Während er einschlief, spülte sie das Geschirr und räumte es weg. Es waren gemütliche Geräusche, die Ming gern hörte.

Doch schon bald ertönte ein neues Platschen und das Tappen von Teddies nassen Füßen auf Deck, und Ming wurde wieder wach.

Das Streiten hob wieder an. Elaine ging die paar Stufen zum Deck hinauf. Angespannt, das Kinn jedoch weiterhin auf dem feuchten Handtuch, behielt Ming die Kabinentür im Blick. Er hörte Teddies Schritte herunterkommen. Ming hob leicht den Kopf; er wusste, dass es keinen zweiten Ausgang gab, dass er in der Kabine gefangen war. Der Mann blieb stehen, ein Handtuch in Händen, und starrte Ming an.

Ming entspannte sich, als wollte er gähnen, und dabei schielte er ein wenig, und dann glitt ihm die Zunge ein Stück aus dem Mund. Der Mann wollte etwas sagen, sah aus, als wollte er das zusammengerollte Handtuch nach Ming werfen, doch dann zögerte er, behielt für sich, was er hatte sagen wollen, warf das Handtuch in das Spülbecken und beugte sich darüber, um sich das Gesicht zu waschen. Ming hatte Teddie nicht zum ersten Mal die Zunge herausgestreckt. Die meisten lachten, wenn er das tat, bei Partys beispielsweise, und Ming fand das recht amüsant. Aber er spürte, dass Teddie es als Akt der Aggression auffasste, und deshalb streckte er Teddie absichtlich die Zunge heraus, während es ihm bei anderen Leuten eher versehentlich passierte.

Der Streit nahm kein Ende. Elaine machte Kaffee. Ming fühlte sich allmählich besser und ging wieder auf

Deck hinaus, denn die Sonne war inzwischen unterge-
gangen. Elaine hatte den Motor angeworfen; sie glitten
langsam dem Strand entgegen. Ming fing Vogelgesang auf,
sonderbare Rufe wie schrille Sätze, geäußert von Vögeln,
die erst bei Sonnenuntergang die Stimme erhoben. Ming
freute sich auf das Adobeziegelhaus auf den Klippen, das
sein und seiner Herrin Zuhause war. Er wusste, dass sie
ihn nicht zu Hause ließ (wo es für ihn bequemer gewesen
wäre), wenn sie mit dem Boot hinausfuhr, weil sie befürchtete, man könnte ihn einfangen oder sogar umbringen.
Ming verstand das. Man hatte ihn fast vor Elaines Augen
zu stehlen versucht. Einmal war er in einem Wäschesack
weggeschafft worden, und obwohl er sich aus Leibeskräf-
ten gewehrt hatte, bezweifelte er, dass er sich hätte befreien
können, wenn Elaine nicht dem Jungen eine herunterge-
nauen und ihm den Sack entrissen hätte.

Ming hatte vorgehabt, wieder auf das Kabinendach zu
springen, doch nach einem Blick hinauf beschloss er, seine
Kräfte zu schonen, und kauerte sich mit eingezogenen
Pfoten auf das warme, leise schaukelnde Deck und schaute
dem näher kommenden Strand entgegen. Jetzt konnte er
Gitarrenmusik vom Strand herwehen hören. Die Stimmen seiner Herrin und des Mannes verstummten. Einen
Augenblick lang war das lauteste Geräusch
das *Tschak-tschak-tschak* des
Schiffsmotors. Dann hörte
Ming die nackten Füße
des Mannes die Stu-
fen vor der Kabine
heraufkommen. Ming
drehte nicht den Kopf
zu ihm um, doch
seine Ohren zuckten

unwillkürlich zurück. Er schaute auf das Wasser, das vor und unter ihm in Entfernung eines kurzen Sprungs lag. Merkwürdigerweise war von dem Mann hinter ihm kein Laut zu vernehmen. Die Haare in Mings Nacken sträubten sich, und Ming warf einen Blick über die rechte Schulter.

Im gleichen Augenblick beugte der Mann sich vor und stürzte sich mit ausgebreiteten Armen auf Ming.

Ming war sofort auf den Beinen und sprang auf den Mann zu, in die einzige sichere Richtung auf dem Deck ohne Geländer, aber der Mann holte mit dem linken Arm aus und traf Ming vor die Brust. Ming wurde zurückgeschleudert, seine Krallen scharrten über Deck, und mit den Hinterbeinen rutschte er über Bord. Mit den Vorderpfoten klammerte er sich an das glatte Holz, das ihm wenig Halt bot, während seine Hinterpfoten sich abmühten, ihn auf Deck zurückzubugsieren, sich auf der Seite des Bootes abmühten, die in einem für Ming ungünstigen Winkel geneigt war.

Der Mann trat vor, um Mings Pfoten mit dem Fuß wegzustoßen, doch in diesem Augenblick kam Elaine die Treppe herauf.

»Was ist los? *Ming!*«

Nach und nach manövrierten Mings kräftige Hinterbeine ihn zurück auf Deck. Der Mann war niedergekniet, als wollte er helfen. Elaine hatte sich ebenfalls auf die Knie geworfen und hielt Ming jetzt am Nacken gepackt. Ming entspannte sich, auf Deck gekauert. Sein Schwanz war nass.

»Er ist über Bord gefallen!«, sagte
Teddie. »Ungelogen, das macht der
Sonnenstich. Er hat das Gleichgewicht verloren und ist runtergefallen, als das Boot
einen Hopser gemacht
hat.«

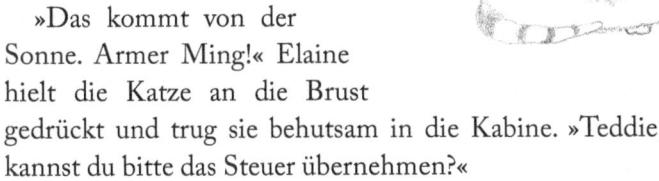

»Das kommt von der
Sonne. Armer Ming!« Elaine
hielt die Katze an die Brust
gedrückt und trug sie behutsam in die Kabine. »Teddie,
kannst du bitte das Steuer übernehmen?«

Der Mann kam in die Kabine herunter. Elaine hatte
Ming auf die Koje gesetzt und sprach leise zu ihm. Mings
Herz klopfte noch heftig. Er war auf der Hut vor dem
Mann am Steuer, obwohl Elaine bei ihm war. Ming war
sich dessen gewahr, dass sie in die kleine Bucht eingefah-
ren waren, die sie immer ansteuerten, bevor sie von Bord
gingen.

Hier befanden sich Teddies Freunde und Verbündete,
die Ming aus diesem Grund verabscheute, obwohl es lediglich mexikanische Jungen waren. Zwei, drei Jungen in
Shorts riefen: »Señor Teddie!«, und streckten die Hand
aus, um Elaine zum Dock hochzuhelfen, ergriffen das Tau
vorne am Boot und boten an, »Ming! Ming!« zu tragen.
Ming sprang aus eigener Kraft auf das Dock und wartete
geduckt auf Elaine, bereit, wegzuspringen, sobald eine andere als ihre Hand ihn berühren sollte – und es waren viele
braune Hände da, die nach ihm griffen, sodass Ming nicht
zur Ruhe kam. Gelächter, Ausrufe, das Getrappel nackter
Füße auf Holzplanken. Doch gleichzeitig Elaines beruhi-
gende Stimme, die sie wegscheuchte. Ming wusste, dass
Elaine damit beschäftigt war, die Plastiktaschen einzusam-

meln und die Kabinentür abzuschließen. Mithilfe eines der mexikanischen Jungen spannte Teddie jetzt die Segeltuchplane über die Kabine. Elaines sandalenbekleidete Füße tauchten neben Ming auf. Ming folgte ihr. Ein Junge nahm Elaine die Sachen ab, die sie trug, und sie hob Ming auf.

Sie stiegen in den großen Wagen ohne Dach, der Teddie gehörte, und fuhren die gewundene Straße zu Elaines und Mings Haus hinauf. Einer der Jungen saß am Steuer. Der Ton, in dem Elaine und Teddie sich unterhielten, war jetzt ruhiger und friedlicher. Der Mann lachte. Ming saß angespannt auf dem Schoß seiner Herrin. Daran, wie sie ihn streichelte und seinen Nacken kraulte, konnte er spüren, dass sie um ihn besorgt war. Der Mann streckte die Hand aus, um Mings Rücken zu berühren, und Ming ließ ein leises, unruhiges Knurren hören, zuerst tief, dann hoch, dann wieder tief.

»Na, na«, sagte der Mann mit gespielter Heiterkeit und zog die Hand zurück.

Elaines Stimme verstummte mitten im Satz. Ming war müde und wünschte sich nichts sehnlicher, als auf dem großen Bett zu Hause ein Nickerchen zu halten. Auf dem Bett lag eine dünne Wolldecke mit roten und weißen Streifen.

Kaum hatte Ming den Gedanken zu Ende gedacht, befand er sich schon in der kühlen, wohlriechenden Atmosphäre seines Zuhauses und wurde behutsam auf das Bett mit der weichen wollenen Decke gesetzt. Seine Herrin küsste ihn auf die Wange und sagte etwas, worin das Wort »hungrig« vorkam. Ming hatte verstanden. Er sollte ihr Bescheid sagen, wenn er hungrig war.

Ming döste und erwachte erst, als er in einigen Metern Entfernung auf der Terrasse hinter den offenen Glastüren Stimmen hörte. Inzwischen war es dunkel. Ming konnte ein Ende des Tischs sehen, und an der Art des Lichts erkannte er, dass Kerzen auf dem Tisch standen. Concha, das Hausmädchen, das im Haus wohnte, räumte den Tisch ab. Ming hörte ihre Stimme und dann die Stimmen Elaines und des Mannes. Er roch Zigarrenrauch. Er sprang auf den Boden und blieb einen Augenblick sitzen, den Blick durch die Tür zur Terrasse gerichtet. Er gähnte, machte einen Buckel, streckte sich und lockerte seine Muskeln, indem er die Krallen in den dicken Sisalteppich grub. Dann schlüpfte er zur Rechten auf die Terrasse und glitt lautlos die breiten Steinstufen in den Garten hinunter. Der Garten war wie ein Dschungel oder ein Wald. Avocado- und Mangobäume reichten bis zur Terrasse empor, an der Mauer wuchsen Bougainvilleen, in den Bäumen Orchideen, und es gab Magnolien und einige Kamelienbüsche, die Elaine gepflanzt hatte. Ming hörte Vögel zwitschern und sich in ihren Nestern regen. Manchmal erkletterte er Bäume, um an die Nester zu gelangen, doch danach stand ihm heute Abend nicht der Sinn, obwohl er nicht mehr müde war. Die Stimmen seiner Herrin und des Mannes verstörten ihn. Heute Abend war seine Herrin auf den Mann nicht gut zu sprechen, so viel war ihm klar.

Concha war wahrscheinlich noch in der Küche; Ming beschloss, sie aufzusuchen und um etwas zu essen zu bitten. Concha konnte ihn gut leiden. Ein Hausmädchen, das ihn nicht leiden konnte, war von Elaine entlassen worden.

Ming dachte sich, dass gegrilltes Schweinefleisch mit Barbecuesauce nicht übel wäre. Das hatten seine Herrin und der Mann vorhin gegessen. Eine frische Brise blies vom offenen Meer herein und zauste sacht Mings Fell. Ming hatte sich vollständig von dem schrecklichen Erlebnis erholt, bei dem er beinahe ins Meer gestürzt wäre.

Jetzt war die Terrasse menschenleer. Ming ging nach links in das Schlafzimmer zurück und spürte sofort die Gegenwart des Mannes, obwohl es dunkel war und Ming ihn nicht sehen konnte. Der Mann stand neben dem Toilettentisch und öffnete eine Schatulle. Wieder ließ Ming unwillkürlich ein leises Knurren hören, das stieg und fiel, und verharrte in der Körperhaltung, in der er auf den Mann aufmerksam geworden war, die rechte Vorderpfote für den nächsten Schritt ausgestreckt. Jetzt hatte er die Ohren zurückgelegt, bereit, in jede Richtung loszuspringen, obwohl der Mann ihn noch nicht gesehen hatte.

»Psst! Blödes Vieh!«, flüsterte der Mann und stampfte leise auf, um die Katze zu verscheuchen.

Ming regte sich nicht. Er hörte das leise Klirren der weißen Halskette, die seiner Herrin gehörte. Der Mann steckte sie in die Tasche und bewegte sich dann nach rechts, zu der Tür hinaus, die in das große Wohnzimmer führte. Jetzt hörte Ming das Klirren von Flasche und Glas, hörte, wie eine Flüssigkeit eingeschenkt wurde. Ming ging durch dieselbe Tür und wandte sich dann nach links der Küche zu.

Dort miaute er und wurde von Elaine und Concha begrüßt. Concha hatte in ihrem Radio Musik laufen.

»Fisch? – Schwein. Er mag Schwein«, sagte Elaine mit den eigenartigen Worten, die sie Concha gegenüber verwendete.

Ohne große Schwierigkeiten gelang es Ming, seine Vorliebe für Schweinefleisch auszudrücken, und er bekam das Gewünschte, über das er sich mit Heißhunger hermachte. Concha rief: »Ahiii!«, während seine Herrin ihr ausgiebig etwas berichtete. Dann bückte Concha sich, um ihn zu streicheln, und Ming ließ es sich gefallen, den Blick auf seine Schüssel gerichtet, bis Concha ihn in Ruhe ließ und er seine Mahlzeit beenden konnte. Dann verließ Elaine die Küche. Concha gab ihm ein wenig von der Kondensmilch, die er liebte, in seine geleerte Schüssel, und Ming leckte sie auf. Dann rieb er sich zum Dank an Conchas nacktem Bein und verließ die Küche, betrat vorsichtig das Wohnzimmer auf dem Weg zum Schlafzimmer. Doch Elaine und der Mann waren jetzt draußen auf der Terrasse. Ming hatte das Schlafzimmer gerade betreten, als er Elaine rufen hörte: »Ming! Wo bist du?«

Ming ging zur Terrassentür, blieb stehen und setzte sich auf die Türschwelle.

Elaine saß seitlich am Ende des Tischs; das Kerzenlicht fiel hell auf ihr langes blondes Haar und ihre weiße Hose. Sie klopfte sich auf den Schenkel, und Ming sprang ihr auf den Schoß.

Der Mann sagte leise etwas, was nicht nett klang.

Elaine erwiderte etwas im gleichen Ton. Aber sie lachte dabei.

Dann klingelte das Telefon.

Elaine setzte Ming ab und ging ins Wohnzimmer.

Der Mann trank sein Glas aus, murmelte etwas, an Ming gerichtet, und stellte sein Glas auf dem Tisch ab. Er stand auf und versuchte, um Ming herumzugehen oder an den Rand der Terrasse zu treten, wie Ming auffiel – und Ming fiel außerdem auf, dass der Mann betrunken war und sich deshalb langsam und ein wenig linkisch bewegte. Der Terrasse entlang verlief ein etwa hüfthohes Geländer, an drei Stellen von Gitterwerk unterbrochen, dessen Stäbe genug Zwischenraum boten, dass Ming hindurchschlüpfen konnte, obwohl er das nie tat, sondern lediglich ab und zu hindurchblickte. Ming zweifelte nicht daran, dass der Mann ihn durch eines der Gitter jagen oder ihn packen und über die Terrassenbrüstung werfen wollte. Nichts leichter für Ming, als ihm zu entwischen. Dann ergriff der Mann einen Stuhl und warf ihn und traf Ming an der Hüfte. Ein kurzer, heftiger Schmerz. Ming nahm den nächsten Fluchtweg über die Treppenstufen, die in den Garten führten.

Der Mann kam hinter ihm die Treppe herunter. Ohne zu überlegen, flitzte Ming die Stufen wieder hinauf und hielt sich eng an die Wand, die im Schatten lag. Der Mann hatte ihn nicht gesehen. Ming sprang auf die Terrassenbrüstung, setzte sich und leckte sich kurz die Pfote, um sich zu beruhigen und zu sammeln. Sein Herz klopfte so heftig wie bei einem Kampf. Und Hass pulste durch seine Adern. Hass brannte in seinen Augen, als er auf die Schritte des Mannes lauerte, die unsicher die Treppe weiter unten hinaufstiegen. Dann kam der Mann in sein Blickfeld.

Ming duckte sich und schnellte dann mit aller Kraft vor, landete mit allen vier Pfoten auf dem rechten Ärmel des Mannes in Schulternähe. Ming hielt sich an dem Stoff der weißen Jacke des Mannes fest, doch beide stürzten. Der Mann stöhnte. Ming ließ sich nicht abschütteln. Zweige splitterten. Ming wusste nicht, wo unten und oben war. Er sprang von dem Mann fort, merkte zu spät, in welcher Richtung sich der Boden befand, und landete auf der Seite.

Fast gleichzeitig hörte er den dumpfen Aufprall, mit dem der Mann zu Boden ging, dann das Geräusch, mit dem sein Körper weiterrollte, und dann trat Stille ein. Ming musste mit offenem Schnäuzchen hecheln, bis seine Brust nicht mehr schmerzte. Aus der Richtung des Mannes erschnupperte er Alkohol, Zigarrenrauch und den scharfen Geruch, der Angst bedeutet. Aber der Mann bewegte sich nicht.

Ming konnte inzwischen ganz gut sehen. Spärliches Mondlicht schimmerte. Ming machte sich zu den Treppenstufen auf, musste lange durch das Gebüsch gehen, über Steine und Sand, bis er die Treppe erreichte. Dann glitt er die Stufen empor und gelangte wieder auf die Terrasse.

Elaine trat gerade aus dem Zimmer auf die Terrasse.

»Teddie?«, rief sie. Sie ging ins Schlafzimmer zurück und schaltete die Lampe ein, ging weiter in die Küche. Ming folgte ihr. Concha hatte das Licht angelassen, aber sie war jetzt in ihrem eigenen Zimmer, wo das Radio lief.

Elaine öffnete die Haustür.

Der Wagen des Mannes stand noch in der Einfahrt, wie Ming sah. Mings Hüfte begann zu schmerzen, oder er bemerkte die Schmerzen erst jetzt. Er hinkte leicht. Elaine sah es, berührte seinen Rücken und fragte ihn, was los sei. Ming schnurrte nur.

»Teddie? – Wo steckst du?«, rief Elaine.

Sie nahm eine Taschenlampe und leuchtete in den Garten hinunter, zwischen die großen Stämme der Avocadobäume, zwischen die Orchideen und den Lavendel und die rosa Blüten der Bougainvilleen. Ming, in Sicherheit neben ihr, folgte dem Lichtstrahl mit den Augen und schnurrte voll Behagen. Der Mann war nicht hier unten, sondern weiter rechts. Elaine ging zur Treppe, vorsichtig, denn an dieser Stelle gab es kein Geländer, sondern nur die breiten Stufen, richtete sie den Lichtstrahl nach unten. Ming schaute nicht einmal hin. Er saß am Rand der Terrasse, wo die Stufen begannen.

»Teddie!«, sagte Elaine. »*Teddie!*« Dann lief sie die Treppe hinunter.

Ming folgte ihr noch immer nicht. Er hörte, wie sie die Luft einsog. Dann schrie sie: »*Concha!*«

Elaine rannte die Treppe hinauf.

Concha war aus ihrem Zimmer gekommen. Elaine redete auf sie ein. Dann wurde Concha ganz aufgeregt. Elaine ging zum Telefon und sprach dort einen Augenblick, und dann ging sie zusammen mit Concha die Treppe hinunter. Ming machte es sich mit eingezogenen Pfoten auf der Terrasse bequem, die noch Reste der Sonnenwärme abstrahlte. Ein Wagen fuhr vor. Ming hielt sich auf der Terrasse im Hintergrund, in einem schattigen Winkel, während drei, vier fremde Männer die Terrasse betraten und die Treppe hinunterstapften. Unten wurde laut geredet, Füße trampelten, Zweige brachen, und dann stieg der Geruch von ihnen allen nach oben, der Geruch von Tabak und Schweiß und der vertraute Blutgeruch. Das Blut des Mannes. Ming war erfreut, wie er es war, wenn er einen Vogel tötete und mit den eigenen Zähnen diesen Blutgeruch erzeugte. Das hier war fette Beute. Unbemerkt von den anderen richtete Ming sich zu voller Größe auf, als die Gruppe mit der Leiche vorbeikam, und atmete mit erhobener Nase den betäubenden Duft seines Sieges ein.

Und auf einmal war das Haus leer. Alle waren fort, sogar Concha. Ming trank ein wenig Wasser aus seiner Schüssel in der Küche, ging dann zum Bett seiner Herrin, schmiegte sich gegen die aufeinandergetürmten Kissen und schlief schnell ein. Ihn weckte das *Rr-rr-r* eines unvertrauten Wagens. Dann wurde die Haustür geöffnet, und er erkannte Elaines und Conchas Schritte. Ming blieb, wo er war. Elaine und Concha unterhielten sich leise ein paar Minuten lang. Dann kam Elaine in das Schlafzimmer. Die Lampe war noch eingeschaltet. Ming sah zu, wie Elaine langsam die Schatulle auf ihrem Toilettentisch öffnete und mit leisem Klirren die weiße Halskette hineingleiten ließ. Dann schloss sie die Schatulle. Sie begann ihre Bluse aufzuknöpfen, doch bevor sie damit fertig war, warf sie sich auf das Bett und streichelte Ming den Kopf, nahm seine linke Vorderpfote in die Hand und drückte sie sacht, sodass die Krallen sichtbar wurden.

»O Ming – Ming«, sagte sie.

Ming hörte den Klang der Liebe.

Livia Klingl

Katzenmord

Es gibt diese Leute, die haben sogar einen unintelligenten Gang. George W. Bush war ein solcher, dank einer TV-Doku erinnere ich mich genau, wie der ging, vielmehr mit seinen Beinen die Luft über dem Boden umrührte, als hätte er hüftabwärts einen Quirl eingebaut. Wobei man ja sagen muss, angesichts seines Nachnachfolgers ist die Unfähigkeit zu schreiten das geringste Problem eines Staatsoberhaupts.

Manfred geht noch viel dümmer als Bush. Er geht nicht, er stapft. Und er trampelt. Und er marschiert. Und er schlurft in Hausschuhen über das Parkett, als wolle er es mit seinen Filzsohlen blank kriegen. Dieser Mann hat jede laute, sperrige Bewegungsart drauf, das ist sowohl optisch wie auch akustisch unerträglich. Wenn der im Stiegenhaus zwei Stufen gleichzeitig nimmt und dabei den Fußboden malträtiert, als müsste er Weintrauben in einem Fass platt machen, schnürt es mir schon die Kehle zusammen, lange bevor er unsere Wohnungstür erreicht hat.

Ich verstehe bis heute nicht, warum sie sich den ins Haus geholt hat! So gut ist es uns gegangen! Wir hatten einander und alles, was man zum Leben braucht: ein Dach über dem Kopf, zu essen und zu trinken und die gemütliche Couch beim Fernseher, wo wir uns aneinander gekuschelt alte Filme anschauten und am Sonntag den Tatort. Es war ein friedliches, ein glückliches Leben.

Bei Tisch konnte ich sitzen, wo ich wollte, und aus dem Bad wurde ich auch nicht ausgesperrt. Silvia war froh über meine Anwesenheit, sie hat meine Späße genossen, hat gegluckst vor Lachen, wenn ich am Badewannenrand balancierte, ihr beim Kochen ein Stück Huhn stibitzte oder sonst irgendeinen Blödsinn machte, der uns beide nur noch enger zusammenschweißte.

Alles war gut, bis dieser Manfred auftauchte, dieser Mansplaining-Typ, der sich überall breitmachte und eine neue Ordnung einführte. Alles hat er umgekrempelt, sogar in der Bestecklade, und wie man den Geschirrspüler richtig einräumt, hat er Silvia auch erklärt. Ausgeräumt hat er ihn allerdings nie, das war wohl unter seiner männlichen Würde.

Und sie hat sich das alles gefallen lassen in ihrer blinden Verliebtheit. Sie hat sich dirigieren und gängeln lassen und gar nicht bemerkt, wie er sie zu einer anderen zu formen gedachte. Einen bunten Schmetterling zu einer farblosen Motte zu machen, das war wohl sein blödsinniger Plan.

Früher, in der Prä-Manfred-Periode, hat sich Silvia über die Frauen mokiert, die in einem Anfall von Hormonüberschuss bereit waren, ihre Gewohnheiten, ihre Eigenheiten, ja sogar ihren Charakter an der Garderobe abzugeben wegen irgendeines Typen, von dem jedes Lebewesen mit auch nur einem Hauch von Gefühl sofort verstand, dass das nichts werden würde mit einem harmonischen gemeinsamen Leben. Jedenfalls nicht mit einem auf Augenhöhe und in gegenseitigem Respekt.

Das erste, was dieser Manfred tat, als er sich bei uns breitmachte, war, mich von meinem angestammten Stuhl beim Frühstück zu vertreiben. Als hätten wir nicht genügend leere Sessel! Ich habe sofort verstanden, dass es ihm nicht um die beste Sitzgelegenheit im Haus ging, sondern nur um eine Demonstration seiner Macht. Der wollte mich kleinhalten, Platz einnehmen, Silvia vereinnahmen, sie besitzen und mich bestmöglich von ihr fernhalten.

Dass ich dann nicht mehr ins Bett durfte, war die logische Fortsetzung seines Egotrips. Wenn ich nur meine Nasenspitze ins Schlafzimmer steckte, hat er mich schon weggewachelt mit seinen klobigen Pranken, groß wie Klodeckel. Wobei ich ohnehin keine Lust mehr auf Besuche im Schlafzimmer hatte, denn Manfreds Körpergeruch war unerträglich. Durch das gesamte Schlafzimmer waberte ein Mief wie im Vorraum einer Leichenhalle. Zumindest stelle ich mir den Odeur dort so vor, man sieht ja im »Tatort« oft, wie ekelerregend menschliche Gerüche sein können.

In den ersten paar Wochen rechnete ich noch damit, dass Silvia sich an diesem groben Klotz mit dem Charme einer Guillotine bald sattgesehen haben würde, aber weit gefehlt. Meine dezenten Hinweise, dass dieser Mann nicht zu uns passt, hat sie ignoriert, viel schlimmer noch, mit den Kuhaugen einer von Dopamin und Oxytocin Verblödeten gab sie dem Angebeteten sogar Wohnungsschlüssel. Er solle kommen und gehen können, wann er wolle, denn sie habe Vertrauen in ihn und sei seit Jahren nicht so glücklich gewesen wie jetzt, hat sie ihn angesäuselt.

Das war der Moment, da ich wusste, ich würde auf ewig das Nachsehen haben, ich hatte die Schlacht verloren, ja sogar den Krieg. Ich zog mich zurück, ließ mich nur noch zu den Mahlzeiten blicken, ansonsten vermied ich jeden Kontakt.

Wenn Manfred nicht da war und Silvia sich erinnerte, dass ich ja auch noch hier wohnte und plötzlich kuscheln wollte wie früher, zeigte ich ihr nur meine Rückseite, und wenn sie selbst das nicht verstand, dann flüchtete ich in ein anderes Zimmer und oft sogar unters Bett.

Natürlich hatte ich gedacht, mein Verhalten würde sie schmerzen und sie würde ihres überdenken, aber weit gefehlt. Sie hat sich so schnell an meine Absenz gewöhnt, dass es mir beinahe das Herz brach.

Lange war ich leidend, mein Haar wurde matt, meine Muskeln schwanden, weil ich mich kaum noch bewegte, ich hatte alle Anzeichen einer schweren Depression. Das einzige Gefühl, das mich überhaupt noch am Leben hielt, war die Wut. Ich hasste diesen trampelnden, stets zu lauten, künstlich lustigen Eindringling mit jeder Faser meiner Existenz und mir war klar, dass für uns beide hier kein Platz war. Einer würde gehen müssen.

Wahrscheinlich passiert das vielen in Patchworkfamilien, das sieht man ja immer wieder im Fernsehen. Und dann sagen sie immer, das würde schon werden und man müsse Geduld haben und ein wenig Fle-

xibilität und all den anderen Unsinn, der nichts hilft, wie alle Ratschläge, die von Leuten kommen, die nicht in der jämmerlichen Position derjenigen stecken, die Rat suchen.

Ich jedenfalls wollte keine Geduld mehr auf-

bringen und mit einer Existenz am Rande der Aufmerksamkeit der wichtigsten Person meines Lebens wollte ich mich erst recht nicht abfinden.

Und so fasste ich einen Plan. Ich würde diesen Manfred aus unserer Wohnung verbannen. Und er würde nie wieder zurückkehren. Ich würde ihn besiegen. Nicht so, wie er das getan hatte, mit passiver Aggression, sondern mit List und Tücke.

Jeden Tag habe ich gelauert, ob sich irgendeine Chance ergeben würde, den Kerl hinauszuwerfen. Ich habe seine Uhr versteckt, ich habe seine Schlüssel versteckt, ich habe seine Zahnbürste verschleppt, einmal ist es mir sogar gelungen, die Tür vor seiner Nase zufallen zu lassen, als er mit einer Nachbarin vor der Wohnung plauderte, denn ich hoffte, dass er, der eitle Hund, mit dieser Form der Herabwürdigung nicht würde zurechtkommen können.

Aber nichts nutzte, Silvia und er haben gelacht, mich ausgelacht! Bei jedem meiner Manöver mehr. Was für eine Niederlage! Aber die haben nicht mit mir gerechnet! Mein großer Moment würde kommen, davon war ich überzeugt, denn nichts macht einen so sicher wie ein erkleckliches Maß an Verbissenheit. Fortan richtete ich meine gesamte Energie nur noch darauf, über meinen Nebenbuhler zu triumphieren.

Dass mir ausgerechnet der alte, verstaubte Kristallluster, dieses hässliche Familienerbstück, helfen würde, hätte ich niemals gedacht. Jedenfalls lag ich dösend auf der Couch und sinnierte über mein elendes Leben, als dieser Eindringling in unser schönes Dasein unsere Leiter holte, auf dem Weg in den Salon gleich einmal den Lack der Flügeltür abschlug und die Leiter dann unter dem Luster platzierte. Das sah ich, weil ich ihm geduckt und auf leisen Pfoten nachgeschlichen bin.

Der Typ hat keinen guten Gleichgewichtssinn, das habe ich sofort bemerkt. In der einen Hand die neue Glühbirne, mit der anderen hielt er sich an der Leiter fest, unsicheren Schritts erklomm er sie, streckte sich nach dem kaputten Leuchtkörper, musste auf die Zehenspitzen.

Jetzt hieß es schnell handeln, denn es war klar, ich würde nur einen einzigen Versuch haben. Ich konzentrierte mich, visierte seine Beine an, machte einen Satz, elegant wie ein Panther. Manfred donnerte von der Leiter.

Selbst auf dem Boden ist er unintelligent gelegen, die Gliedmaßen in absurden Winkeln von sich gestreckt, man glaubt gar nicht, wie seltsam so ein Mensch aussehen kann, wenn er nicht mehr Herr seiner Sinne ist.

Silvia war im Bad, als er auf dem Parkett aufschlug. Sie hat den unheilverkündenden Knall vernommen und ist wie eine Furie ins Zimmer gestürmt. Ein gellender Schrei, in ihren Augen das blanke Entsetzen.

Der Notarzt konnte nur noch den Tod des Herrn Ingenieurs feststellen. Tod durch Genickbruch. Auf die Idee, Manfreds Waden unter den Jeans auf Kratzspuren zu untersuchen, ist er natürlich nicht gekommen, wer rechnet schon damit, dass eine Katze einen Kerl von einem Mann ermordet?

Ich habe Silvia zurückbekommen, wenn auch nicht so wie erhofft. Natürlich erlaube ich ihr, sich an mich anzukuscheln und sich bei mir zu trösten wegen ihres Verlustes, aber das tränenverklebte Fell geht mir auf die Nerven und ihr Gebrabbel über den Manfred, Manfred, Manfred auch. Aber ich lasse mir nichts anmerken, habe sogar wieder zu schnurren begonnen.

Ich werde ihr die Zeit geben, die sie braucht, bis wir beide wieder das alte Gespann sind. Sieger können großmütig sein.

Beatrix Kramlovsky

Nichts ist von Dauer hier

Sie kommt heim, du hörst ihren Wagen, dieses letzte Stottern, mit dem sie ihn immer abwürgt. Verlässlich wie eine Markierung. Wärst du draußen, hättest du dich mitten auf die Straße gesetzt, dir heftig die Pfote geleckt und ihren Scheinwerfern entgegengestarrt. Du weißt, dass sie das zum Schnurren brächte, wenn sie es könnte. Stattdessen springt sie aus dem Auto und gebärdet sich, als wärst du ein Wunder. Das bist du natürlich, bloß hat sie nur eine vage Vorstellung davon. Manchmal, wenn sie dich besonders gut krault, fegt aus den Tiefen der Vergangenheit deines Stammes eine Erinnerung daher, du siehst aus dem Dunkel deiner Höhle hin zum lichtdurchfluteten Eingang, wo sich ihre Vorfahren zusammendrücken, Haut an Haut rund um die erlöschende Feuerfunzel, hilflos wie Neugeborene. Du weißt, dass sie wissen, dass du da bist, du kannst ihre Angst riechen. Aber dein Bauch ist voll, du bist müde und satt. Deine Säbelzahntiger-Fangzähne werden heute Nacht nicht einen ihrer Schädel knacken, du wirst sie heute nicht des fragwürdigen Schutzes deiner Höhle berauben. Menschen. Menschen. Selbst heute noch, als Kleinstformat, weißt du, wie sehr du ihnen überlegen bist und spürst, dass auch sie es nicht ganz vergessen haben können.

Sie kommt heim und ruft »Hallo!« wie immer, meldet sich bei dir, auch wenn er glaubt, es richtet sich an ihn.

Heute wird er nicht antworten, und du läufst ihr entgegen, um sie zu trösten. Sie kann nicht riechen, was du schon lange weißt. Es wird sie unvorbereitet treffen.

Sie hängt ihren Mantel auf, legt die Schlüssel auf die Kommode, streift im Vorbeigehen ihr Spiegelbild mit einem Blick, ruft wieder nach ihm, öffnet die Tür ins Wohnzimmer und bleibt abrupt stehen.

Er sieht hässlich aus. Das Genick verdreht, das Blut an der Schläfe ist schon getrocknet, die Arme liegen ausgebreitet, du weißt, er hatte sie nach vorn gestreckt, um sich festzuhalten, nur die Finger sind im Verlangen, sich festkrallen zu können, zu Klauen gekrümmt. Die Beine leicht abgewinkelt, die Hose ist ein wenig nass, sein Urin stinkt wie immer nach dem Starkbier, das er angeblich als Schlaftrunk braucht, eines der Rituale, an dem ihr gemeinsamer Alltag hing. Über ihm baumelt die leere Birnenfassung, den Lampenschirm hat er vorsorglich auf dem Couchtisch deponiert. Die umgekippte Leiter ist auf seinem Körper gelandet, aber du weißt, dass er das nicht mehr gespürt hat.

Sie beugt sich über sein Gesicht, ihre Hand zittert, sie richtet sich auf, zerrt das Handy aus der Hosentasche, schreit schon, während sie es an ihr linkes Ohr presst. Du setzt dich ein Stück weg und beobachtest. Ihr Gesicht wird rot und wieder weiß, auf ihrem Hals erscheinen Flecken, sie riecht schrecklich aufgeregt, dreht den Kopf weg, sodass sie seine offenen Augen nicht sehen muss, die lichtlose Iris, die dir verrät, dass er schon seit gut drei Stunden ein Kadaver ist. Du leckst dein Fell wie immer, wenn sie die Beherrschung verliert, ihre

Gewohnheiten ändert. Sie redet mit einer Stimme, die du von ihr noch nie gehört hast und die dich interessiert. Sie ist außer sich und gleichzeitig sehr kontrolliert. Du hörst die fremden Wagen, bevor sie etwas bemerkt, hinaus ins Vorzimmer läuft, die Haustür öffnet. Getrappel, Männerstimmen, eine Frau. Unterschiedliche Uniformen. Du ziehst dich unters Sofa zurück. Blitzlichter flammen auf.

Menschen trauern seltsam, denkst du dir. Sie nehmen sich keine Zeit dafür. Sie begreifen nicht, wie sich Leben zurückzieht, wie Schnelligkeit, Beweglichkeit zu Starre mutiert, wie Geruch, egal ob begehrt oder gefürchtet, sich verändert, sich zersetzt, die nächste Metamorphose ankündigt. Nichts ist von Dauer, aber sie wollen es nicht begreifen. Du siehst, du riechst, was sich in ihm tut, während fremde Menschen die Leiter zur Seite legen, ihn mit blinden Händen packen, ihn hochheben und wegbringen. Du siehst die Füße, die hin und her gehen, manchmal neben ihr stehenbleiben. Sie antwortet auf jede Frage, es klingt, als hätte sie jede Art von Musik verlassen, ihre Stimme erinnert dich an die nächtliche Leere des Hauses, die erfüllte Stille der Nacht, wenn Menschen sich ungeschützt dem Schlaf preisgegeben haben.

Und doch ist da etwas, das dich irritiert. Versuch, dich zu erinnern!

Da hängt ein Duft an der Leiter, am Boden, der noch nie vorher Teil dieses Zimmers war. Da siehst du eine sanfte Verfärbung in der Maserung des Holzes, ein verräterisches Glänzen an der Unterseite der Leiterbeine.

Nachts, nachdem sie sich zurückgezogen und vergessen hat, dass es dich gibt, untersuchst du den Raum. Er erzählt, schon halb verdeckt von den Spuren der vielen Menschen, die sich herumgetrieben haben, eine Geschichte, die du nicht verstehst, noch nicht. Alles an diesem Tag war wie sonst. Er fütterte dich, er sprach mit dir, als ob du eine Mischung aus belebtem Möbel und Kleinkind wärst, was du ihm nicht mehr übelnahmst, weil er sich gut um dein Fressen und deine Fäkaliengrube gekümmert hat. Bevor er ging, erinnerte sie ihn an die kaputte Lampe im Wohnzimmer und meinte, dass sie nach der Arbeit noch ein Treffen hätte, aber spät wieder daheim sein würde. Du hörtest zu wie immer, erschüttert über die Belanglosigkeiten, die sie austauschten, während draußen die Welt wartete mit all ihrer Pracht, ihren Farben, ihren Geräuschen, ihren Düften, die Geschichten erzählen in einer Üppigkeit, die selbst die Fadesse einer weißen Kalkwand erfüllen. Als der Mann weg war, räumte sie noch Dinge hin und her, wie sie das immer tut, geschäftig, als könnte sie nicht wie du auf einem Lieblingsplatz liegen und ein weiteres Universum herbeiträumen. Dann ging sie. Das Haus gehörte dir, der Garten gehörte dir, die Straße gehörte dir, alles war, wie es sein sollte. Und doch ist er nun tot und zersetzt sich an einem anderen Ort, während sie sich auf ihrem Bett herumwirft und einen verwirrenden Duftcocktail von Furcht, Erleichterung, Anspannung ausdünstet.

Was stört dich daran?

Am nächsten Morgen läutet das Telefon sehr oft und du siehst zu, wie sie weint, wenn Menschen das Haus betreten.

Das wiederholt sich in den nächsten Tagen. Du erkennst, dass sie spielt. Aber du verstehst den Sinn des Spiels nicht, weißt nur, dass eine Täuschung aufgebaut wird. Sie zieht sich schwarz an, wenn sie das Haus verlässt, sie gibt Dinge weg, die sie schon immer gestört haben. Sie bringt seine Kleidung fort. Du kannst seine Duftmarken noch riechen, aber es wird mühsamer. Du begleitest sie, wo immer es geht, streichst um ihre Beine, beobachtest genau, was sie tut. Du findest sie faszinierend, viel interessanter als früher. Etwas ist anders und du willst wissen, was es ist. Nichts entgeht dir, was sie in Haus und Garten tut. Zu Beginn mag sie, dass du ihr so nah bist, später geht es ihr auf die Nerven. Das hättest du nicht erwartet und daher weißt du, dass du dem Geheimnis auf der Spur bist.

Sie putzt viel, vor allem im Wohnzimmer. Aber davon ahnen ihre Besucher nichts. Einmal überrascht du sie, auf den Knien herumrutschend untersucht sie mit einer Lupe den Boden. Du weißt, wo die Flecken waren, direkt unter der Lampe, dort, wo er die hölzerne Leiter hinstellen musste. In den Rissen des alten Parketts riechst du Überbleibsel der Seife, breite, unsichtbare Schlieren. Du hast Seifenkrümel an den Leiterfüssen entdeckt, eine feine Ölschicht, die auf dem versiegelten Holz glänzte. Du erinnerst dich, wie der Mann sich dem Plafond entgegenreckte, wie die Leiter zu rutschen begann, wie er ungeschickt das Gleichgewicht verlor und panisch reagierte. Du erinnerst dich, was du gesehen und gerochen und gehört hast, während er stürzte und mit dem Kopf gegen die Kommode prallte, dieses schöne Stück, an dem es dir immer verboten war, die Krallen zu wetzen. Du erinnerst dich langsam, dass sie am Morgen, nachdem er gegangen war, Öl und Seife auf dem Boden verteilte, dir verbot, darauf zu treten oder daran zu lecken, als ob eine Katze verrückt genug wäre, das zu tun. Du erinnerst dich, dass sie, während sie nachts dann ins Telefon schrie, noch während sie Menschen ins Haus rief, mit einem Fetzen in lächerlicher Fahrigkeit um die Leiterfüße und auf dem

Boden wischte, und dass du das grotesk fandest, weil hochentwickelte Tiere, wenn Artgenossen gestorben sind, normalerweise nichts anderes tun als voll Kummer zu berühren, zu stupsen, Kontakt zu halten. Und du weißt, dass sie nicht trauert, nie getrauert hat.

In den nächsten Wochen wird dir klar, dass du Spielchen mit ihr spielen kannst, dass sie nervös wird, wenn du mit Seifenstücken umgehst, als wären sie Mäuse, wenn du hochspringst, während sie kocht, und die offene Ölflasche hinunterfegst. Sie beschwert sich bei ihren Freunden über dich, doch die finden das komisch.

»Aber der Kater macht das erst, seitdem Ernst verunglückt ist«, hörst du sie erbost ins Gelächter der Besucher schreien, das sofort verebbt, und du beobachtest, wie sie die Lippen zusammenbeißt und ihr der Schweiß ausbricht.

Es ist schön, sich die Zeit auf diese Art mit ihr zu vertreiben und das Revier neu abzustecken. Die Menschheit ist blind und taub. Aber den Katzen der Umgebung hast du die Wahrheit erzählt. Sie wissen alles.

Du bist dir sicher, dass die Frau etwas ahnt. In letzter Zeit reagiert sie seltsam, sie verändert sich, sie streichelt dich nicht mehr gern, ihre Nerven versagen oft, es wird schon über sie geredet.

Du spielst weiter.

Sharyn McCrumb

Nine Lives To Live

Damals schien es eine gute Idee gewesen zu sein. Natürlich hatte Philip Danby nur einen Scherz gemacht und versucht, ihn in einem möglichst ernsten Ton von sich zu geben, damit diese idiotischen New-Age-Klienten sich amüsierten, die offensichtlich an diesen Mist glaubten. »Ich möchte als Katze wiedergeboren werden«, hatte er verkündet und dabei betont witzig ins Licht der Kerzen auf dem Esstisch der Eskeridges geschaut. Er hatte den Atem anhalten müssen, um nicht in Gelächter auszubrechen, während die anderen über Reinkarnation plapperten. Die Frauen wollten vorhersehbarerweise blonder und dünner wiedergeboren werden und den Männern kam jeder Mist in den Sinn, von texanischen Cowboys bis hin zu Eichen. *Eichen?* Den ganzen Abend über hatte er gute Miene zum bösen Spiel machen müssen, alles in der Hoffnung, diese Dumpfbacken würden der Firma ein paar Geschäfte zukommen lassen.

Er hatte so seine Schwierigkeiten damit, Klienten zu unterhalten. Sein Partner, Giles Eskeridge, schien auf diesem Gebiet weniger Probleme zu haben. Giles betonte allenthalben, dass reich und verrückt oft einhergehen; und trotzdem, Architekten, die auf lukrative Aufträge spekulierten, sollten immer für Verhandlungen mit Exzentrikern gewappnet sein. Überdies mussten sie in endlosen Stunden starrsinnige Bauunternehmer und unberechenbare Stadtplaner ertragen. Möglicherweise hatte Danby sich daher für ein nächstes Leben als Katze entschieden. Den Anwesenden hatte er erklärt: »Katzen sind unabhängig. Sie haben es nicht nötig, vor jedermann ihren Kotau zu machen, schlafen  sechzehn Stunden am Tag, außerdem werden sie gefüttert, behütet und sogar geliebt – und das nur aus dem einen Grund, weil sie das sind, was sie sind. Für mich klingt es nach einem guten Deal.«

Julie Eskeridge tippte ihm spielerisch gegen die Wange. »Sorge aber lieber dafür, dass du dann auch ein hübsches Kätzchen mit Stammbaum bist, Philip«, lachte sie. »Denn für eine alte, hässliche Straßenkatze bietet das Leben nicht gerade viel Angenehmes!«

»Ich werde mich daran halten, wenn es so weit ist«, versicherte er ihr. »In fünfzig Jahren oder so.«

Es waren wohl eher fünfzig Tage. Die Tatsache, dass Giles als Hai auf die Welt zurückkommen wollte, hätte ihn warnen sollen.

Nachdem sie nämlich herausfanden, dass sie ein Drei-Millionen-Dollar-Gebäude just auf einer hochgiftigen Müllhalde errichtet hatten, fand sich der Bauunternehmer glücklicherweise mit 10 000 Dollar ab, damit er seinen Mund hielt, und Giles war darauf vorbereitet, die Beweise verschwinden zu lassen, um die Firma vor einer Klage und einer drohenden Strafe des Umweltaufsichtsamtes zu bewahren. Rückwirkend betrachtet wurde Danby klar, dass er auf keinen Fall darauf hätte bestehen sollen, die Behörden über die Müllkippe zu informieren. Und schon gar nicht hätte er dies um sechs Uhr abends auf genau jener Baustelle machen dürfen, als außer ihm und Giles niemand mehr anwesend war. Das war buchstäblich ein fataler Fehler. Noch bevor er *philosophische Differenzierung* sagen konnte, hatte Giles bereits nach einer Schaufel gegriffen, die zufällig neben der anstößigen Grube lag, und mit einem gezielten Schlag die Angelegenheit vor ein höheres Gericht verwiesen. Während er Hals über Kopf in den stinkenden Beweis fiel, war Danbys letzter Gedanke ein Flattern blanken Hasses über die Ungerechtigkeit des Ganzen.

Als Nächstes dachte er, dass er sich einen Schwarzweißfilm ansah, während sein Gehirn sich eifrig damit beschäftigte, eine Flut von olfaktorischen Eindrücken zu sortieren. *Möbelpolitur... abgestandener Kaffee... verschwitzte Socken... Prell Shampoo... Blumenerde...* Er schüttelte den Kopf, um seine Gedanken zu klären. Wo war er? Die Antwort war ganz einfach: Er lag ausgestreckt auf einem Sofa und war Teil dieses Schwarzweißfilms, denn wohin er auch schaute, überall bot sich ihm derselbe farblose Anblick. Vielleicht eine Gehirnerschütterung? Die Erinnerung an Giles Eskeridge, der eine Schaufel schwang, erschien vor seinem geistigen Auge. Danby beschloss die Polizei zu benachrichtigen, bevor Giles wieder auftauchte und es ein zweites Mal versuchte. Er erhob sich und fiel prompt vom Sofa.

Natürlich landete er auf seinen Beinen.

Auf allen vieren.

Um sich im Augenblick davor zu bewahren, an irgendwelchen ominösen Kram zu denken, fragte er sich seltsamerweise, womit diese New-Age-Klienten wohl noch so

alles recht hatten. War Stone-
henge ein Landeplatz für flie-
gende Untertassen? Senkten
Kristalle den Cholesterin-
spiegel? Seine momentane
Situation ließ ihn an nichts
dergleichen zweifeln. Er saß
da, zupfte an seinem buschigen Schwanz und wünschte sich,
dass er an jenem Abend während der Dinnerparty der
Eskeridges nicht so abfällig über Reinkarnation gesprochen hätte. Er mochte Katzen nicht einmal besonders. Außerdem wünschte er sich jetzt, seine Krallen gegen Giles
einsetzen zu können, als Vergeltung für die Chose mit
der Schaufel. Als Erstes würde er Giles in den Hals beißen, sein Rückgrat anknacksen und ihn dann für ein paar
Sekunden entkommen lassen. Anschließend würde er sich
von hinten anschleichen und sich auf ihn stürzen. Hinterher würde er ihn fertigmachen. Danby begann in freudiger
Erwartung zu schnurren.

Der Anblick eines Kaffeetisches, dessen Platte sich bestimmt dreißig Zentimeter über seinem Kopf befand, ver-
deutlichte ihm sein Problem. Im Augenblick wog Danby
ungefähr fünfzehn pelzige Pfund, und er hatte keinen blas-
sen Schimmer, wo er sich eigentlich befand. Unter diesen
Umständen würde es ihm einige Schwierigkeiten bereiten, seinen Mord zu rächen. Auf der anderen Seite dräng-
ten ihn keinerlei wichtige Termine, wenn man von einem
achtstündigen Schläfchen absah, nach dem es ihn plötzlich
gelüstete. Aber schön eines nach dem anderen. Danby war
zuerst daran interessiert, wie er eigentlich aussah, später wollte er herausfinden, wo sich die Küche befand, und
nachsehen, ob die verschwitzten Socken und das Prell

Shampoo irgendwas Genießbares hinterlassen hatten. Für philosophische Gedanken und Rachepläne war anschließend noch genügend Zeit, wenn er seine Barthaare reinigte.

Das Wohnzimmer reichte vollkommen aus, um einen Architekten erschaudern zu lassen. Bescheuerte frühamerikanische Sofas und ein absolutes stilistisches Durcheinander. Er war ganz froh darüber, dass er die Farbzusammenstellung nicht erkennen konnte. Über dem Sofa hing ein Spiegel, also hüpfte er auf die billige Polsterung, um einen Blick auf sich zu werfen. Das Gesicht, das ihn ansah, war definitiv das einer Katze und so böse, dass Danby sich fragte, wie irgendjemand Katzen als Haustiere halten konnte. Die gelben (oder wahrscheinlich grünen) mandelförmigen Augen starrten ihn aus einem massigen, fast pyramidenförmigen Gesicht finster an. Er war gestreift und hatte ein zotteliges graubraunes Fell. Gerade mal so eben sichtbar unter dem dichten Fell befand sich ein Lederhalsband, an dem eine kleine Messingglocke hing. Das erklärte immerhin das Läuten in seinen Ohren. Der Rest seines Körpers schien kräftig, selbst wenn man das Fell und den langen buschigen Schwanz berücksichtigte, der sich in seinem Blickfeld rhythmisch hin und her bewegte. Er war also eine Schildpatt- oder Tigerkatze, oder wie auch immer sie diese braun gestreiften Viecher nannten. Sein Haar war lang und er war immerhin noch männlichen Geschlechts. Er musste nicht erst unter seinem Schwanz nachsehen, um sich davon zu überzeugen, denn der Gestank nach Ammoniak in der näheren Umgebung des Sofas bekundete, dass er nicht gerade zurückhaltend darin war, seine Maskulinität in den verschiedenen Ecken seiner Behausung unter Beweis zu stellen.

Es bestand für ihn keinerlei Zweifel, dass es für diese New-Age-Clowns von Interesse sein würde, dass er kein kleines Kätzchen, sondern eine ausgewachsene Katze war. Offensichtlich war seine Wiedergeburt auf direktem Fuße erfolgt. Hatten sie ihm doch zu verstehen gegeben, dass das Leben nach dem Tod eine vorbereitende Orientierung beinhalten würde, bevor man eine neue Identität verpasst bekam. Eine Gottheit in der Gestalt John Denvers, mit randloser Brille und einem T-Shirt des Sierra-Klubs, hätte ihn mit dem Papierkram, seinen Fall betreffend, begleiten müssen, und in einer entspannten Unterhaltung wären sie dann übereingekommen, welches Karma letzten Endes zu ihm passte. Wenigstens hatten diese New Ager ihn das glauben lassen. Es war aber nicht im Entferntesten so abgelaufen. In der einen Minute fiel er in eine Abwassergrube und in der nächsten verspürte er ein Verlangen nach Whiskas.

Einfach so.

Er fragte sich, was für Gedankenspiele vor seiner Ankunft in seinem engen Schädel umhergeflattert waren. Vermutlich nicht viele. Ein Gehirn mit der Wattzahl einer Glühbirne konnte wahrscheinlich gerade mal die paar Sachen auf einem Katzenkalender kontrolliert auf die Reihe kriegen: essen, schlafen, knabbern, dösen, dinieren, ausruhen und so weiter und so weiter. Wo wir aber gerade von Essen sprechen …

Mit zwei angemessenen Sprüngen schaffte er es zurück auf den Boden und schlenderte läutend in Richtung Küche davon, deren Richtung angenehmerweise durch den Geruch nach abgestandenem Kaffee und Spülmittel, das nach Zitronen duftete, ausgewiesen wurde. Der Boden könnte auch mal gewischt werden, dachte er und bemerkte mit Abscheu, dass seine Samtpfoten durch Dreck wateten.

Der Napf in einer Ecke neben dem Spültischunterschrank bestätigte seine schlimmsten Befürchtungen in Bezug auf die Bewohner und ihren Sinn für Geschmack-

losigkeiten. Zwei Plastikschüsseln waren in das Sperrholz-
modell einer Katze eingelassen, das man weiß gestrichen
und mit einem karikierten Katzengesicht versehen hatte.
Wenn seine Nahrungsaufnahme nicht auf dem Spiel
stünde, hätte Danby das Ganze als Ausdruck seines profes-
sionellen Urteilsvermögens schlichtweg markiert. In diesem
Fall aber erübrigte er gerade mal ein majestätisches Hohn-
lächeln, lehnte sich vor und nahm das Angebot in Augenschein. Das Wasser war nicht frisch; es schwammen Reste
von Trockenfutter darin. Erwarteten sie tatsächlich, dass
er davon trank? Vielleicht sollte er es verschütten, damit
sie es als einen Hinweis nehmen konnten. Das Trockenfutter wurde natürlich auch nicht in einer luftdichten Box
verstaut aufgehoben. Er schnüffelte verächtlich daran: die
billigste Marke, in der Hauptsache Getreide. Er überlegte,
dass er besser hinausgehen und etwas zur Strecke bringen
sollte, wenn er seine Rippen daran hindern wollte zusam-
menzustoßen. Es war wohl angebrachter, auf den Arbeits-
flächen nach Alternativen zu suchen. Ein gewisses Maß
an Kraft musste er schon aufbieten, um seinen massigen
Körper vom Boden auf den Tresen zu befördern, und einen
Moment lang geriet er auf dem Rand des Spülbeckens ins
Wanken, kämpfte mit dem Gleichgewicht, während seine
Glocke bedrohlich bimmelte. Nachdem er sich dann doch
im Griff hatte, schlenderte er mit einem Ausdruck von
Nonchalance den Tresen entlang, als wäre seine Würde nie
bedroht gewesen. Im Vorbeigehen entdeckte er im Spülbecken zwei Frühstücksbrettchen. Die Oberseite des einen
bestand aus einer Ansammlung von geronnenem Eigelb
und Stücken gebutterten Toast. Er verschlang es, indem er
mit seiner rauen Zunge die Reste vom Ei ableckte. Unterdessen dachte er daran, welchen Gefallen er den Leuten
damit tat, ihren Abwasch zu machen.

Während er über dem Spülbecken hockte, blickte er aus dem Küchenfenster, um zu sehen, was es dort draußen Interessantes gab. Der Rasen war dicht und eine ausladende Eiche wuchs neben einer niedrigen Steinmauer. Also, es war nicht gerade Albuquerque. Wahrscheinlich auch nicht Kalifornien, zog man den gesunden Zustand des Grases in Betracht. Vielleicht befand er sich ja immer noch in Maryland. Irgendwie sah es schon wie zu Hause aus. Möglicherweise unterlag die Seelenwanderung einer limitierten geografischen Reichweite, ähnlich einer Radiostation, die auf UKW sendete. Nach ein paar Augenblicken angestrengter Überlegungen, während deren er seine nicht ganz saubere Vorderpfote putzte, kam es ihm in den Sinn, einen Blick auf das Wandtelefon über dem Tresen zu werfen. Die Zahlen ergaben einen Sinn für ihn, seine Fähigkeit zu lesen hatte er offensichtlich nicht verloren.

Aber klar doch, die Ortsvorwahl war 301, er befand sich gar nicht mal so weit von seinem Ausgangspunkt entfernt. Theoretisch konnte Giles sich sogar in Reichweite aufhalten. Er sollte darüber nachdenken, und zwar genau hier, von seinem Aussichtsplatz auf der Fensterbank aus, auf den die Sonne so wunderbar warm schien und ihn einlullte ... zzzzz.

Einige Stunden später wurde Danby durch eine wiehernde weibliche Stimme aufgeweckt, die nach jemandem rief: »Tigger! Komm auf der Stelle da runter! Bist du froh, dass Mommy wieder zu Hause ist, Sweetie?«

Danby öffnete ein Auge und bedachte die Frau mit einem verachtenden Blick. *Tigger?* Hatten die Demütigungen, die er ertragen musste, denn keine Grenzen? Eine frische Woge Prell Shampoo sagte ihm, dass diese selbst ernannte *Mommy* die Herrin dieses bourgeoisen Bungalows war. Und passte sie nicht genau in dieses Klischee, mit ihrem Hosenanzug aus Polyester und ihrem in mehreren Stufen herabfallenden Kinn? Sie platzierte ihre Einkaufstüte und einen Stapel Post auf dem Tresen und streckte ihm ihre Arme entgegen. »Und ist mein Schmusekater denn bereit für ein Fresschen?«, gurrte sie.

Er betrachtete sie mit einem extravaganten Gähnen, gefolgt von seinem furchteinflößenden Mongolenblick, doch seine Feindseligkeit war absolut verschwendet bei dieser Mrs.... (er warf einen Blick auf den Stapel Briefe) ... Sherrod. Sie hörte überhaupt nicht auf ihn anzustrahlen, als hätte er sich penetrant bei ihr einzuschmeicheln versucht. Tatsächlich aber war er so sehr damit beschäftigt, die Adresse auf Mrs. Sherrods blöder Post zu entziffern, dass er sie kaum eines Blickes würdigte.

Er hatte die Stadt nicht verlassen! Sein Schwanz zuckte triumphierend. Morning Glare Lane kam ihm zwar nicht sonderlich bekannt vor, aber er war willens zu wetten, dass es sich um eine Straße in den Sussex Garden Estates handelte, ganz in der Nähe der Umgehungsstraße. Es war freilich ein paar Meilen von Giles Eskeridges imitierter Tudor-Monstrosität entfernt, doch mit ein wenig Glück und etwas Allgemeinwissen über den fließenden Verkehr konnte er es in ein paar Stunden dorthin schaffen. Schlug er sich durch die Felder, gelang es ihm vielleicht, unterwegs noch eine Maus zu vernaschen.

Durch den Gedanken an eine frische, schmackhafte Mahlzeit beschwingt, trottete Danby/Tigger auf die Hintertür zu und begann erbärmlich zu miauen, dabei streckte er seine Vorderpfoten so hoch er konnte an der Fliegentür empor.

»Aber Tigger!«, säuselte Mrs. Sherrod in höchst kokettem Ton. »Du weißt nur zu gut, dass sich im Badezimmer ein Katzenklo befindet. Du möchtest doch nur nach draußen, damit du herumstreunen kannst, nicht wahr?« Mit diesen Worten begann sie die Lebensmittel wegzuräumen und unmelodisch vor sich hin zu summen.

Danby fixierte seinen giftigen Blick auf ihre rückwärtige Figur und wandte sich dann seinem eigentlichen Problem zu, das auf der Hand lag. Oder besser gesagt: auf der Pfote. Genau da lag das Problem – keine Hände! Und doch, überlegte er, es musste einen Weg hier raus geben. Draußen war es sehr warm, und die äußere Tür war nur angelehnt, was bedeutete, dass sich nur die metallene Sturmtür zwischen ihm und der Freiheit befand. Der Riegel war von jener geraden Sorte, den man hinunterdrückte, wollte man die Tür öffnen. Danby überdachte alle Faktoren: Türgriff zirka neunzig Zentimeter über dem Boden; Riegel öffnet sich auf Druck von oben; fünfzehn Pfund schwere Katze drängt es nach draußen. Mit einem senkrechten Sprung, der Michael Jordan hätte erblassen lassen, katapultierte Danby sich nach oben auf den Riegel, der sich entgegenkommenderweise nach unten bewegte und die Tür unter dem Gewicht der katzenartigen Kanonenkugel öffnete. Als die Gravitation wieder die Oberhand gewann und ihn auf den Boden zurückbeförderte, befand er sich krallentief in kräftigem, süßlich duftendem Gras.

Während er in Richtung Straße

sprang, vernahm er ein wehklagendes Jammern hinter sich. »Ti-iii-ggerr!« Es übertönte fast das Klingeln der verdammten Glocke um seinen Hals.

Zwanzig Minuten später sonnte Danby sich auf einem großen Findling inmitten eines verlassenen Feldes und erholte sich von den Strapazen der letzten Stunden. Aus einiger Entfernung vernahm er das Dröhnen der Autos auf der Interstate und der Geruch von Benzin schwappte mit einer leichten Brise zu ihm herüber. Während er durch die Nachbarschaft getrottet war, hatte er die Schilder mit den Straßennamen gelesen und konnte sich inzwischen ein genaueres Bild davon machen, wo er sich eigentlich befand. Windsor Forest, jener kleine protzige Vorort, den Giles als sein Zuhause bezeichnete, lag nur ein paar Meilen entfernt, und wenn es ihm gelang, die Interstate zu überqueren, brauchte er nur noch die Abkürzung durch den Wald zu nehmen. Er hoffte inständig, dass La Sherrod nicht der Idee verfallen war, einen Fahndungsaufruf wegen ihrer entlaufenen Katze in die Wege zu leiten. Sollte er sein Ziel erst einmal erreicht haben, war eine Störung durch die Leute von SPCA das Letzte, was er gebrauchen konnte. Außerdem musste er dringend sein Halsband loswerden. Mit einer kleinen Glocke unterm Kinn ging er ja kaum als Streuner durch.

Glücklicherweise saß das Halsband locker, wahrscheinlich hatte das dichte Fell um seinen Kopf herum den Hals zweimal so dick erscheinen lassen. Nachdem er sich einmal dazu entschlossen hatte, bedurfte es nur weniger Minuten konzentrierter Arbeit, um das Halsband mit seinen Pfoten nach vorn zu schieben, bis es über seine Ohren rutschte. Dann folgte nur noch ein Kopfschütteln und Klingel! Klingel! – er verlor seine Identität als Tigger. Er fragte sich, wie viele Haustiere wohl auf diese Art eines guten Tages verschwanden und sich eine andere Identität zulegten, um dringlicheren Geschäften nachzugehen.

Er schaffte es, die Umgehungsstraße noch vor 17 Uhr am Nachmittag zu erreichen und somit dem Feierabendverkehr zu entgehen. Da er einiges von Automobilen verstand, war es ein Leichtes für Danby, in einer Lücke zwischen den Wagen die Straße zu überqueren. Er verstand nicht, warum es Opossums solche Schwierigkeiten bereitete, über eine Straße zu gelangen. Auf der weißen Mittellinie lag ein überreifer grauer Kadaver, ein stummer Beweis für die Unentschlossenheit beim Passieren einer Straße. Im Vorbeigehen schnupperte er oberflächlich daran, aber diese Straßenleiche war schon zu sehr jenseits von Gut und Böse, um außer den Geiern noch jemand anderen zu interessieren.

Auf der gegenüberliegenden Seite lief Danby wieder in die Felder und stellte sicher, dass er parallel zur Straße lief, die nach Windsor Forest führte. Gelegentlich wurde seine Aufmerksamkeit von einer Schar Vögel über ihm oder durch das Rascheln einer Feldmaus abgelenkt, aber er lief unbeirrt weiter. Wenn er das Anwesen der Eskeridges nicht vor Einbruch der Dunkelheit erreichte, musste er bis zum nächsten Morgen abwarten, um sich bemerkbar machen zu können.

Um an Giles heranzukommen, musste er wohl oder übel erst um die Gunst von Julie Eskeridge buhlen. Er fragte sich, ob sie bedürftigen Tieren gegenüber skeptisch war. Er konnte sich nicht daran erinnern, ob sie jemals eine Katze besessen hatten oder nicht. Ein nicht sterilisiertes Weibchen käme jetzt gerade recht, dachte er, eine Siamesin vielleicht, mit großen blauen Augen und einer sexy Stimme.

Danby ging davon aus, dass es ihm wenig Probleme bereiten würde, Giles' Haus zu finden, schließlich war er oft genug als Gast dort gewesen. Übrigens hatte ihre Firma

einige der überzogenen Anwesen in diesem ausgedehnten Vorort geplant und gebaut. Danby hatte sich einst darüber mokiert, dass sie diese palladianischen Fenster en gros kauften, seit jeder neureiche Hausbauer auf mindestens ein Paar bestand, egal was für eine Art Hütte er sich hochgezogen hatte. Giles konnte über Danbys Äußerung nicht lachen, das konnte er sowieso nur selten. Was Giles an Humor abging, fehlte ihm ebenso an Skrupeln und moralischer Zurückhaltung. Auf der anderen Seite komprimierte er diese Unzulänglichkeit mit einem hochentwickelten Instinkt zum Geldmachen und Geldhorten. Und während ihm Danbys Sinn für Design und Ausführungen fehlte, bewies er sich als Genie, wenn es darum ging, wohlhabende Klienten aufzutreiben und diese geschmacklosen Rowdys zu überreden, ein Vermögen in ihre Vorzeigehäuser zu investieren. Danbys selbst gesetzte Grenze war schon erreicht, wenn es darum ging, eine antike Sheraton-Anrichte zu zerstückeln, um sie dann zum Badezimmerunterschrank zu degradieren. Als Danby aber davor zurückschrak, sich an einem Umweltskandal zu beteiligen, hatte Giles das Gewissen seines Partners als einen Luxus betrachtet, den die Firma sich nicht leisten konnte. Aus dieser Einschätzung resultierten dann vermutlich das seichtfeuchte Grab neben der Baustelle und Danbys neues Leben als Katze. Es war ziemlich unfair von Giles gewesen, überlegte sich Danby. Seit dem College waren sie Freunde, und nachdem Danbys Eltern gestorben waren, hatte er ein Testament aufgesetzt, aus dem hervorging, dass nach seinem Tod alle Anteile am Geschäft auf Giles übergingen. Und womit hatte Giles ihm diese Freundschaft gedankt? Mit dem stumpfen Ende einer Schaufel. Danby legte einen Stopp ein, um seine Krallen an der Rinde einer Pinie zu wetzen. Aber wirklich, überlegte er, Giles verdiente absolut keine Gnade. Was in diesem Fall ganz gut kam, denn als Katze besaß Danby nicht viel davon.

Die Sonne stand niedrig hinter den Pinien, als Danby den imitierten Tudor-Kasten der Eskeridges erreichte. Der Duft eines anderen Katers, eines kastrierten orangefarbenen, hatte ihn kurzfristig en route aufgehalten. Selbst seine Farbenblindheit hinderte ihn nicht daran, eine orangefarbene Katze zu erkennen. Vielleicht lag es an der bestimmten Grauschattierung oder an den weißen Flecken auf Hals und Brust. Er war dem anderen hinterhergejagt und hatte den Versuch einer Kommunikation unternommen, aber soweit er es beurteilen konnte, befand sich hinter den leeren grünen Augen keine nennenswerte Intelligenz. Da war überhaupt keine Intelligenz, und soweit es Danby betraf, hätte er sich auch mit einem Strauch unterhalten können. Nachdem ihn das unerschütterliche Starren des Eunuchen ermüdet hatte, war er von dannen marschiert und hatte zugunsten seiner Mission auf weitere soziale Experimente verzichtet.

Eine Zeit lang hockte er unter der Forsythienhecke in Giles' Vorgarten und suchte das Haus nach irgendwelchen Lebenszeichen ab. Er lehnte es strikt ab, sich von einem Haufen Spatzen ablenken zu lassen, die in einem Vogelbad herumtollten, auch wenn er wusste, dass er verhungern würde, wenn ihm nicht bald eine Mahlzeit unterkam.

Die Idee, seinen massigen Körper auf ein paar Gramm zwitschernder Singvögel zu stürzen, ließ seinen Gesichtsausdruck noch verbotener aussehen als üblich. Er leckte seine Vorderpfoten und schielte in Richtung des ruhigen Hauses.

Ungefähr zwanzig Minuten später vernahm er das Brummen eines Motors und Benzindämpfe reizten erneut seine Nase. Danby blinzelte rechtzeitig unter der Hecke hervor und sah den Mercedes von Julie Eskeridge um die Ecke des Windsor Way biegen. Nachdem er hastig sein Fell glatt geleckt hatte, schlenderte er auf die Auffahrt zu, genau in dem Moment, als der Wagen hinauffuhr. Nun kam der schwierigste Teil: Wie konnte man Julie Eskeridge beeindrucken, ohne ein Scheckbuch zur Hand zu haben?

Nie zuvor war ihm aufgefallen, wie sehr Giles' Frau einer Giraffe glich. Angesichts ihrer großen Füße, die sie aus dem Wagen schwang und gefährlich dicht an seiner Nase vorbeiführte, musste er blinzeln. Ihren Füßen folgten zwei Nachbildungen der Alaska-Pipeline, beide in Nylons verpackt. Es schien ihm klüger, sie nicht anzuspringen; eine Kralle in diese Strümpfe und er hätte einen Feind fürs Leben. Julie gehörte übrigens zu jenen Leuten, die Küsse in die Luft warfen, um ihr Make-up keinen unnötigen Gefahren auszusetzen. Statt ihre Aufmerksamkeit am Auto auf sich zu ziehen – dort konnte sie ihn leicht mit einem ihrer Pfennigabsätze aufspießen –, sprang er auf die Stufen der vorderen Veranda und begann jämmerlich zu miauen. Als Julie die Stufen erreichte, schaute er sie mit weit aufgerissenen flehenden Augen an und wartete darauf, gestreichelt zu werden.

»Sch, Katze!«, fauchte Julie und stupste ihn mit dem Fuß weg.

Nachdem ihm die Tür ins Gesicht fiel, realisierte Danby, dass er sich vollkommen verkalkuliert hatte, genauso wie er es versäumt hatte, sich einen Notfallplan auszudenken.

Eine schöne Misere, in der er da steckte. Nicht genug, dass man ihn ermordet und zu einem Katzendasein verdammt hatte, jetzt war er auch noch obdachlos.

Als Giles zwanzig Minuten später nach Hause kam, lungerte er immer noch auf den Stufen herum, mehr oder minder, weil ihm keine Alternative einfiel. In dem Augenblick, als Giles' schwarzer Sportwagen hinter Julies Mercedes zum Halten kam, war sein erster Impuls davonzulaufen, doch dann fiel ihm ein, dass Giles ihn wohl kaum als seinen alten Geschäftspartner wiedererkannte. Davon abgesehen war er neugierig, wie ein davongekommener Mörder ausschaute.

War Giles von Reue gezeichnet? Zuckte er schuldbewusst zusammen, wenn er in der Nähe Polizeisirenen hörte?

Giles Eskeridge trällerte vor sich hin. Braun gebrannt und lächelnd kletterte er aus seinem Wagen, während er fröhlich und unmelodisch pfiff. Danby trottete vorwärts, um seinen Mörder mit dem hochmütigsten Blick zu konfrontieren. Giles' Reaktion entsprach nicht ganz der, die er erwartet hatte.

Giles erblickte die große, flauschige Katze, ging sofort auf die Knie und flötete: »Komm her, mein Kätzchen!«

Danby schaute ihn an, als hätte man ihn gerade dumm angemacht.

»Sind wir aber eine Schönheit!«, meinte Giles und streckte der fremden Katze seine Hand entgegen. »Ich wette, du bist eine Katze mit Stammbaum, oder, mein Freund? Hast dich wohl verlaufen, Junge?«

Obgleich es ihn schmerzte, sich mit einem reuelosen Killer abzugeben, schlenderte Danby auf die ausgestreckte Hand zu und erlaubte ihr, seine Ohren zu streicheln. Er vermutete, dass Giles' Interesse an ihm seine einzige Chance war, nun ins Haus zu gelangen, denn es war offensichtlich, dass Julie keine Katzennärrin war. Wer aber hätte den herzlosen Giles für einen Katzenfreund gehalten? Wahrscheinlich trafen hier die vielgerühmten Gegensätze aufeinander, entschied Danby.

Er ließ sich hochheben und ins Haus tragen, während Giles seinen Rücken kraulte und ihm zusäuselte, was für eine schöne Katze er doch sei. Es kam einer Demütigung gleich, war aber eine deutliche Verbesserung von Giles' Benehmen seit ihrer letzten Begegnung. Drinnen rief Giles nach Julie: »Sieh mal, wen ich gefunden habe, Honey!«

Madam kam aus der Küche und verzog das Gesicht. »Diese scheußliche Katze!«, erwiderte sie. »Setz sie gleich wieder vor die Tür!«

An dieser Stelle konzentrierte Danby all seine Energie darauf zu schnurren. Irgendwie klang es wie schnarchen, stellte er fest, und doch hatte es den erhofften Erfolg bei seinem zukünftigen Opfer, denn Giles machte sich plötzlich auf ins Wohnzimmer, ließ sich in einen Armsessel fallen, setzte Danby auf seinen Schoß und bedachte ihn mit noch mehr Streicheleinheiten und Lob. »Er ist wunderschön, Julie«, erklärte er seiner Frau. »Ich wette, er ist ein reinrassiger Maine Coon. Wahrscheinlich ein paar hundert Dollar wert.«

»Genau wie meine Wollteppiche«, antwortete Mrs. Eskeridge. »Und meine neuen Sofas! Und wer wird seine Schweinereien wegmachen?«

Das war Danbys Stichwort. Er hatte bereits über diese Piece de Resistance während seines Feldzuges nachgedacht. Mit einer Art Trällern, das so viel wie »Hier entlang, Leute« bedeutete, sprang er vom Schoß seines Ex-Partners und machte sich auf den Weg zum Badezimmer im Keller. Von den Dinnerpartys wusste er, dass die Tür immer angelehnt war. Auf diesen Moment hatte er hingearbeitet. Während Giles und seine Alte ihn vom Durchgang aus beobachteten, hüpfte Danby auf den Toilettensitz, wackelte mit seinem eleganten bauschigen Schwanz und benutzte die Toilette auf die korrekte Weise.

Er fühlte ein seltsames Kribbeln unter seinen Pfoten und wollte an etwas kratzen, um es zu unterdrücken, doch er ignorierte diesen Drang und aalte sich stattdessen in dem exaltierten Lob seines selbst ernannten Herrn und Meisters. Warum hatte Giles sich nicht genauso enthusiastisch über sein Design für das Jenner-Gebäude äußern können?, schmollte Danby. Bei einigen Leuten war das Gefühl für Werte eben pervertiert. In der Zwischenzeit aber konnte er genauso gut die Freude der Eskeridges über seine Fähigkeit des Schüsselpinkelns genießen; es gab schließlich nicht viele Wege für Katzen, höhere Intelligenz zu beweisen. Weder konnte er Shakespeare zitieren noch den Wein zum Essen klassifizieren. Glücklicherweise ging das Verhalten von Katzen während der Toilette als Genialität durch, und in diesem Fall war sogar Julie Eskeridge ob seiner Fähigkeiten beeindruckt. Nach dieser Aktion war klar, dass Giles ihn nicht wieder der kaltherzigen Welt aussetzte. Stattdessen trug man ihn zurück in die Küche und öffnete zu seiner kulinarischen Befriedigung eine Dose Thunfisch. Er musste aus einer Schüssel auf dem Boden essen, doch – ein kleiner Trost – es war wenigstens eine Royal Doulton. Während er fraß, hörte er im Hintergrund Giles, der seiner Begeisterung darüber Ausdruck gab, was für eine wundervolle Katze er doch war.

Er war drinnen! »Kein Halsband, Julie. Jemand muss ihn auf dem Highway ausgesetzt haben. Wie sollen wir ihn nennen?«

»Varmint«, schlug seine Frau vor. Sie war echt *hardcore*.

Giles ignorierte ihren Mangel an Enthusiasmus für sein neu entdecktes Wunderwesen. »Ich glaube, ich werde ihn Merlin nennen. Schließlich ist er ein richtiger Katzenzauberer.«

Merlin? Danby sah auf, den Mund voller Thunfisch. Was soll's, besann er sich, Merlin und Thunfisch waren allemal besser als Tigger und billiges Trockenfutter. Man konnte schließlich nicht alles haben.

Kurz danach stieg er zu einem vollwertigen Mitglied des Haushalts auf, er besaß eine neu erworbene Futterschüssel aus Plastik, ein Spielzeug in Form einer Maus und ein neues verdammtes Halsband mit einer neuen verdammten Glocke daran. Danby hatte dem Instinkt widerstanden, Giles den Daumen abzubeißen, als dieser ihm das abscheuliche Halsteil über das Fell zog. Inzwischen war er an das wahnsinnige Läuten gewöhnt, das ihn auf Schritt und Tritt begleitete. Was fanden die Menschen bloß an diesen Glocken?

Natürlich machte das dumme Glöckchen seine Pläne, außerhalb des Hauses Singvögel zu jagen, zunichte. Jetzt musste er schneller als der Schall sein, wollte er einen Spatz erwischen, aber er kam eh nicht oft nach draußen. Giles schien zu befürchten, dass er sich wieder aus dem Staub machen könnte, und achtete daher sehr darauf, Danby im Haus zu halten.

Für Danby war es ganz okay. Es gab ihm die Möglichkeit, sich genauestens mit dem Haus und der Routine seiner Bewohner vertraut zu machen – alles nützliche Informationen für seinen Racheplan.

Bisher war er (der alte Danby, in diesem Fall) in den Unterhaltungen der Eskeridges nicht vorgekommen. Er fragte sich, mit was für einer abenteuerlichen Geschichte Giles sein Verschwinden erklärt hatte. Offensichtlich war seine Leiche nie gefunden worden. Also oblag es ihm, den Schuldigen zu bestrafen.

Danby freute sich über die Tage, an denen Giles und Julie das Haus verließen. Dann verzichtete er auf seine morgendlichen, vormittäglichen und nachmittäglichen Schläfchen, um jedes Zimmer seiner Behausung nach tödlichen Waffen zu durchsuchen: Medizinfläschchen vielleicht oder kleinen elektrischen Geräten, die man in die Badewanne schubsen konnte.

Bisher hatte er von Unfällen Abstand genommen, aus Angst, der falsche Eskeridge könnte ihnen zum Opfer fallen. Er mochte Julie zwar genauso wenig wie sie ihn, aber er hatte keinen Grund, sie um die Ecke zu bringen. Die ganze Angelegenheit bedurfte genauester Vorbereitung. Zudem konnte er sich alle Zeit nehmen, sämtliche Eventualitäten für eine Rache in Betracht zu ziehen. Das Futter war gut, der Job als Hauskatze anspruchslos und außerdem genoss er die Ironie, von seinem Opfer geliebt zu werden. Giles besaß mit Sicherheit mehr Qualitäten als Besitzer denn als Partner. Eine abendliche Unterhaltung zwischen Giles und Julie brachte ihn allerdings zu der Überzeugung, dass er seine Vorbereitungen beschleunigen musste. Nach einem gebackenen Hühnchen – die Knochen hatten sie ihm nicht gegeben – saßen sie zusammen im Wohnzimmer. Giles war der Überzeugung, dass sie in seinem Magen zerbrechen und ihn umbringen würden. Danby rekelte sich auf dem Teppich vor dem Kamin, gab so lange vor zu schlafen, bis sie ihn vergessen hatten und er in die Küche schleichen konnte, um den Abfall zu durchwühlen. Der

Kerl hatte das Rauchen aufgegeben, nicht wahr? Und nachdem er eines Nachts ein wenig von Giles' Scotch geschlabbert hatte, schien es ihm, als hätte er seinen Geschmack dafür auch verloren. Wie viel Besonnenheit musste er denn noch ertragen?

»Wenn du diesen Kater wirklich behalten möchtest, Giles«, schwafelte Julie Eskeridge vor sich hin und betrachtete dabei ihre frisch polierten Krallen, »werde ich wohl diejenige sein, die ihn zum Tierarzt karrt.«

»Tierarzt? Habe ich noch gar nicht drüber nachgedacht. Natürlich, er muss wohl ein paar Spritzen bekommen«, murmelte Giles in seine Zeitung vertieft. »Gegen Tollwut und so weiter.«

»Und wenn wir schon dabei sind, können wir ihn gleich kastrieren lassen«, führte Julie weiter aus. »Sonst fängt er noch damit an, die Vorhänge zu markieren.«

Danby wurde in Alarmbereitschaft versetzt. Um ihnen keine Gelegenheit zu geben, seine Reaktion zu bemerken, konzentrierte er sich darauf, eine vollkommen saubere Vorderpfote zu reinigen. Es war an der Zeit, bei seinen Rachegedanken einen schnelleren Gang einzulegen, oder er würde als Sopran weitermiauen. Auch musste er seine Skrupel unschuldigen Anwesenden gegenüber ablegen: Jetzt war es nur noch eine Frage der Selbstverteidigung.

In dieser Nacht wartete er, bis es im Haus dunkel und still war. Normalerweise gingen Giles und Julie gegen halb zwölf ins Bett und löschten alle Lichter, was ihn jedoch kaltließ. Er genoss es, durch das ruhige Haus zu schleichen und dabei seine Infrarotsehkraft zu benutzen, auch wenn er zugegebenermaßen das nächtliche Fernsehen vermisste.

Einmal hatte er sogar überlegt, den Fernseher mit der Pfote einzuschalten, hielt es dann aber für verfrüht, selbst für eine Katze mit dem Namen Merlin. Danby hatte schließlich kein Interesse daran, mit Kabeln im Kopf in irgendeinem Verhaltenslabor zu enden.

Er untersuchte seine Sammlung an Katzenspielzeug, das Julie in seinem Katzenkorb verstaute, da sie jede Form von Unordnung verabscheute. Er besaß ein Spielzeug in Gestalt einer Maus, einen Gummifisch und einen kleinen roten Ball. Giles hatte den Ball in der lächerlichen Annahme angeschafft, Danby dazu zu bringen, mit ihm Fangen zu spielen. Während er ihn über den Boden rollen ließ, hatte Danby ihn verächtlich angesehen und es die folgende Viertelstunde hindurch genossen, Giles dabei zu beobachten, wie dieser auf Händen und Füßen den Ball misshandelte und versuchte, Danby das Fangen beizubringen. Schließlich hatte Giles aufgegeben und seitdem steckte der Ball im Katzenkorb. Danby schnappte ihn mit den Zähnen und schleppte ihn nach oben. Giles und Julie gingen für gewöhnlich auf der rechten Seite der Treppe hinunter, nicht wahr? Dort befand sich das Geländer. Vorsichtig platzierte er den Ball auf der dritten Stufe von oben, ungefähr an der Stelle, auf die ein menschlicher Fuß treten würde. Ein Fallseil wäre sicher aussichtsreicher, aber Danby war nicht in der Lage, die dafür notwendige Technologie anzuwenden.

Was konnte er sonst tun, um das Leben der Eskeridges zu gefährden? Ihr Essen vergiften ging schlecht, und seit sie ihn mit einem Flohhalsband ausgestattet hatten, konnte er nicht mal mehr darauf hoffen, die Beulenpest im Hause ausbrechen zu lassen. Sie mit Zähnen und Krallen zu attackieren schien zu tollkühn, selbst wenn sie schliefen. Derjenige, der nicht gebissen wurde, würde sich wehren und eine fünfzehn Pfund schwere Katze konnte mit Leichtigkeit von einem Menschen getötet werden, der dazu entschlossen war. Selbst wenn sie ihn nicht auf der Stelle umbrachten, konnten sie ihn doch sofort loswerden, was seine Chancen für immer zunichte machte. Es war zu riskant.

Er musste unauffällig vorgehen. Danby untersuchte das Haus weiter nach todsicheren Möglichkeiten. In der Nähe der Badewanne befanden sich keinerlei Elektrogeräte, außerdem duschte Giles. In einem anderen Leben wäre Danby sicherlich dazu in der Lage gewesen, den elektrischen Rasierapparat umzupolen, um dessen Benutzer einen Schlag zu versetzen, aber diese Heldentat lag jenseits seiner momentanen Befähigungen. Kein Wunder, dass die Menschen die Herrschaft über die Erde erlangt hatten; sie verstanden so verdammt viel vom Töten.

Selbst seine Versuche, Hilfe zu rekrutieren, erwiesen sich als ein äußerst fruchtloses Unterfangen. Bei einem seiner seltenen Ausflüge nach draußen – Giles war golfen gegangen und er war nach draußen entwischt, ohne dass Julie etwas bemerkte – hatte Danby die Nachbarschaft erkundet und nach einer … okay, zugegeben … Pussy Ausschau gehalten. Stattdessen war er nur auf dämliche Streuner gestoßen und einen Dobermann, der aber definitiv etwas darstellte. In Anbetracht der allgegenwärtigen Hauer dieses Biests hatte Danby die Konversation auf ein Minimum beschränkt. Danby vermutete, der Dobermann sei in seinem früheren Leben ein Agent der Steuerbehörde gewesen. Natürlich, der Hund hatte ihm verklickern wollen, ein Serienkiller gewesen zu sein, aber höchstwahrscheinlich nur, um Danby in einem falschen Gefühl von Sicherheit zu wiegen. Auch wenn die Töle Danbys Pläne zur Tötung von Menschen guthieß, war sie an einer Verschwörung nicht weiter interessiert. Warum die Probleme anderer lösen und die Gaskammer riskieren!

Danby selbst hegte gewisse Skrupel, etwas zu Drastisches zu unternehmen, wie zum Beispiel das Haus abzufackeln. Er war nicht daran interessiert, ein Unglück zu inszenieren, das ihn als eines der Opfer einschließen konnte.

Nachdem er weitere zermürbende Stunden durch das dunkle Haus geschlichen war, streckte er sich auf dem Sofa aus, um sich etwas auszuruhen, bevor er weitere Pläne schmiedete. Wenn er ausgeruht war, konnte er besser nachdenken.

Das Nächste, was Danby spürte, war ein rücksichtsloser Griff um den Hals, der ihn nach vorn zog. Er öffnete die Augen, bemerkte, dass es Morgen war und die Hand an seinem Kragen Julie Eskeridge gehörte, die versuchte, ihn in einen metallenen Katzenkorb zu verfrachten. Er versuchte sich im Sofa festzukrallen, aber es war zu spät. Noch bevor er blinzeln konnte, hatte sie ihn am Schwanz hochgezogen und in die Box geschoben. Er konnte gerade noch seinen Schwanz aus dem Weg ziehen, bevor sie die Tür hinter ihm zuschlug. Danby rollte sich in der Box zusammen, schielte aus den Seitenschlitzen und überlegte, was als Nächstes zu tun sei. Offensichtlich hatte sich der Gummiball auf der Treppe als miese Tatwaffe zum Morden herausgestellt. Hätte er nicht als Berglöwe zurückkommen können?

Auf dem Weg zum Wagen schäumte Danby vor Wut über sein Pech. Der Gedanke daran, wo es hinging und was kurz nach seiner Ankunft mit ihm geschehen würde, machte es auch nicht besser. Julie Eskeridge setzte den Katzenkorb auf den Rücksitz und schlug die Tür zu. Als sie den Wagen startete, heulte Danby aus Protest. »Ruhe da hinten!«, bellte Julie. »Du kannst nichts daran ändern.«

Das werden wir noch sehen, dachte Danby und drehte sich, um aus der Tür seines Käfigs zu sehen. Die Gitterstäbe der Tür waren ungefähr drei Zentimeter auseinander und es gab keine Maschen zwischen ihnen. Er bemerkte, dass es relativ leicht war, eine Pfote hindurch nach außen zu schieben. Wenn er jetzt noch einen Blick auf die Funktionsweise des Schlosses werfen konnte, bestand vielleicht eine winzige Chance, sich zu befreien. Er rollte sich auf die Seite und blinzelte zum Metallriegel empor. Es schien ein Riegel der besseren Sorte zu sein. Um den Korb zu verschließen, musste man den Metallriegel in einen Sockel schieben und ihn verdrehen, damit er einrastete. Wenn es ihm gelang, den Riegel nach oben zu drücken und ihn nach hinten zu verschieben …

In einem Auto, das die Geschwindigkeiten wechselte und sich in Kurven legte, war es nicht einfach zu manövrieren. Danby fühlte, dass ihm bei seinem Versuch, sich zu konzentrieren, ganz schön schwindelig wurde, da der Korb hin und her gestoßen wurde.

Nachdem sie schließlich die Interstate erreicht hatten, sauste der Wagen gleichmäßig dahin und es gelang ihm, seine Pfote an der richtigen Stelle unterhalb des Riegels zu positionieren. Er begann ihn sachte nach oben zu schieben. Ganze drei Minuten benötigte er, um den Riegel

nur um den Bruchteil eines
Zentimeters zu bewegen.
Der Riegel befand
sich jetzt außerhalb
des Sockels. Aller-
dings gab es
kein Entkom-
men aus dem
Wagen, Julie hatte
die Fenster geschlossen
und sie fuhren über sech-
zig Meilen in der Stunde.
Danby verbrachte eine volle Minute damit, über sein Di-
lemma nachzugrübeln. Aber von welcher Seite er sein
Problem auch betrachtete, es bot sich ihm immer wieder
dieselbe Alternative: Versuch etwas Verzweifeltes oder geh
unters Messer. Gut, es war nicht so, dass Sterben eine große
Sache war, es gab schließlich immer ein nächstes Mal.
Schnell, bevor die Angst ihn zurückhielt, warf Danby seine
Masse gegen die Tür des Katzenkorbes und landete mit
einem dumpfen Schlag auf dem Boden vor dem Rücksitz.
Er sprang zurück auf den Sitz und danach mit einem von
Herzen kommenden Schnurren in die Luft, landete gefährlich dicht am Rand von Julie Eskeridges rechter Schul-
ter und krallte sich in ihr fest, um nicht hinunterzufallen.
Das Letzte, an das er sich erinnerte, waren Julies Schreie
und das Gefühl, dass der Wagen außer Kontrolle geriet.

Als Danby die Augen öffnete, lief die Welt um ihn
herum immer noch in Schwarzweiß ab und er vernahm
gedämpfte Stimmen und erschnüffelte ein Durcheinander
von Gerüchen: Blut, Benzin und Rauch. Er rappelte sich
mühsam auf und fand sich immer noch weniger als dreißig Zentimeter über dem Boden und immer noch im Fell.

Immer noch Eskeridges Katze. In einiger Entfernung sah er das Wrack von Julies Auto.

Eine ihm bekannte Stimme erklärte über ihm: »Er muss während des Unfalls hinausgeschleudert worden sein, Officer. Es handelt sich definitiv um Merlin. Meine arme Frau wollte mit ihm zum Tierarzt.«

Ein stämmiger Polizeibeamter bäumte sich neben Giles auf und nickte mitfühlend. »Ich glaube, es ist wahr, was man immer über Katzen sagt, Sir. Ich meine das mit den neun Leben. Das mit Ihrer Frau tut mir sehr leid. Sie hatte nicht so viel Glück.«

Giles ließ seinen Kopf hängen. »Nein. Es ist schon eine große Belastung. Zuerst verschwindet mein Geschäftspartner spurlos und nun verliere ich noch meine Frau.« Er beugte sich vor und hob Danby hoch. »Wenigstens bleibt mir meine wunderschöne Miezekatze zum Trost. Komm, mein Junge. Lass uns nach Hause gehen.«

Danbys boshafter gelblicher Blick geriet nicht ins Wanken. Ohne Protest ließ er sich zu Giles' Wagen hinübertragen. Er konnte abwarten. Katzen waren Meister im Warten. Außerdem war das Leben mit Giles gar nicht so übel, jetzt wo Julie nicht mehr da war, um ihn zu schikanieren. Danby würde es eine Weile lang verkraften, von einem nachsichtigen Menschen verhätschelt und mit Gourmetfutter vollgestopft zu werden. Später würde er dann die Kontrolle über das Haus übernehmen. In der Zwischenzeit konnte er ja gelegentlich den Ball auf die Treppe legen und sich noch andere Spielchen für Giles ausdenken, während er darauf wartete, dass die Polizei aufkreuzte, um Giles nach seinem vermissten Partner zu befragen. Wenn nicht, konnte Danby daran arbeiten, sich weitere Methoden zum Töten von Menschen auszudenken. Früher oder später würde er sicher ganz erfolgreich sein. Katzen hatten endlos viel Geduld, wenn es darum ging, hinter ihrer Beute herzujagen.

»Nun gibt es nur noch dich und mich, Kumpel«, meinte Giles und setzte seinen Kater auf den Beifahrersitz.

Nachdem er Giles erledigt hatte, konnte er vielleicht den Bauunternehmer aufspüren, den Giles bestochen hatte, damit er sein schmutziges Geheimnis für sich behielt. Der verdiente es auf jeden Fall zu sterben. Und nicht zu vergessen dieses fiese Weibsstück, das neben Danby gewohnt und sich ewig über die Stereoanlage und seine einjährigen Pflanzen aufgeregt hatte. Vielleicht noch dieser mürrische Oberkellner im Chantage. Streunende Katzen traf man schließlich überall an.

Danby begann zu schnurren.

Edgar Allan Poe

Die schwarze Katze

Für die überaus wilde und doch so gewöhnliche Geschichte, die ich zu schreiben beabsichtige, erwarte ich und verlange ich keinen Glauben. Wahnsinnig wäre ich in der Tat, wollte ich ihn erwarten in einem Fall, da meine Sinne selbst ihre eigene Wahrnehmung verwerfen. Doch wahnsinnig bin ich nicht – und ganz sicher träume ich nicht. Aber morgen sterbe ich, und heute möchte ich meine Seele entlasten. Meine unmittelbare Absicht ist es, der Welt eine Reihe ganz alltäglicher Ereignisse offen, kurz und ohne Kommentar vorzusetzen. In ihren Konsequenzen haben mich diese Ereignisse erschreckt – gemartert – vernichtet. Doch will ich nicht versuchen, sie zu deuten. In mir haben sie fast nur Grauen erregt – vielen werden sie vielleicht weniger schrecklich als eher grotesk erscheinen. Später wird sich vielleicht ein Verstand finden, der meine Hirngespinste zum Gemeinplatz abschwächt – ein ruhigerer, logischer denkender und weit weniger erregbarer Verstand, der in den Umständen, die ich voll Furcht im Einzelnen erwähne, nichts anderes sieht als eine gewöhnliche Folge ganz natürlicher Ursachen und Wirkungen.

Von Kindheit an fiel die Gelehrigkeit und Menschenfreundlichkeit meines Wesens auf. Meine Sanftmut war so offenkundig, dass ich zum Gespött meiner Kameraden wurde. Besonders gern hatte ich Tiere, und meine Eltern ließen mir die mannigfaltigsten Arten von Lieblingen. Mit diesen verbrachte ich die meiste Zeit, und ich war nie glücklicher, als wenn ich sie fütterte und liebkoste. Diese Besonderheit meines Charakters entwickelte sich, während ich heranwuchs, und als ich erwachsen war, wurde sie zu einer der Hauptquellen meines Vergnügens. Denen, die je ein liebevolles Verhältnis zu einem treuen, verständigen Hund unterhielten, brauche ich wohl kaum die Art und Intensität einer solchen Befriedigung zu erklären. Es ist etwas in der selbstlosen und aufopferungsvollen Liebe eines Tieres, das unmittelbar dem zu Herzen geht, der häufig Gelegenheit hat, die armselige Freundschaft und die fadenscheinige Treue bloßer *Menschen* auf die Probe zu stellen.

Ich heiratete früh und war glücklich, in meiner Frau eine Neigung zu entdecken, die meiner eigenen nicht unähnlich war. Indem sie meine Vorliebe für Haustiere erkannte, ließ sie keine Gelegenheit aus, für sie in der freundlichsten Weise zu sorgen. Wir hatten Vögel, Goldfische, einen schönen Hund, Kaninchen, einen kleinen Affen und eine *Katze*.

Diese Letztere war ein bemerkenswert großes und schönes Tier, vollkommen schwarz und in einem erstaunlichen Maße verständig. Kam die Rede auf ihre Intelligenz, konnte sich meine Frau, die in ihrem Inneren stark vom Aberglauben durchtränkt war, häufig nicht einer Anspielung auf den alten Volksglauben enthalten, der alle schwarzen Katzen als verkleidete Hexen betrachtete. Nicht, dass es ihr jemals *ernst* damit war – ich erwähne die Sache überhaupt nur aus dem Grund, weil sie mir gerade jetzt zufällig in den Sinn kommt.

Pluto – so hieß die Katze – war mein bevorzugter Liebling und Spielgefährte. Ich allein fütterte ihn, und er begleitete mich überall durch das Haus. Nur mit Schwierigkeiten konnte ich ihn davon abhalten, mir auf der Straße nachzulaufen.

Unsere Freundschaft dauerte in dieser Art mehrere Jahre, während deren jedoch mein Gemütszustand und Charakter im Allgemeinen – durch die Einwirkung des Feindes Trunksucht (ich gestehe es errötend) – eine radikale Wandlung zum Schlechteren erfahren hatte. Täglich wurde ich launischer, reizbarer und rücksichtsloser gegen die Gefühle anderer. Ich litt selbst darunter, wenn ich unbeherrschte Reden mit meiner Frau führte. Schließlich wurde ich ihr gegenüber sogar tätlich.

Meine Lieblinge mussten natürlich die Veränderung in meinem Wesen spüren. Ich vernachlässigte sie nicht nur, sondern ging übel mit ihnen um. Auf Pluto jedoch nahm ich noch immer genügend Rücksicht und hütete mich, ihn zu misshandeln, so wie ich skrupellos die Kaninchen, den Affen und auch den Hund misshandelte, wenn sie mir durch Zufall oder aus Zuneigung in die Quere kamen. Aber meine Krankheit überwältigte mich – denn welche Krankheit gleicht der Alkoholsucht? –, und schließlich begann selbst Pluto, der jetzt alt und folglich etwas launisch wurde, die Wirkungen meiner Unbeherrschtheit zu erfahren.

Eines Nachts, als ich ziemlich betrunken aus einer meiner Kneipen in der Stadt zurückkehrte, bildete ich mir ein, die Katze ginge mir aus dem Wege. Ich ergriff sie, worauf sie, in ihrer Angst vor meiner Gewalttätigkeit, meiner Hand mit ihren Zähnen eine leichte Wunde beibrachte. Die Raserei eines Dämons erfasste mich augenblicklich. Ich kannte mich selbst nicht mehr. Meine ursprüngliche Seele schien auf der Stelle meinem Leib zu entfliehen. Und eine mehr als teuflische Bösartigkeit, vom Gin genährt, elektrisierte jede Faser meines Körpers. Ich nahm aus meiner Westentasche ein Taschenmesser, öffnete es, packte das arme Tier bei der Kehle und schnitt ihm mit voller Absicht ein Auge aus der Höhlung! Ich erröte, ich brenne, ich schaudere, während ich die verdammenswerte Ungeheuerlichkeit niederschreibe.

Als die Vernunft mit dem Morgen zurückkehrte – als ich die Dünste des nächtlichen Rausches ausgeschlafen hatte –, erfuhr ich ein Gefühl halb Grauen, halb Reue wegen des Verbrechens, das ich verschuldet hatte; aber es war bestenfalls ein schwaches und unentschiedenes Gefühl, und die Seele blieb unberührt davon. Ich stürzte mich wiederum in Unmäßigkeit und ertränkte bald jede Erinnerung an die Tat im Wein.

In der Zwischenzeit erholte sich die Katze langsam. Die augenlose Höhlung bot zwar einen schrecklichen Anblick, aber Pluto schien keine Schmerzen mehr zu haben. Er bewegte sich im Haus wie gewöhnlich, aber er floh in höchster Panik, wie man erwarten konnte, sobald ich mich näherte. So viel meines früheren Wesens war mir noch geblieben, dass ich zunächst betrübt war über die offensichtliche Abneigung seitens eines Geschöpfes, das mich einst so geliebt hatte. Aber dieses Gefühl wich bald der Nervosität. Und dann kam, um mich gleichsam endgültig und unwiderruflich zu überwältigen, der Geist der PERVERSITÄT. Über diesen Geist gibt die Philosophie keine Rechenschaft. Doch ebenso sicher wie meine Seele lebt, weiß ich, dass die Perversität einer der primitivsten Triebe der menschlichen Seele ist – eine der unteilbaren Grundfähigkeiten oder

-gefühle, die den Charakter eines Menschen bestimmen. Wer hat sich nicht schon hundertmal bei einer gemeinen oder einfältigen Handlung ertappt, die man aus keinem anderen Grund begeht, als dass man weiß, man dürfe *nicht*. Neigen wir nicht beständig trotz der Schärfe unseres Urteils dazu, das *Gesetz* zu verletzen, bloß weil wir es als solches verstehen? Dieser Geist der Perversität, behaupte ich, kam, um mich endgültig zu überwältigen. Es war dieses unendliche Verlangen der Seele, *sich selbst zu quälen* – der eigenen Natur Gewalt anzutun –, Unrecht zu tun um des Unrechts willen, das mich drängte, das Verbrechen, welches ich an dem unschuldigen Tier begangen hatte, fortzusetzen und schließlich zu vollenden. Eines Morgens warf ich kaltblütig eine Schlinge um seinen Hals und hängte es an einem Ast auf – hängte es, während die Tränen aus meinen Augen strömten und die bitterste Reue an meinem Herzen nagte – hängte es, weil ich wusste, dass es mich liebte, und weil ich fühlte, dass es mir keinen Grund zum Anstoß gegeben hatte – hängte es, weil ich wusste, dass ich damit eine Sünde beging – eine Todsünde, die meine unsterbliche Seele gefährden, ja – wenn so etwas möglich wäre – bewirken könnte, dass die unendliche Gnade des gnädigsten und schrecklichsten Gottes sie nicht erreicht.

In der folgenden Nacht, nachdem die grausige Tat geschehen war, wurde ich durch den Ruf »Feuer!« aus dem Schlaf gerissen. Die Vorhänge meines Bettes standen in Flammen. Das ganze Haus brannte. Nur mit großer Mühe entgingen meine Frau, ein Diener und ich selbst dem Verbrennen. Die Zerstörung war vollkommen. Mein gesamter weltlicher Besitz war verschlungen, und ich ergab mich von nun an der Verzweiflung.

Ich erliege nicht der Versuchung, eine Folge von Ursache und Wirkung zwischen dem Unglück und der Untat zu konstruieren. Aber ich zähle eine Kette von Fakten auf – und möchte nach Möglichkeit kein Glied auslassen. An dem Tag nach dem Feuer besichtigte ich die Ruinen. Die Wände waren mit einer Ausnahme eingestürzt. Diese Ausnahme bildete eine nicht sehr dicke Innenwand, die etwa in der Mitte des Hauses stand und an der das Kopfende meines Bettes geruht hatte. Der Mörtel hatte hier größtenteils dem Angriff des Feuers standgehalten, eine Tatsache, die ich einer kürzlichen Übertünchung zuschrieb. Um diese Wand scharte sich eine dichte Menge, und viele Leute schienen eine besondere Stelle mit sehr genauer und eifriger Aufmerksamkeit zu untersuchen. Die Worte »seltsam!«, »einzigartig!« und andere ähnliche Ausdrücke erregten meine Neugier. Ich ging näher und sah, gleichsam wie im Flachrelief auf der weißen Oberfläche eingraviert, die Gesalt einer riesigen *Katze*. Der Eindruck war mit wirklich verblüffender Genauigkeit wiedergegeben. Ein Seil hing um den Hals des Tieres.

Als ich diese Erscheinung – denn als etwas anderes konnte ich es kaum ansehen – zunächst betrachtete, waren meine Verwunderung und mein Entsetzen außerordentlich. Aber schließlich kam die Reflexion zu Hilfe. Ich erinnerte mich, die Katze hatte in einem Garten gehangen, der an das Haus grenzte. Beim Feueralarm war die Menge sofort in diesen Garten geströmt – irgendjemand musste das Tier vom Baum abgeschnitten und durch ein offenes Fenster in mein Zimmer geworfen haben. Dies war wahr-

scheinlich geschehen, um mich aus dem Schlaf zu reißen. Die einstürzenden Wände hatten das Opfer meiner Grausamkeit in die Substanz des frisch verteilten Mörtels gepresst. Der Kalk hatte in Verbindung mit den Flammen und dem Ammoniak der Leiche das Porträt zustande gebracht, so wie ich es nun sah.

Obwohl ich so ohne Weiteres meinem Verstand, wenn nicht gar meinem Gewissen, über das beunruhigende Faktum, das ich eben erwähnte, Rechenschaft ablegte, machte dies doch einen tiefen Eindruck auf meine Fantasie. Über Monate hin konnte ich mich von dem Phantom der Katze nicht freimachen; und während dieser Zeit kehrte in mir ein Halbgefühl wieder, das Reue zu bedeuten schien, aber keine war. Ich ging so weit, den Verlust des Tieres zu bedauern und mich in den gemeinen Kneipen, die ich jetzt gewöhnlich besuchte, nach einem anderen Wesen gleicher Art und etwa ähnlicher Erscheinung als Ersatz umzusehen.

Eines Nachts, als ich halb betäubt in einer mehr als anrüchigen Höhle saß, wurde meine Aufmerksamkeit plötzlich auf einen schwarzen Gegenstand gelenkt, der auf einem der ungeheuren Gin- oder Rumfässer ruhte, welche das Hauptmobiliar des Raumes bildeten. Ich hatte minutenlang auf dieses Fass gesehen, und was mich jetzt überraschte, war die Tatsache, dass ich den Gegenstand darauf nicht früher bemerkt hatte. Ich näherte mich ihm und berührte ihn mit meiner Hand. Es war eine schwarze Katze – eine sehr große –, genauso groß wie Pluto und ihm ganz ähnlich außer in einer Hinsicht. Pluto hatte nirgends an seinem Körper ein weißes Haar; aber diese Katze hatte einen großen, wenn auch formlosen weißen Fleck, der fast das gesamte Feld der Brust bedeckte.

Als ich sie berührte, erhob sie sich sofort, schnurrte laut, rieb sich an meiner Hand und schien erfreut, dass ich sie bemerkte. Das war also genau das Geschöpf, nach dem ich suchte. Sogleich machte ich dem Wirt ein Kaufangebot, aber dieser erhob keinen Anspruch – wusste nichts davon – hatte es nie zuvor gesehen.

Ich setzte meine Liebkosungen fort, und als ich mich auf den Heimweg machen wollte, zeigte das Tier Neigung, mich zu begleiten. Ich erlaubte es ihm, bückte mich gelegentlich und streichelte es beim Weitergehen. Als es das Haus erreicht hatte, fühlte es sich sofort heimisch und wurde von nun an der erklärte Liebling meiner Frau.

Ich meinerseits merkte bald, wie ein Missfallen ihm gegenüber in mir aufkam. Das war gerade umgekehrt als vorgesehen. Aber – ich weiß nicht, wie oder warum – seine offenkundige Liebe zu mir ekelte mich eher an und störte mich. Ganz allmählich gingen diese Gefühle des Ekels und Ärgers in die Bitterkeit des Hasses über. Ich mied das Geschöpf, da ein gewisses Schamgefühl und die Erinnerung an meine vorige Grausamkeit mich daran hinderten, es körperlich zu misshandeln. Einige Wochen lang schlug ich es nicht und tat ihm auch sonst keine Gewalt an. Aber allmählich – ganz allmählich – konnte ich es nur mehr mit unsäglichem Abscheu ansehen, und ich floh wortlos seine verhasste Gegenwart wie den Atem der Pest.

Zweifellos steigerte meinen Hass auf das Tier die Entdeckung – am Morgen, nachdem ich es heimgebracht hatte –, dass es wie Pluto ein Auge verloren hatte. Dieser Umstand jedoch machte es meiner Frau lieb und teuer; denn sie besaß, wie ich schon sagte, in hohem Maße jenes menschliche Mitgefühl, das einst mich besonders ausgezeichnet hatte und die Quelle meiner einfachsten und reinsten Freuden gewesen war.

Mit meiner Abneigung gegenüber dieser Katze schien jedoch ihre Vorliebe für mich zu wachsen. Sie folgte meinen Schritten mit einer Hartnäckigkeit, die ich dem Leser nur schwer begreiflich machen könnte. Wann immer ich mich setzte, kroch sie unter meinen Stuhl oder sprang auf meine Knie und bedeckte mich mit ihren ekelhaften Liebkosungen. Wenn ich aufstand, um spazieren zu gehen, kam sie mir zwischen die Füße und brachte mich so beinahe zu Fall, oder sie heftete ihre langen scharfen Krallen in meinen Anzug und kletterte auf diese Weise an meiner Brust hoch. Obwohl mich in diesen Augenblicken das Verlangen überkam, sie mit einem Hieb zu vernichten, wurde ich davon zurückgehalten teils durch die Erinnerung an mein voriges Verbrechen, hauptsächlich aber – lasst es mich gleich gestehen – aus fürchterlicher *Angst* vor dem Tier.

Diese Angst war nicht genau wie die vor einem körperlichen Übel – und doch wüsste ich nicht, wie ich sie anders definieren sollte. Ich schäme mich beinahe – ja selbst in dieser Verbrecherzelle schäme ich mich beinahe einzugestehen –, dass der Schrecken und das Grauen, die mir das Tier einflößten, gesteigert wurden durch eine der reinsten Schimären, die man sich denken kann. Meine Frau hatte mich mehr als einmal auf die Art der weißhaarigen Markierung aufmerksam gemacht, von der ich schon gesprochen habe und die den einzigen Unterschied zwischen dem seltsamen Tier und dem, das ich vernichtet hatte, bildete. Der Leser wird sich erinnern, dass dieser Fleck zwar groß, aber ursprünglich ganz formlos gewesen war. Doch ganz allmählich – fast unmerklich, sodass mein Verstand lange versuchte, dies als Einbildung abzutun – hatte dieser schließlich einen absolut klaren Umriss angenommen. Er stellte jetzt einen Gegenstand dar, den ich voll Schauder nenne – und vor allem deshalb hasste und fürchtete ich das Monstrum und hätte mich davon befreit, *hätte ich's nur gewagt* –, er war jetzt, sage ich, das Abbild eines scheußlichen – eines grässlichen Dings – eines GALGENS! – oh, welch trauriges, schreckliches Instrument des Grauens und des Verbrechens – der Agonie und des Todes!

Und jetzt war mir in der Tat elend über das Elend bloßen Menschseins hinaus. Und ein *brutales Tier* – dessen Kameraden ich verächtlich umgebracht hatte –, *ein brutales Tier,* das mir – mir, einem Menschen, nach dem Bild des großen Gottes geschaffen – solch unerträglichen Schmerz zufügen sollte! Ach, weder bei Tag noch bei Nacht erfuhr ich mehr den Segen der Ruhe! Tagsüber ließ mich die Kreatur keinen Augenblick allein, und nachts schreckte ich stündlich aus Träumen unsäglicher Angst auf, nur um den heißen Atem des *Dings* auf meinem Gesicht und sein ungeheures Gewicht zu fühlen – ein leibhaftiger Albtraum, den abzuschütteln ich keine Kraft hatte – und der ewig auf meinem *Herzen* lastete!

Unter dem Druck derartiger Qualen unterlag der schwache Rest des Guten in mir. Böse Gedanken wurden meine einzigen Freunde – die finstersten und bösesten Gedanken. Meine übliche Launenhaftigkeit steigerte sich in Hass auf alle Dinge und Menschen; unterdessen erwies sich, ach, meine unverzagte Gattin als die häufigste und nachsichtigste Dulderin gegenüber den zahlreichen plötzlichen und unkontrollierten Ausbrüchen meiner Raserei, denen ich mich jetzt blindlings überließ.

Eines Tages begleitete sie mich bei einer häuslichen Besorgung in den Keller des alten Hauses, das zu bewohnen uns unsere Armut zwang. Die Katze folgte mir die steilen Stufen hinab, und während sie mich beinahe zu Fall brachte, steigerte sich meine Wut zum Wahnsinn. Ich hob eine Axt, vergaß in meinem Zorn die kindische Angst, die bisher meine Hand zügelte, und holte zu einem Schlag nach dem Tier aus, der natürlich sofort tödlich gewesen wäre, hätte er so getroffen, wie ich wollte. Aber dieser Schlag wurde von der Hand meiner Frau aufgehalten. Durch dieses Eingreifen zu mehr als dämonischer Wut angestachelt, entwand ich meinen Arm ihrem Zugriff und senkte die Axt in ihr Hirn. Sie fiel auf der Stelle tot nieder, ohne einen Seufzer.

Nachdem ich diesen grässlichen Mord begangen hatte, machte ich mich mit vollem Bewusstsein an die Arbeit, die Leiche zu verbergen. Ich wusste, dass ich sie weder bei Tag noch bei Nacht vom Hause entfernen konnte, ohne Gefahr zu laufen, von den Nachbarn beobachtet zu werden. Viele Pläne gingen mir durch den Kopf. Einmal dachte ich daran, die Leiche in kleine Teile zu zerschneiden und sie im Feuer zu vernichten. Ein andermal beschloss ich, dafür ein Grab im Boden des Kellers zu graben. Dann wieder wollte ich sie in den Hofbrunnen werfen – oder mit den üblichen Vorkehrungen in eine Kiste packen wie eine Ware und einen Dienstmann kommen lassen, damit er sie vom Haus forttrüge. Endlich fiel mir etwas ein, das ich für den weitaus besten von all diesen Plänen hielt. Ich entschied mich dafür, sie im Keller einzumauern – wie die Mönche im Mittelalter ihre Opfer eingemauert haben sollen.

Für eine Absicht wie diese war der Keller gut geeignet. Seine Wände waren locker gebaut und waren erst kürzlich vollständig mit einem rohen Putz beworfen worden, der wegen der Feuchtigkeit der Luft hatte noch nicht hart werden können. Überdies war an einer der Wände ein Vorsprung, der von einem falschen Kamin oder Herd herrührte und aufgefüllt sowie dem Rest des Kellers angeglichen worden war. Ich hegte keinen Zweifel, dass ich ohne Weiteres die Ziegel an dieser Stelle entfernen, die Leiche hineinsetzen und das Ganze wie zuvor zumauern könnte, sodass kein Auge irgendetwas Verdächtiges zu entdecken vermöchte.

Und bei dieser Berechnung täuschte ich mich nicht. Mithilfe eines Brecheisens schaffte ich die Ziegel leicht beiseite, und nachdem ich die Leiche sorgfältig gegen die innere Wand gelehnt und in dieser Lage gestützt hatte, stellte ich ohne Schwierigkeiten die gesamte Anlage wieder her, wie sie ursprünglich gewesen war. Ich besorgte mir Mörtel, Sand und Haar mit aller erdenklichen Vorsicht, machte mir einen Putz zurecht, der sich vom alten nicht unterschied, und bewarf damit sorgfältig das neue Gemäuer. Als ich damit fertig war, fühlte ich mich zufrieden, weil alles in Ordnung war. Die Wand zeigte nicht die geringste Spur davon, dass man sich an ihr zu schaffen gemacht hatte. Der Abfall auf dem Boden wurde mit äußerster Sorgfalt aufgelesen. Ich blickte triumphierend um mich und sagte zu mir selbst: »Hier wenigstens ist also meine Arbeit nicht umsonst gewesen.«

Mein nächster Schritt war, nach dem Tier zu sehen, das der Grund für so viel Elend gewesen war; denn ich hatte endlich fest beschlossen, ihm den Tod zu geben. Wäre es mir gelungen, ihm in diesem Augenblick zu begegnen, dann hätte kein Zweifel über sein Schicksal bestanden. Aber es schien, als sei das intelligente Tier durch die handgreifliche Äußerung meines früheren Zornes alarmiert worden und verzichte darauf, mir in meiner gegenwärtigen Stimmung unter die Augen zu kommen. Es ist unmöglich, das tiefe, selige Gefühl der Erleichterung zu beschreiben oder sich vorzustellen, das die Abwesenheit des verfluchten Geschöpfes in meinem Herzen erregte. Es tauchte auch in der Nacht nicht auf – und so schlief ich wenigstens eine Nacht lang, seit es Einzug in dieses Haus gehalten hatte, tief und ruhig; ja ich *schlief* sogar mit der Last des Mordes auf meiner Seele!

Der zweite und dritte Tag verging, und mein Peiniger kam immer noch nicht. Noch einmal atmete ich als freier Mann. Das Monstrum war voll Entsetzen dem Anwesen entflohen! Ich sollte es nicht mehr sehen! Mein Glück war vollkommen! Die Schuld meiner dunklen Tat störte mich nur wenig. Einige wenige Fragen waren gestellt und ohne Weiteres beantwortet worden. Sogar eine Hausdurchsuchung hatte man veranstaltet – aber natürlich war nichts zu entdecken gewesen. Ich betrachtete mein künftiges Glück als gesichert.

Am vierten Tag nach dem Mord kam eine Gruppe von Polizisten völlig unerwartet ins Haus und ging daran, wiederum rigorose Nachforschungen auf dem Anwesen anzustellen. Davon überzeugt, dass mein Versteck unmöglich zu finden war, fühlte ich jedoch absolut keine Verlegenheit. Die Beamten baten mich, sie bei ihrer Suche zu begleiten. Sie ließen keinen Winkel und keine Ecke undurchforscht. Schließlich stiegen sie zum dritten und vierten Mal in den Keller. Kein Muskel zitterte in mir. Mein Herz schlug ruhig wie das eines Mannes, der in Unschuld schlummert. Ich schritt durch den Keller von einem Ende zum anderen. Ich verschränkte die Arme über meiner Brust und lief geschäftig hin und her. Die Polizei war absolut zufrieden und bereit zu gehen. Die Freude in meinem Herzen war zu groß, als dass ich sie zurückhalten konnte. Ich brannte darauf, wenigstens ein Wort des Triumphes zu sagen und ihre Überzeugung von meiner Schuldlosigkeit zu verdoppeln.

»Meine Herren«, sagte ich endlich, als die Gruppe nach oben stieg, »ich freue mich, Ihren Verdacht entkräftet zu haben. Ich wünsche Ihnen alles Gute, und ein wenig mehr Höflichkeit. Übrigens, meine Herren, dies – dies ist ein sehr gut gebautes Haus.« (In dem rasenden Verlangen, etwas leichthin zu sagen, wusste ich kaum, was ich überhaupt sprach.) »Ich darf wohl sagen, ein *hervorragend* gut gebautes Haus. Diese Wände – gehen Sie etwa schon, meine Herren? – diese Wände sind solid zusammengefügt«; und hierbei, im puren Wahn des Übermuts, schlug ich kräftig mit einem Stock, den ich in der Hand hielt, genau auf die Stelle des Mauerwerks, hinter der die Leiche meiner geliebten Frau stand.

Möge Gott mich schützen und aus den Fängen des Erzfeindes befreien! Kaum war der Widerhall meines Schlages in der Stille versunken, da antwortete mir eine Stimme aus dem Innern des Grabes! – ein Laut, zunächst gedämpft und gebrochen wie das Schluchzen eines Kindes und dann rasch anschwellend zu einem langen, lauten, dauernden Kreischen, ganz unnormal und unmenschlich – ein Heulen – ein klagender Schrei, halb des Entsetzens, halb des Triumphes, wie er nur aus der Hölle sich erheben könnte, gemeinsam aus den Kehlen der Verdammten in ihrer Agonie und der Dämonen, die in der Verdammnis frohlocken.

Narrheit ist es, von meinen eigenen Gedanken zu sprechen. Mit schwindenden Sinnen taumelte ich an die gegenüberliegende Wand. Einen Augenblick lang verharrte die Gruppe der Polizisten regungslos, in äußerstem Schrecken und Entsetzen. Im nächsten bearbeitete ein Dutzend starker Hände die Wand. Sie fiel Stück um Stück. Die Leiche, die schon ziemlich verwest und mit geronnenem Blut überlaufen war, stand aufrecht vor den Augen der Betrachter. Auf ihrem Kopf saß mit rotem, weit aufgerissenem Rachen und dem einsamen, feurigen Auge das grässliche Tier, dessen List mich zum Mord verführt und dessen verräterische Stimme mich dem Henker überantwortet hatte. Ich hatte das Monstrum in das Grab mit eingemauert!

Theresa Prammer

Sieben Leben

Er war tot. Ganz sicher. Ein Unfall. Vermutlich einer dieser heranrasenden Kästen auf Rollen, vor dem er nicht schnell genug hatte wegspringen können. Das war die einzige Erklärung. Seit er sie zu sich genommen hatte, war er noch nie so spät in die Höhle, die er »Zuhause« nannte, zurückgekommen.

Draußen war es bereits dunkel.

Wenn sie den Kopf zur Seite legte, konnte sie in der durchsichtigen Scheibe den Mond sehen. Niemals würde er sie absichtlich so lange alleine lassen. Ohne Fressen.

Oder hatte sie ihm einen Grund dafür gegeben? Beim Abschied heute Morgen? Voller Sorge ließ sie den Eingang nicht aus den Augen.

Sie hatte es für unmöglich gehalten, noch einmal jemanden so sehr zu lieben. Sein freundlicher Blick hatte ihre Seele getroffen. Seine Streicheleinheiten waren die wohligsten Berührungen, von denen sie sich wünschte, sie würden niemals enden. Sie gehörten zusammen. Wie zwei Teile eines Ganzen.

Endlich hörte sie das erlösende Klimpern am Tor, das sein Eintreten ankündigte. Er lebte!

Sie schoss in den Raum mit dem Kasten, den er jeden Abend anstarrte, und drapierte sich auf dem großen weichen Hügel.

Er war zu spät. Deshalb musste er sie jetzt erobern.

Das ständige Spiel mit der Unsicherheit ihrer Zuneigung gefiel ihr.

Er sagte etwas, aber sein Tonfall klang fremd. Mit wem sprach er da? Sie reckte den Kopf.

Ein helles Quietschen erklang. Es hörte sich nach einer Zweibeinerin an. Er war nicht alleine? Bis jetzt hatte er noch nie jemanden mitgebracht.

Sie wartete.

»Minki! Minki, wo bist du? Sie ist sicher im Wohnzimmer. Geh schon rein.«

Statt ihm tauchte eine blonde Zweibeinerin auf.

»Da ist sie ja. Hallo, kleine Minki.«

Er hatte eine Bestie in die Höhle gebracht. Mit roten Lippen und blauen Augen. Die Bestie kam auf sie zu. Reflexartig fuhr sie die Krallen aus, doch ihr Liebster erschien hinter der Zweibeinerin.

»Darf ich sie streicheln?«

»Natürlich, aber sei behutsam. Die arme Minki hat viel durchgemacht.«

»Wieso, was ist passiert?«

Während sie das Abtatschen ertrug, warf sie ihm einen flehenden Blick zu. Doch er beachtete sie nicht und hatte nur Augen für die Bestie. Nicht schon wieder. Das durfte nicht wahr sein.

»Eine verrückte Geschichte. Möchtest du was trinken?«

»Auf jeden Fall.«

Jetzt nahm die Bestie sie auch noch hoch. Hätte sie ihr Fressen schon bekommen, würde sie nun würgen.

»Sie war die Katze meines alten Nachbarn, Herrn Müller. Nach einem Sturz im Treppenhaus konnte er nicht mehr alleine leben. Und seine Heimhilfe Luzia war allergisch.«

»Oh nein, darum hat er sie weggeben?«

»Zuerst wollte er nicht. Ich dachte immer, Minki wäre sein ein und alles. Aber zwischen Luzia und Minki hat sich eine richtige Feindschaft entwickelt. Und da hat sie ihn vor die Wahl gestellt. Na ja, der Müller war auf seine alten Tage richtig verliebt in die junge Frau. Es war rührend. Er hätte Minki wirklich weggegeben. Aber dann … gab es diesen schrecklichen Unfall.«

»Was für einen Unfall?«

»Luzia ist beim Fensterputzen abgestürzt. Einfach so. Der Müller hat gesagt, es war Minki. Er war überzeugt davon. Ist völlig ausgeflippt. Der Arme. Hat sich so aufgeregt, dass er einen Herzinfarkt hatte. Ich hab es nicht über mich gebracht, sie ins Tierheim zu geben.«

Die Bestie seufzte, schubste sie vom Schoß, stand auf und legte die kahlen Pfoten um ihren Liebsten.

»Du bist also ein edler Retter. Das verdient eine Belohnung.«

»Oha«, war alles, was ihr Liebster noch sagen konnte. Da steckte ihm die Bestie schon die Zunge in den Hals. Und dann ließ er sich einfach so von ihr in die Höhle zum Schlafen ziehen. Ohne ihren Futternapf aufgefüllt zu haben. Ohne sie berührt zu haben. Ohne ein Wort für sie.

Sie sprang vom weichen Hügel, hechtete den beiden hinterher.

»Du musst draußen bleiben, Minki.«

Die Bestie schlug ihr die Tür vor der Nase zu.

Sie wartete. Die Schreie waren ohrenbetäubend. Nach einer gefühlten Ewigkeit öffnete die Bestie wieder die Tür.

Ihr Liebster schien zu schlafen. Bevor sie hineinschlüpfen konnte, war die Bestie schon draußen und beugte sich zu ihr.

»Na, kleine Minki, hast du Hunger?«

Diese Demütigung war beispiellos.

»Na komm, wir suchen dein Fresschen.«

Wie hoch war die Wahrscheinlichkeit, dass diese Bestie auch zur durchsichtigen Scheibe hinaufklettern würde?

Sie musste nachdenken. Es gab sicher eine Möglichkeit. Die Bestie holte ihre »Tasche«, ging damit in den Raum mit dem Fresschen. Vielleicht ein Sturz? Draußen bei dem, was die Zweibeiner »Treppen« nannten? Ihr früheres Herrchen war dort runtergefallen, als sie ihm nachgelaufen war. Es war nicht ihre Schuld, sie konnte nichts dafür, dass Zweibeiner so ungeschickt waren.

Irgendwann würde die Bestie die Höhle verlassen und dann musste sie ihr auf diesen »Treppen« nur zwischen die Beine laufen. Der Gedanke machte sie glücklich. So glücklich, dass sie das sich über den Futternapf hermachte, den ihr die Bestie hinstellte.

»Na, lass es dir schmecken, kleine Minki.«

Sie war ausgehungert, beseelt von dem Gedanken, die Bestie loszuwerden. Jetzt kniete die sich auch noch zu ihr, streichelte ihr über den Kopf. Sie wollte sie kratzen und beißen, aber sie durfte sich nicht verraten.

Artig leckte sie den Napf leer. Dieser Geschmack war eigenartig. Falsch. Böse. Sie kannte ihn. Luzia hatte ihr dasselbe Fressen gegeben. Ihr Herz raste. Ihr Katzeninstinkt rebellierte. Sie rannte zur Tür der Schlafhöhle. Kratzte, miaute.

»Hör auf, du weckst dein Herrchen.«

Sie hechelte. Luft. Sie bekam keine Luft mehr.

Die Bestie packte sie, hob sie hoch. Sie wollte sich wehren, doch ihre Krallen gehorchten ihr nicht. Alles fing an, sich zu drehen.

Die Bestie trug sie zur Eingangstür und setzte sie davor ab.

Sie tappte in die Dunkelheit und miaute. Mit letzter Kraft. So laut sie konnte.

»Psst! Du blödes Viech. Du weckst ja das ganze Haus.«

Doch sie hörte nicht auf. Im Gegenteil. Und tappte weiter. Da, der Boden unter ihrer Pfote gab nach. Sie hatte die »Treppe« gefunden. Sie quetschte einen Schrei heraus. Die Bestie trat in die Dunkelheit. Und dann spürte sie ihren Griff, als sie hochgehoben wurde.

»Na, hat dir das Rattengift geschmeckt?«, flüsterte die Bestie. »Luzia war meine Schwester. Sie hat mir von dir erzählt, du Biest. Sie hatte Angst vor dir. Du blöde Katze hast das Gift, das sie dir gegeben hat, immer wieder rausgekotzt. Gute Reise in die Hölle, kleine Minki.«

Mit letzter Kraft fuhr sie ihre Krallen aus und packte zu. Die Bestie schrie auf. Wollte sie wegstoßen, aber sie hatte sich festgehakt.

Und dann war es nur noch ein Schritt.

Ein Schritt der Bestie, der ins Leere trat, sie mit den Armen rudern und schwanken ließ. Als die Bestie die »Treppe« hinuntersegelte, wurde sie in die Luft gewirbelt. Das Geländer, an dem sich die Zweibeiner festhielten, traf sie hart in den Magen. In einem Schwall erbrach sie das Fressen, noch bevor sie auf dem Boden gelandet war.

Es ging ihr wieder gut, als ihr Liebster sie fand.

Er drückte sie fest an sich, während die Zweibeinerin in eine Kiste gepackt und weggetragen wurde. Sie schnurrte und schmiegte sich an ihn.

Sie würde es immer gut bei ihm haben. Zwei Chancen hatte sie schon vertan. Blieben noch fünf. Aber das sollte reichen.

Denn Katzen haben sieben Leben.

Bestien nicht.

Thomas Raab

Das letzte Abendmahl

Waldemar Owinsky ist Koch. Und Waldemar Owinsky ist entflammt. Nicht wie einst, als er während des Flambierens einen Schuss sechzigprozentigen Kosakenkorva Wodka zu viel erwischt hat, sondern weil sein Herz grad Funken sprüht, züngelt, lodert. Liebe eben.

»Was hat das eine mit dem anderen zu tun?«, könnte man nun fragen – muss man aber nicht. Denn so sicher wie ein fröhlich am Lüster schaukelnder Wellensittich nicht zweimal das Stromkabel durchbeißt, wird sich irgendjemand mit der Neuigkeit zu Wort melden, die Liebe ginge durch den Magen. Sinnsprüche pflanzen sich eben hemmungslos fort, Generation um Generation, auch wenn die Menschheit in manchen Fällen mit ein wenig Verhütung besser dran gewesen wäre – das gilt übrigens nicht nur für Sinnsprüche. Das gilt, wenn es nach der stattlichen Sammlung ihrer Verflossenen geht, auch für Vera Klump. Wen Vera Klump hinter sich liegen hat, natürlich ohne die weitere erquickende Aussicht auf den Flügelschlag ihres, die rechte wohlgeformte Gesäßhälfte zierenden Schmetterlingstattoos, der lässt kein gutes Haar an ihr, sinnt nach Rache, ist zu allem bereit. Wen Vera Klump vor sich liegen hat, mit Blick in ihre smaragdgrünen Augen, der lässt Haare, der nimmt alles in Kauf, der durchwatet freiwillig den Acheron, um in den Hades zu gelangen.

Damit sind wir schon mitten drin in dieser schaurigen Geschichte, denn wie gesagt, Waldemar Owinsky ist entflammt, und schuld daran ist Vera Klump.

Und genau diese Konstellation wird den Beweis antreten, wie sehr die Liebe vielleicht dem kleinen, von der Omama kohlehydratgemästeten Waldi durch den Magen zu gehen imstande ist, nicht aber dem ausgewachsenen, geschlechtsreifen Waldemar. Ein Essen zu zweit kann nämlich für jene Schmetterlinge, die sich nicht auf der Haut, sondern im Bauch befinden, zum geschliffenen Filetiermesser werden. So eines hat Waldemar Owinsky nun in der rechten Hand, um in seiner Innenstadt-Dachgeschosswohnung aufgeregt das erste gemeinsame Abendessen für das Objekt seiner Begierde zuzubereiten. Innenstadt-Dachgeschosswohnung klingt ja bereits ohne Besichtigung wohlhabend, Waldemar Owinsky aber ist tatsächlich gestopft. Und das im doppelten Sinn. Er zählt zwar nicht zu jenen Köchen, deren Gesichter regelmäßig von Suppenfonds, Gewürzmischungen, Topfserien, Kartoffelpressen oder Flachbildschirmen ins Leben grinsen, doch er fährt trotzdem einen Porsche Cayenne. Gut, soll es ein Klischee sein, aber eines weiß er, der Waldemar: Nur dank dieses Gefährts ist sein Beifahrersitz nicht mehr leer.

Auch Vera Klump wärmt ihn wirklich mit Vorliebe, den beigen Lederbezug, und meine Güte, in Anbetracht der grandiosen bevorstehenden Aussicht aus der obersten Etage, auch auf eine mögliche Zugehörigkeit zur feinen Gesellschaft dieser Stadt, nimmt sie zusätzlich das Wärmen des wirklich reichlich vorhandenen Owinsky-Körpers gerne in Kauf. Gepflegt ist er ja, der Waldemar, und was bitte muss ein Mann anderes sein als reich und halbwegs gewaschen, wurde ihr bereits von der Frau Mama stets eingetrichtert, gefolgt von: »Sei also nicht zimperlich, wenn eines Tages die Altersvorsorge stimmt. Da darfst du dich von einem bisserl Bauchspeck ja nicht abschrecken lassen. Schöner wird nämlich keiner!«

Und reichlich Bauchspeck hat er zu bieten, der Waldemar. Unter anderem in Würfel geschnitten, denn derart angeröstet und untergemischt ist er eines seiner kleinen Geheimnisse bei der Zubereitung dieses Gerichts. Da bekommt das gut abgehangene Fleisch seine ganz spezielle Note. Auf der Zunge zergehen soll es der noblen Dame, weich und saftig.

Fertig vorbereitet stehen die Zutaten sorgfältig geordnet auf der Arbeitsplatte. Hier wird aber nicht nur fein säuberlich gekocht, sondern auch gewohnt. Wenn Waldemar Owinsky nämlich eine Marotte hat, dann ist das sein Bedürfnis nach Sauberkeit. Unmittelbarer Sauberkeit, wohlgemerkt. Undenkbar, einfach irgendwo etwas liegen zu lassen. Ordnung ist für ihn das halbe Leben, das gilt in seinem Restaurant, in seiner Küche, in seiner Wohnung und in seinem Herzen. Ein Härchen an der Hose, und zielstrebig kommt es zum Einsatz, das klebrige Reinigungsband des Fusselrollers. Und gut ist es, wenn da noch einiges an aus- und abreißbarer Länge vorhanden ist, denn verabschiedet haben sich die beiden Turteltäubchen beim gestrigen Telefonat mit den Worten:

»Vera, ich will einfach wissen, was dir wichtig ist, das liegt mir am Herzen!«

»Das ist so lieb von dir, Waldilein. Das will ich dir morgen Abend aber persönlich zeigen!«, war die so eindeutig in den Hörer gehauchte Antwort.

Seit gestern läuft sie auf Hochtouren,

die männliche Fantasie, und es ist eine schmutzige Fantasie. Denn was bitte kann eine Frau, die erstmals in die Wohnung eines Mannes eingeladen wird, ihrem Verehrer persönlich zeigen wollen? Heftig pulsiert es also in seinen Lenden, das sprühende Leben. So lässt er den ansonsten beim Kochen verkosteten Wein aus, damit dann später die Manneskraft nicht auslässt, und widmet sich den Vorbereitungen. Man muss die Dinge nehmen, wie sie kommen. Und wenn im Laufe des von ihm so detailliert geplanten Abends auch noch ein kleines waagrechtes Intermezzo eingeschoben werden kann, umso besser, dann hinterlässt sie noch mehr Eindruck, die Nachspeise. Der Tisch ist fertig gedeckt, das frische schwarze Hemd übergestreift, die Kerzen sind angezündet, so wie auch das Kaminfeuer, das Licht gedimmt, der Vivaldi am Laufen.

All die Verflossenen waren gestern, weiß Vera auf der Rückbank ihres Taxis. Idioten, wie sie ihr beispielsweise bei der Weihnachtsfeier dieser lächerlichen, nicht einmal vollzähligen Amateurkickertruppe begegnet waren, in deren Reihen sie sich heimlich von einem zum anderen durchgearbeitet hatte,

ohne dabei auf den erhofften vielversprechenden Millionenstürmer zu stoßen. Zehn Vollpfosten waren das:

Albert, Johann, Eduard.

Gustav, Erwin, Jochen,

Goran, Phillip, Simon, Kurt.

Zehn Herzen sind gebrochen.

Albert ist finanziell ruiniert, so wie Eduard, denn der hatte sich, nur um von Vera endgültig absorviert zu werden, vorher noch schnell scheiden lassen. Johann ist ein seelisches Wrack, auch weil er nun wieder denselben Hauptwohnsitz angeben muss wie seine Mama. Der völlig verunsicherte Goran bricht zurzeit aus Gründen der Selbstbestätigung ein Frauenherz nach dem anderen. Ja, und Kurt pflegt seine quer über die Pulsadern verlaufenden Narben.

Jetzt also ist Waldemar an der Reihe. Pfeifend steht er am Herd, beschwingt wird gekocht, ein unwiderstehlicher Duft mischt sich mit dem Geruch glühender Holzscheite, dann glühen auch die männlichen Hormone – es hat geläutet. »Ich bin's!«, haucht es durch die Sprechanlage bis hinein in den Hypothalamus des Waldemar Owinsky, feucht sind seine Hände, rasiert sein Kinn, gekämmt sein Brusthaar. »Haar« ist auch jenes Wort, das Waldemar Owinsky für den Rest seines Lebens nicht mehr löschen wird, weder aus seinem Gedächtnis noch aus seiner Wohnung. Denn wie sie da gelockt und geföhnt im Türrahmen steht, bekommt er viel früher als erwartet genau das zu sehen, was ihm Vera Klump persönlich zeigen will. Obwohl dieses »Genau« nur in Bezug auf die doppelsinnige, umgangssprachliche Bedeutung des vom Männchen Erhofften und stattdessen Präsentierten zutrifft.

Nach einem zarten Begrüßungskuss öffnet sie nämlich ihren Mantel, um das darunter versteckte Etwas freizulegen.

»Wie gefällt sie dir?«, haucht sie ihm entgegen. »Sie wird hoffentlich auch dir viel Freude bereiten!«

Waldemar Owinsky kann sich nur schwer zurückhalten. Derartiges hätte er Fräulein Klump niemals zugetraut.

»Darf ich vorstellen: Cleopatra, sie stammt aus ganz edler Zucht. So wichtig ist sie für mich, aber, aber …«

Mit Müh und Not presst Vera eine salzige Träne aus ihren Augen, so etwas soll in Gegenwart feinfühliger

Männer ja Wunder wirken, und setzt fort: »…und jetzt, jetzt ist sie weg. Seit drei Tagen verschwunden. Ach, Cleopa-pa-pa…!« Ein Prusten hallt durchs Stiegenhaus, und beinah wäre es ihr hinuntergefallen, das mit einem goldenen Bilderrahmen versehene Foto einer traurig dreinblickenden, blütenweißen Perserkatze mit smaragdgrünen Augen und goldenem Halsband. Feinfühlig ist er ja, der Waldemar, aber über seinen gewiss breiten Schatten springen kann er nun auch wieder nicht. Nur schwer lässt sich das bereits munter am Gaumenzapferl baumelnde Lachen unterdrücken.

»Komm doch bitte herein, das Foto stellen wir einfach auf den Esstisch, dann, dann…«, ein kurzes Räuspern entkommt seinem Gemüt, »dann ist er wenigstens irgendwie dabei!«

»Sie! Sie ist eine Katze, kein Kater! Gleich zwei Weibchen hättest du dann!« Wie unwiderstehlich sie dreinschauen kann, wenn sie nur will, die Vera.

Es folgt eine Begrüßungsumarmung; ein zarter Kuss legt sich auf seine weiche rechte Backe; ein kurzer Griff zum Fusselroller beseitigt die Spuren der einzigen von Vera Klump in diesem Augenblick getragenen Körperhülle, dem flauschigen, weitmaschigen Strickkleid; eine in den Raum gestreckte Hand bittet sie ins Wohnzimmer und leitet den nächsten hysterischen Ausbruch ein: »Ich glaub, ich brauch ein Riechfläschchen, das ist ja der helle Wahnsinn! Ja, Waldemar, so ein Paradies! Ist das ein offener Kamin! Und du hast sogar Feuer gemacht, ach wie süß! Sind das alles Originale? Ist das größte Bild da an der Wand wirklich ein Fernseher? Ist das der Dom, den man da vom Schlafzimmerfenster aus sieht? Ist diese Turnhalle hier der Schrankraum? Und das, oh Gott, ist das das Bad? Ich, ich…« Auch ohne dass sich in diesen luftigen Höhen irgendetwas anderes hätte spiegeln können, als maximal ein Linienflugzeug im Notlandeanflug, glänzen die üppig geschminkten weiblichen Augen wie Christbaumkugeln. Auch Vera Klump befindet sich gedanklich längst im Landeanflug in ihr zukünftiges Leben.

»In die Küche schau bitte nicht, das ist mein Heiligtum. Erst nach dem Essen, wenn ich saubergemacht habe, okay! Dann gibt es die Offenbarung!«, schickt Waldemar eine kleine Bitte hinterher, während er das Katzenbildchen zwischen die großköpfigen weißen Rosen stellt. Wie ein Altar sieht sie nun aus, die Festtafel.

Das Tischgespräch während der Vorspeise verläuft wie erwartet. Waldemar Owinsky erzählt von den wunderbaren weißen Trüffeln, die er zurzeit in seinem Restaurant anbietet.

Vera Klump erklärt – während sie stolz ihre Brust herausstreckt und so ihrem Gastgeber durch das gespannte Strickmuster des Kleides einen ersten Rundumblick auf ihre beachtliche Oberweite gewährt, so etwas soll in Gegenwart eines Mannes ja Wunder wirken –, sie liebe weiße Trüffeln, Schokolade hätte es ihr einfach in allen Farben angetan.

Waldemar Owinsky erzählt von der herausragenden Qualität des servierten Thunfischcarpaccios. Vera Klump erklärt, wie gern ihre Cleopatra Fisch in allen Varianten verschlungen hatte: »…als sie noch nicht verschwunden wa-wa-wa…!« Mit salzigen Tränen wird das Carpaccio nachmariniert, jetzt fließen sie also endlich auf Knopfdruck. So soll es sein.

Herrlich klingen die Gläser, das Gespräch verebbt,

es folgen die Hauptspeise und ein Triumphzug auf allen Linien. Was kein Wunder ist, denn Waldemar Owinsky ist ein vielseitiger Meister seines Faches. Und weil sich seine Abstammung bis ins Oberösterreichische zurückverfolgen lässt, bedeutet diese Vielseitigkeit auch das Beherrschen der entsprechenden regionalen Kochkunst. Da wird nicht lang herumgefackelt mit Nobel-Cuisine und überteuerten Diätcamp-Portionen auf schneeschaufeltellergroßem Porzellan. Am Esstisch des Waldemar Owinsky gibt es jetzt, ganz dem Leitsatz seines Erfolgsrestaurants entsprechend, ordentlich was zu futtern.

Gierig schlingt Vera Klump hinein, vergessen sind die guten Sitten, euphorisch verlangt sie Nachschlag, vergessen ist die gute Figur und im Übermaß spült sie nach, vergessen ist der Vorsatz, zu Hause zu schlafen. Verliebt, verlobt, verheiratet – gestritten, geschieden, gesponsert für den Rest ihrer Tage, besser geht es nicht. Waldemar Owinsky ist perfekt, er kann kochen, er hat Stil, er wird alles tun, um eine Göttin – wie sie zweifelsohne eine zu sein gedenkt – bei sich zu halten, und er hat Geld.

Ja, und eine Nachspeise hat er auch noch: »Die nehmen wir auf der Dachterrasse ein. Das dauert aber noch ein wenig!«, erklärt er der Eingekochten, während diese sich glückerfüllt die letzten Reste der Soße von den Lippen tupft.

»Da-Da-Dachterrasse!«, entfährt es ihr verzückt. Dann steigt Waldemar Owinsky mit den Worten: »Ich geh schnell alles vorbereiten!«, die Treppen empor.

Da hat er gerade die letzte Stufe des Aufstiegs in luftige

Höhen absolviert, da erhebt sich auch Vera Klump zwecks Besichtigung des Heiligtums ihres Zukünftigen. Neugierig betritt sie die Küche. Sorgfältig geordnet stehen die mit den Speisen gefüllten Töpfe und Pfannen auf der Arbeitsplatte, sonst ist alles geputzt und erstrahlt in makellosem Glanz.

Auch das aufgeschlagen neben dem Herd liegende Kochbuch. Kein Fettspritzer, kein Crème-fraîche-Patzer, kein Eselsohr, nur das schmale, goldene Lesezeichen hat Flecken.

Bekannte Flecken.

Flecken, von denen Vera Klump jeden einzelnen zuordnen könnte. Und vorbei ist es mit der inneren Wärme.

Eine schaurige Kälte zieht ihr plötzlich durch die Maschen des Strickkleides herein, das Blut in den Adern gefriert, Gänsehaut legt sich über den Körper. Aus Einzelteilen wird ein erschreckendes Ganzes, auch was das Festmahl betrifft. Würgend breitet sie alles Zu-sich-Genommene auf der spiegelblanken Arbeitsplatte aus, während sie vor sich das Foto an der Wand betrachtet: SV Owinsky steht über einer Gemeinschaft brüderlich vereinter Herren. Diesmal sind sie vollzählig, sprich zu elft, versammelt um den in Tormannmontur gehüllten Waldemar Owinsky:

Albert, Johann, Eduard,

Gustav, Erwin, Jochen,

Goran, Phillip, Simon, Kurt,

darunter auf der Arbeitsplatte liegt erbrochen:

Cleopatra – da ist sich Vera Klump absolut sicher.

Zitternd nimmt sie das goldene Lesezeichen an sich, es ist Cleopatras Halsband, sie drückt es an ihre bebende Brust und liest noch einmal den Namen des Rezeptes der Hauptspeise: »Katzengschroa«, samt der Übersetzung: Katzengeschrei. Was gibt es da noch zu zweifeln, wozu das Kleingedruckte studieren. Wozu, wenn sich der grauenvolle Verdacht durch die Überschrift des danebenliegenden Nachspeisenrezeptes unwiderruflich bestätigt: »Süß ist die Rache.«

»Nein!«, brüllt Vera Klump mit einem quietschenden, langgezogenen »i« durch die leere Wohnung – fürchten müssen sie um ihr dünnes Glas, die hochwertigen Rotweingläser. Das Halsband fest umfassend, stürmt sie hinaus ins Freie.

Dort sitzt Waldemar Owinsky zusehends entspannter mit einem feinen Digestiv in der Linken und dem Filetiermesser in der Rechten in einem der Korbsessel auf der Terrasse. Beinah vorbei ist es mit seinem Entflammtsein, denn langsam spürt er das in sich lodernde Feuer der Rachegöttin Alekto abflauen. Zufrieden lässt er den Blick über den funkelnden Horizont schweifen und lächelt. Er lächelt nicht nur, weil ihm das mit dem Servieren des »Katzengschroas« verbundene herzlose Abservieren noch eine Spur besser gelungen war als Vera Klump bei jedem einzelnen seiner Kumpels, er lächelt auch aus Liebe. Nicht aus jener treuen Liebe, die Vera Klump nun auf den Magen geschlagen hat, also der Liebe zu seinen Freunden, sondern aus jener Liebe zu seinem Fusselroller, die ihm eine noch viel größere ermöglicht.

Denn alles lässt sich lösen, selbst Katzenhaare. Es ist ein leichtes Vibrieren, das den ringförmigen Speckgürtel Waldemar Owinskys erfüllt, und es ist nicht der vorbeifliegende Verkehrshubschrauber, der diese

Erschütterung in Gang
setzt, sondern die
Frequenz des
angestimmten
Schnurrens. Mit
jeder sanften
Bewegung
des sich liebes-
bedürftig ins

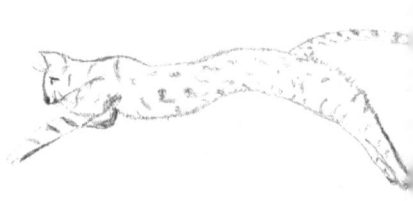

Hüftgold vergrabenden Katzenkopfes verwandelt sich der Farbton des schwarzen Hemdes zusehends ins Dunkel-, dann ins Hell- und schließlich ins Weißgraue.

Cleopatra entledigt sich schnurrend der letzten Reste ihres Winterpelzes, glücklich darüber, endlich ihr enges goldenes Halsband beim Teufel zu wissen, endlich den schmerzenden Liebkosungsakten der Herzlosigkeit entkommen zu sein, endlich über die Stadt blicken zu können. Jetzt beginnt der Sommer ihres Lebens.

Auch für Waldemar Owinsky, denn von nun an kann er wählen zwischen jenen Weibchen, denen der beige Lederbezug seines Porsche Cayenne das Herz erwärmt, oder jenen, die das weiße Fell seiner Angorakatze bevorzugen. Bald wird er den Wagen nicht mehr brauchen.

Katzengschroa (Katzengeschrei)

Zutaten für 4 Personen:
100 g Kalbfleisch vom Schlögel
100 g mageres Schweinefleisch
100 g Schweins- oder Kalbsleber
100 g Schweins- oder Kalbsnieren
2 kleine Zwiebeln, Mehl, Salz, Pfeffer, Majoran, trockener
Weißwein, etwas Rindsuppe, 1 EL Crème fraîche, neutrales
Öl zum Anbraten, 4 dünne Scheiben Bauchspeck, gekochte
Erdäpfel, Petersilie

Ob der Name auf die Ungleichheit der Zutaten (Fleisch und Innereien), die so wie das »Gschroa« von Katzen auch auf sehr ungleichen, unharmonisch klingenden Tönen beruht, oder darauf hinweisen soll, wie sehr Katzen das Servieren von Innereien einfach zum Schreien bringt, ist unklar. Inhaltsangabe ist der Name jedenfalls keine. Prost. Mahlzeit.

Julya Rabinowich

Chronik eines angekündigten Supperls

»Wann kommst du wieder?«

»Hab ich dir doch schon mehrmals gesagt. Wir fahren zum Tierarzt, dann zu meiner Mutter. Und dann zurück.«

»Der Tierarzt ist echt teuer.«

»Die Katze ist es mir auch.«

Sie strich die blonde Haarsträhne aus dem Gesicht und hob den Katzenkorb, in dem verräterische Stille herrschte. Sobald sie in der Tierklinik angelangt sein würde, würde das Konzert beginnen, die Katze kannte das Prozedere zu Genüge und wusste bereits, was ihr blühte, wenn der Korb vom Vorzimmerschrank hinuntergewuchtet wurde. Die Katze war schon älter und weise, sie setzte die ihr verbliebene Energie mit Umsicht ein und sparte ihre Kräfte für den perfekten Auftritt.

»Immer bist du weg«, brummelte er hinter ihr her. Sie drehte sich in der Tür nochmals um. Da stand er, mit zerzaustem, zu langem Haar und unter dem hochgerutschten T-Shirt hervorquellendem, haarigem Bauch. Es war heiß, das T-Shirt war nassgeschwitzt. Eine Landkarte des Fitnessversagens.

Sie seufzte.

»Die Katze ist nicht gesund. Und meine Mutter auch nicht.«

»An mich denkst du dabei überhaupt nicht. Oder?«

»Bist du krank?«

»Nein.«

»Fein. Dann gieß doch bitte die Balkonpflanzen, es wird über 35 Grad haben heute.«

»Blöde Kuh«, murmelte er, gerade so laut, dass sie es hören konnte. Sie tat, als hätte sie es dennoch nicht gehört und warf die Tür hinter sich zu. »Bussi«, schrie er ihr nach.

Als sie nach Hause zurückkam, sank schon der Abend über die Dächer und der Mond stand in Sichelform im Fenster. Er lag auf der Couch, die Zeitung vor sich auf dem Bauch aufgestellt, seine Fußsohlen, die sie als erstes sah, hatten dieselbe Farbe wie der Nachthimmel, nur ohne Sterne.

»Bin wieder da.«

»Ich habe Hunger.«

Sie stellte den Korb ab, hob die Stifte, die das kleine Raubtier in die Freiheit entlassen sollten, die dunkelgetönte, dreifärbige Katze stürmte hinaus und verschwand im Dickicht des Großstadtdschungels am Balkon.

»Du hast die Tür nicht zugemacht! Wie oft habe ich dir gesagt, du sollst die Tür zumachen, sie könnte rausgehen und abstürzen!«

Sie trat hinaus, die Bodenplatten waren immer noch warm, die Stängel und Blätter vertrocknet und bar jeder Spannung. Die bunten Blumendolden des Sonnenhutes ließen die Köpfe hängen, die Kapuzinerkresse lag darnieder, der Basilikum näherte sich jenem Aggregatzustand, den man im Kotanyipackerl vorfindet. Sie holte fluchend die Gießkanne. Und dachte erneut an die Samen, die sie in der Lade ihres Nachtkästchens aufbewahrte, wog ab und schüttelte den Kopf. Nein, die Zeit war noch nicht reif.

Eine Woche später erwischte sie ihn dabei, wie er nach der Katze trat.

»Sag mal, spinnst du?!«

»Das Mistvieh hat schon wieder in meine Schuhe gebrunzt!«

Die olfaktorische Veränderung im Vorzimmer bestätigte seine Aussage, ihr Mitleid hielt sich sehr in Grenzen.

»Sie spürt halt, dass du sie nicht magst.«

»Die wird bald noch ganz was anderes spüren!«

Sie ging ins Bad, stellte sich unter die Dusche, versuchte, auf das Plätschern des Wassers zu hören und nicht auf sein Wutgeschrei.

»Ist das Abendessen fertig?!«

»Steht im Kühlschrank.«

»Ich will kein Fertigzeug essen!«

»Dann geh dir was anderes kaufen. Ich koche nicht, ich bin müde.«

Sie trocknete sich ab, den Rosenduft noch in der Nase, und betrachtete sich im Spiegel: eine immer noch ganz hübsche Frau, fand sie. Ein wenig graues Haar und etwas Molligkeit störte das Gesamtbild nicht. Ihre Brüste waren immer noch weich und rund. Sie wirkte um Jahre jünger als er, und als sie aus dem Bad kam, bedachte er sie mit einem feindseligen Blick. Nachdem sie sich ins Bett gelegt hatte, die frische Bettwäsche kühlend zart auf der eingecremten Haut, und bevor sie das rosa Nachtlicht ausknipste, hörte sie, wie er im Wohnzimmer zu der Katze sprach.

»Na, du. Wie lange willst du denn noch leben?«

Da griff sie in die Schublade, ohne ein zweites Mal darüber nachzudenken, und ging wieder auf den Balkon hinaus, splitterfasernackt. Mondlicht auf den Schultern und die Erde unter den Fingern. Die beiden anderen Hexen wurden nicht gebraucht. Sie schaffte das auch im Alleingang.

»Was machst du denn da draußen«, nölte er.

»Ich muss noch die Blumen gießen.«

Der Sommer stieg in den Zenit, die Hitze stand flirrend über der Stadt. Alte Menschen kollabierten in den Straßen und Wohnungen. Ein Jahrhundertsommer, sagte die Fernsehansagerin. Eine Hitzewelle, schrie das Radio. Todeshitze, kreischte der Boulevard, dessen Blätterrauschen keine Abkühlung brachte. Die Pflanzen am Balkon waren stärker als ein Afrikasturm, die neue Aussaat gedieh. Ihre Mutter rief an, es ging ihr nicht gut.

»Ich fahre für zwei Tage zu meiner Mama«, sagte sie ihm. »Sie braucht ein wenig Hilfe und auch Gesellschaft. Sei so lieb und kümmere dich um die Pflanzen und das Kätzchen.«

»Ja freilich«, sagte er in einem so versöhnlichen Ton, dass sie ein wenig misstrauisch wurde. Sie vertrieb das unschön beklemmende Gefühl, versuchte sich über sein Lächeln zu freuen, packte ein kleines Köfferchen und fuhr aufs Land. Ihre Mutter lebte unweit der Hauptstadt. Am Abend rief sie ihn in einem seltsamen Echo einer Angst an.

»Ist alles okay?«

»Alles in bester Ordnung,« sagte er.

Sie kam zwei Tage später zurück, und als sie aus dem Taxi stieg, bemerkte sie die seltsamen Blicke der Nachbarn, die im Schanigarten gegenüber saßen. Schließlich sagte die Nachbarin:

»Ich habe sie gefunden, falls du Näheres wissen willst.«

»Wen?«

»Na, deine Katze.«

Sie ließ den Koffer fallen. »Was ist passiert? Wo ist sie?«

»Die Tierverwertung hat sie schon abgeholt.«

Sie rang nach Luft, die in der Kehle brannte wie Tränengas.

»Was … wie …«

»Sie lag im Hof. Sie war schon tot.«

Sie ließ das Köfferchen stehen und rannte ins Haus, riss die Hoftür auf: ein kahler Schacht, in dem es nach Urin roch. Links mittig vertrocknetes Blut, ein abgebrochener kleiner Zahn. Und ein paar schwarze Schuhe, die nach Urin rochen.

Sie weinte nicht. Sie ballte die Fäuste und konzentrierte sich darauf, den Zorn, der in ihr hochwallte, über die Trauer brodeln zu lassen, sie einzudampfen, um ihre Hand ruhig zu führen und ihre Gedanken klar zu machen. Als sie mit dem kleinen Ritual fertig war, hob sie den Zahn auf und stieg in die Wohnung hinauf, bei jedem Schritt legte sie ein Stück Rüstung an, bis sie von Zeh bis Scheitel geharnischt vor ihrer Tür anlangte. Sie sperrte auf. Er kam ihr mit einem aufgesetzt tragischen Gesichtsausdruck entgegen.

»So schrecklich. Ich weiß überhaupt nicht, wie das geschehen konnte!«

Sie sank an seine Brust und umarmte ihn. »So schrecklich«, hauchte sie.

»Kann ich etwas für dich tun?«, säuselte er.

»Ja«, sagte sie leise. »Bitte kauf mir ein paar Zutaten für das Abendessen. Ich muss etwas tun, um mich abzulenken...«

»Du willst wirklich kochen? Echt jetzt?« Er war so überrascht, dass seine Stimme zu normalem, leicht beleidigtem Ton zurückkehrte.

Als er auf dem Sofa lag, die stinkenden Füße zu ihr gedreht, köchelte seine Lieblingsspeise schon auf dem Herd: Steinpilzcremesuppe. Frischeste Steinpilze und goldgelb angeschwitzte Zwiebelchen.

Sie ließ die Suppe einkochen, sämig und dick werden, schritt auf den Balkon, hin zu dem Topf, den sie als letztes bepflanzt hatte, riss Blätter ab und zerstieß sie im Mörser, jede Bewegung zelebrierend.

»Lass es dir schmecken«, lächelte sie, als die Kerzen am Tisch brannten. Er öffnete eine Rotweinflasche. »Damit er atmen kann«, sagte er.

Er aß gierig und ohne sich zu bedanken. Sie beobachtete ihn und ihre Finger spielten in der Tasche ihres Kleides mit dem kleinen blutigen Zahn, den sie immerzu abtasteten, als würden sie eine neue Ecke daran finden können, jetzt noch, nach all den Stunden, die sie damit verbracht hatte, den Zahn zu streicheln. Dann ging sie auf den Balkon und wartete, bis er zu stöhnen und zu würgen begann, bis der Teppich den Aufschlag eines schweren Körpers dämpfte.

»Ich mochte dich auch nicht,« sagte sie.

Eva Rossmann

K.

Wenn ich sage, dass es in einer Zeit geschah, als alle daheimbleiben sollten, dann ist das womöglich nur zum Teil richtig. Es könnte ebensogut sein, es passiert gerade jetzt, parallel. Vielleicht hat man die Zeit nur erdacht, um Ordnung in unsere Leben zu bringen, ihnen einen fiktiven Ablauf zu geben, weil alles auf einmal zu viel sein kann.

Zum Glück gibt es keine Psychoanalyse für Katzen. Zumindest nicht in Wien. Meine Mitbewohnerin glaubt, ich sei in einem früheren Leben Reporter gewesen. Ich schlafe gerne im Korb mit den alten Zeitungen oder auf ihrem Laptop, das scheint ihre Fantasie zu inspirieren. Sie ist Journalistin. Und sie irrt bisweilen.

Ich weiß, dass es gut ist, einen ruhigen und sicheren Platz zu haben. Oder mehrere. Ich habe eine vage Erinnerung an schwarz gekleidete Leute, die in mein Zimmer kommen, um mich über eine Anklage zu unterrichten. Ob es Freunde sind oder Verwandte oder Arbeitskollegen, kann ich nicht sagen, wahrscheinlich sind sie wildfremd, auch wenn sie auf mich nicht so wirken, weder wild noch fremd. Mit Sicherheit aber weiß ich, jeder Raum hat auch ein Dahinter, Säle oder Abgründe, Schmutz oder Netzkanäle.

In dieser Zeit, in der alle daheimbleiben sollen, umtanzen sich meine Mitbewohner. Mira und Oskar ziehen

Kreise in der großen Wohnung, wie in der Absicht, einander möglichst fern zu sein, und um sich dann wieder ganz nahe zu kommen, ineinander verschlungen, als müssten sie dieser Welt vereint gegenübertreten. Atomballett mit Kernfusion als stärkster Kraft. Nur dass man mit Kräften umgehen können muss. Meine Mitbewohner sind auf ihren Tanz konzentriert und blenden aus, dass bei den Nachbarn etwas anders geworden ist. Die beiden Nachbarmenschen waren auch sonst eher leise und doch gab es die üblichen Geräusche. Am lautesten waren sie, wenn sie an unsere Tür geklopft haben, um sich über den Lärm, auch meinen, zu beschweren. Haltlose Anklagen, wohin man schaut.

Jetzt ist es dort ganz still. Nur manchmal kann ich hohe langgezogene Töne wahrnehmen, sie könnten auch aus dem Weltall stammen, gebündelt durch riesige Teleskope, über die man alles auffangen kann, egal ob es Millionen Jahre vor uns sein wird oder vielleicht auch nach uns war. Gerade das Leise kann unendlich gefährlich sein, es lässt sich nicht festmachen.

Die Welt ist unbegreiflich, wann wird das endlich auch den Menschen klar? Wenn wir in den Vollmond sehen und Schatten auf der Wiese sind, so ist es dieselbe Wiese, die am Tag von der Sonne beschienen wird, sind es die Schatten derselben Bäume, und trotzdem ist es ganz anders. Alles kann sein. In meinem Leben als Kater habe ich das gelernt, vielleicht auch in anderen. Die meiste Zeit verstehe ich meine Mitbewohnerin Mira ebenso wenig wie ihren Mann Oskar.

Sie schnattern und quietschen, nur hin und wieder dringt etwas durch, wie Erinnerung. In dieser Lebensform treibt mich keinerlei Absicht, besonders zu sein. Eine solche Katze hatten sie vor mir, eine Heldin. Sie hat einen Mord verhindert und ist dafür gestorben. Ich lebe. Kann sein, ich habe das eine oder andere nachzuholen. Der Mensch, den meine Vorgängerin gerettet hat, heißt Vui. Und so haben sie auch mich genannt. Als ob ich etwas mit einer kleinen Vietnamesin zu tun hätte. Ich bin ein Maine-Coon-Kater und keiner soll sagen, ich sei zu dick. Das Allerbeste am Katzenleben ist wohl, ohne Scham und Schande essen zu können. So viel man nur bekommen kann. Diese Existenz hat viele Vorteile, vielleicht erscheint sie mir deswegen meist realer als meine eventuellen anderen. Als Kater kennt man seinen Vater nicht. Ich muss nichts beweisen, nicht mehr, aber ich kann eine ganze Menge. Und man glaubt nicht, was alles möglich ist. Wenn man es nicht glaubt, ist es auch egal, weil es ist möglich.

Vielleicht spreche ich mir damit selbst Mut zu. Nicht um Risiko geht es, wie es eines sein mag, auf dem Terrassengeländer zu balancieren, sondern um die Stärke, sich über das Selbst zu erheben, immer in Gefahr, in eine andere, weniger komfortable Lebensform zu fallen.

Ich hänge zu sehr an meinem kleinen Katzenleben, als dass ich es riskieren möchte, mich in die Nachbarwohnung zu schleichen. Es wäre möglich. Immer wieder kommen Boten, die größere und kleinere Pakete abstellen, weiße oder braune Pappkartons, sie läuten und verschwinden wieder, als würden sie Ungehöriges tun. Ich kann es durch den schmalen Schlitz in unserer Eingangstür beobachten. Der Mann mit den gelben Haaren sieht aus seiner Wohnung, vorsichtig, dann schnappt er das Paket, liest die Botschaft darauf. Manchmal wie in sich versunken. In diesem Moment könnte ich unbemerkt an ihm vorbei, hinein, aber wie käme ich wieder heraus? Er ist keiner, mit dem sich ein Kater gutstellen kann. Mir scheint, er ist keiner, mit dem irgendjemandem gelingt, sich auf Dauer gutzustellen. Was ist mit seiner Frau?

Kann es sein, dass ich doch auch Reporter bin? Meine Ahnung sagt, ich habe es versucht, aber mir ist, wie so oft, meine Fantasie im Weg, mein Hang abzuschweifen. Manchmal stört wohl auch eine gewisse Trägheit. Als Kater ist mir beides gestattet. Nur: Wissen will ich trotzdem, weil es doch schön ist, ein kleines bisschen Licht in einen der zu vielen Winkel zu bringen. Ich kenne eine Krähe, die mir einigermaßen vernünftig erscheint. Wir haben einen Weg gefunden, uns auf der Terrasse zu unterhalten, gefiltert durch den Himmel und das Gefühl, einander zu bewundern, ich ihre Technik und die Kühnheit, mit der sie sich in den Himmel hebt, sie meine Fähigkeit zu sehen und in Ruhe zu filtern und wiederzugeben, ohne das Wort Wahrheit vor mir herzutragen. Ich glaube, es war in Brescia, der Lenker eines Aeroplans wie eine Krähe, ganz in Schwarz, und ich habe gesehen und reportiert, wie das ist mit dem Fliegen. Sonne und fast feierliches Wundern.

Die Krähe landet sicher auf dem Terrassenregal, sie sieht auf mich herunter, zwischen der ausrangierten Metallgießkanne und dem roten Übertopf, den keiner braucht. Ihre Federn sind ein wenig gesträubt. Ich hoffe, es ist der richtige Abstand, um über unsere Existenzen hinweg eine Verständigung möglich zu machen. Und tatsächlich, beinahe überdeutlich nehme ich wahr, was sie erzählt: Ganz vorsichtig sei sie am Fensterbrett gelandet, voller spitzer Metallteile sei es, gegen alles, was dort verweilen will, und von dort aus

hat sie die Frau gesehen. An einer Leine war sie, fest veran-
kert in der Wand, sodass sie sich bloß ein paar Meter bewegen konnte. Dann ist der mit den gelben Haaren gekommen und sie hat sich zusammengekauert wie einer der Ket-
tenhunde, die wissen, was sie erwartet, die sich das Beißen
ersparen und gleich zum Dulden übergehen. Zwei Masken
hat er ihr angelegt. Masken?, frage ich die Krähe, weil ich
mir mit einem Mal nicht sicher bin, ob ich sie verstehe. Mir
scheint, als hätte sie eine Lederkappe auf, Flugbrillen, und
würde auf diese männliche Art lächeln, die mich immer
angezogen hat, auch wenn oder gerade weil ich derartiges
nicht vermag. Masken, wiederholt der Herr der Lüfte, die
sind doch jetzt überall, du wirst sie schon gesehen haben,
über Mund und Nase werden sie gezogen. Ja, antworte ich,
die Spanische Grippe, wenn ich mich recht erinnere, so
habe ich sie überlebt. He, sagt die Krähe, du bist irgendwo
anders, ich kann dich nicht verstehen, konzentrier dich!
Ich kneife die Augen zusammen und strecke mich. Beides hilft der Konzentration, alle Muskeln der Reihe nach
dehnen, in einer einzigen fließenden Bewegung, die mich
so begeistert, dass ich beinahe ganz aufs Zuhören vergesse.
Aber die Krähe kreischt sich in mein Gedächtnis zurück,
dagegen kann nicht einmal ein Kater an. Die Masken hat
er ihr angepasst, höre ich. »Nur zum Schutz, alles nur zu
deinem Schutz«, hat der Mann mit den gelben Haaren gesagt. Aber es ist ein Schutz, den man nicht ohne weiteres
begreifen kann. Eine Maske in der Mundöffnung, sodass
ihre Lippen
auseinander-
klaffen, ganz
fest hinter
dem Kopf
gebunden,

ein Knebel, der nicht mehr möglich macht als einzelne hohe, beinahe außerirdische Töne. Die zweite Maske als Augenbinde, wer nicht sieht, kann sich nicht wehren. Dann hängt er sie mit einem Gürtel an einen Stuhl und sie zuckt nur manchmal ein kleines bisschen, während er ihr mit einem feinen Messer etwas in die Arme ritzt, »Man muss Zeichen setzen«, sagt er, ein bisschen mehr zuckt sie, wenn er ihr etwas auf Hals und Gesicht schreibt, nicht tief, gerade so fest, dass Blutstropfen wie Perlen nebeneinander stehen, bevor sie dann doch nach unten rinnen.

Ich streife durch unser Zuhause, als würde ich Teil von Miras und Oskars Tanz sein wollen. Dabei sitzen die bei-

den auf der Couch, vor dem Fernseher. Üblicherweise liege ich im Korb mit den Zeitungen daneben. Bisher schien mir das einer der beiden besten Orte. Zum Nachdenken. Zum Schlafen. Zum Träumen. Gibt es Sicherheit? Ob er mich schon gefüttert habe, fragt Mira ihren Mann. »Natürlich«, ist die Antwort. Ich hebe den Schwanz und sehe meine Mitbewohnerin an. Essen geht immer. Aber Mira sagt bloß »Na dann…« und bleibt sitzen. Und ich wandere weiter, sehe durch die Terrassentür ins Freie, natürlich ist die Krähe nicht da. Ich werde etwas tun. Es sind außergewöhnliche Zeiten. Beinahe hatte ich eine Idee. Der andere beste Ort. Miras Laptop. Meine Katzenpfoten und die Tasten sind nicht kompatibel, selbst die Umsetzung meiner klaren Gedanken in für sie lesbare klare Worte gelingt üblicherweise nicht. Ich muss mich über mein Katzenselbst erheben. Der Sprung auf den Schreibtisch ist dafür bloß Vorbereitung, lautlos. Zum Glück hat meine Mitbewohnerin wie meist vergessen, den Deckel zu schließen. Ich kann die Wärme der Tastatur schon an meinem Bauchfell spüren. Das Wohlige, dem man sich hingeben könnte, mit leisem Schnurren endlich Ruhe finden und … Nein. Ich. Darf. Mich. Nicht. Auf. Die. Tastatur. Legen. Über das Selbst hinauswachsen, wie geht das? Wie das geht … Eine ganz andere Schreibmaschine taucht aus dem Gedankennebel, und es ist, als wüchsen mir Hände und ich säße an diesem Gerät, das für mich schreibt, es schreibt, was zu schreiben ist, wie sonst, wenn nicht durch Schreiben, kann ich sein?

SOS, nebenan Folter

Ich bin erschöpft, ich klettere auf die Tastatur und rolle mich zusammen. Die Katze muss schlafen.

»Vui hat was geschrieben!«, kreischt es an meinem Ohr. Vui verstehe ich, das ist mein Katzen-Ich, noch bevor ich mir über den Rest klar werden kann, packt mich meine Mitbewohnerin und zieht mich vom Schreibgerät.

»*Sauce Nebensache Roter* – und was soll das jetzt heißen?« Ich muss sie falsch oder gar nicht verstanden haben, wieder einmal ein Riss in unserer Leitung.

»Wortvervollständigungs-
programm«, erwidert Oskar
von der Couch her. »Du
hast es eingeschaltet, weil
du wissen wolltest, was
herauskommt, wenn Vui
wieder auf deinen Lap-
top klettert.«

Ich drehe den Kopf,

kann kaum über Miras Unterarm sehen, das mit dem Lesen geht bisweilen ganz gut, ich muss bloß wieder in den Flow kommen, die Finger, die mir wachsen, das Schreibgerät, oder auch ein Blatt Papier, leer, oft, dann mit Zeichen, die ...

»Au!«, schreit Mira, »was hat das Vieh heute bloß?« Noch im Fallen werfe ich einen Blick auf den Bildschirm, vielleicht ist es gerade dieses Fallen, Zeit-Raum-Kurve, die mir die Buchstaben ins Hirn übersetzt. Tatsächlich. *Sauce Nebensache Roter.* Ich weiß, was ich geschrieben habe, *SOS nebenan Folter.* Ich schleiche deprimiert zum Korb mit den Zeitungen.

»Vui hat sich in meinen Arm gekrallt«, sagt Mira.

»Lass ihn«, sagt Oskar, »siehst du nicht, was er für ein schlechtes Gewissen hat?«

Wie lautet der Spruch? Irren ist menschlich. Ich muss nachdenken, die Augen schließen, die Welt ausblenden, egal welche.

Ich sehe mich allein in einem kleinen Raum, nein, nicht allein, einsam. Nur ich mit mir und dem, was ich zu tun hätte. In der Ecke ein wenig Staub, das Fenster lässt nur spärlich Licht herein. Zusammen spielen, dämmert mir. Vielleicht ist das mein Fehler. Nicht zusammen zu spielen mit anderen. Nie spielen und nie mit anderen. Oder nur so kurz, dass ich erschrecke. Zusammen spielen. Weiche wollige Knäuel, ich eines von ihnen, wir kugeln durcheinander und tappen einander nach und trinken am Warmen, Weichen, das unsere Welt ist. Bis jemand kommt und ...

Zusammen spielen. Zusammenspielen. Wenn dieser verdammte automatische Wortverfälscher verhindert hat, dass ich es mit Mira kann, bleibt mir immer noch der Herr der Lüfte. Und wenn er dann wiederum mit anderen kühnen Krähen spielt, so wie ich sie oft gemeinsam im Wind sehe, könnte der Plan gelingen.

Ich will erleben, wie sie es anstellen. Dafür muss ich auf das Geländer, die Töpfe mit Thymian geben ausreichend Standfläche. Fünfter Stock eines Hauses aus der Gründerzeit, früher war hier der Dachboden, aber daran möchte ich, warum auch immer, nicht denken, schon gar nicht jetzt, wo es darum geht, nicht unsicher zu werden. Ich konzentriere mich auf das Fenster der Nebenwohnung, mein Federfreund kommt und fliegt kunstvoll so knapp an der Scheibe vorbei, dass er mit dem Schnabel anklopft, ein riskantes Wendemanöver gegen alle Schwerkraft, eine Steilkurve, wie bewundere ich seine Kühnheit, und noch einmal. Das Fenster wird aufgerissen, der Kopf des Mannes mit den gelben Haaren schnellt nach vorne, eine wütende Bewegung, Töne, die ich nicht verstehe, und nur einen Moment später perfekte Flugformation von vier Aeroplanen, mitten ins geöffnete Fenster, hinein in die Wohnung. Und Schreien und Stürzen und Schweres, das zu Boden fällt, Rumpeln, Heulen, Jaulen, Inferno.

Ich renne ins Wohnzimmer, meine Mitbewohner sind alarmiert. Überfall? Streit?

»Vui«, sagt Oskar, »fürchte dich nicht.« Ich starre ihn an.

»Polizei«, sagt Oskar, »da muss man die Polizei …«

»Komm«, sagt Mira.

Oskar wählt und geht mit und spricht und Mira läutet nebenan. Ruhig ist es drin, ganz ruhig. Mira hämmert an die Tür und Oskar hämmert mit. Auch ein paar andere aus dem Haus kommen, sie gackern und quietschen, es ist mir egal, was sie sagen wollen, denn jetzt geht die Tür auf.

Die Frau steht da. Wie blind, den Blick nach innen. Ihre Arme sind voller alter und neuer Wunden, exakte Schnitte, Buchstaben auf der Haut. Sie zieht die Leine nach, als sie langsam ins Innere der Wohnung geht. Mira gibt Oskar einen Stoß, so ist er der Erste, der sich in Bewegung setzt, Murmeln der Nachbarn, griechischer Chor, er bleibt im Flur, aber ich bin im Vorzimmer, nahe an der Wand, keine Krähe mehr zu sehen, nur ein paar schwarze Federn und umgestürzte Möbel, zerbrochene Vasen. Die Frau geht zum hohen geöffneten Fenster, sie sieht hinaus, fünf Stockwerke unter ihr ist die Straße. Sie dreht sich um zu denen, die für sie gar nicht da sind. Sie sagt es nur zu sich. »Er wollte sehen, woher die Krähen gekommen sind.«

Und auf ihrem Hals kann ich es lesen, in Blutschrift: *Alles wird*

Tex Rubinowitz

Die Maus mit den fünf Beinen

Jörg Gaspar Schulzi war einer, der sich nicht darauf verlassen konnte und schon gar nicht wollte, dass die Dinge das waren, was sie schienen, er misstraute etwa dem Kribbeln in seinen Füßen, sagte sich, dass es sich dabei gewiss nicht um eine Nervensache handelte, um irgendwas Psychosomatisches, sondern redete sich ein, dass er es mit Sandflöhen in seinen viel zu großen Schuhen zu tun hatte, das war Schulzis Art, mit den Dingen umzugehen, die sich nicht so einfach erklären ließen. Wo Ärzte, Therapeuten, Verstand, Logik und der Beipackzettel des Lebens versagten, er hatte Erklärungen immer schnell zur Hand, den etwas anderen Weg zu beschreiten, das war sein Weg, und das war auch sein unausgesprochenes Berufsprofil, das war das, was ihn in der Branche zum zwar nicht besonders erfolgreichen, aber dafür umso liebenswerteren Kollegen machte, als Konkurrent kam er nichts und niemandem in die Quere.

Jörg Gaspar Schulzi war Detektiv, ein Ermittler, etwas despektierlich Schnüffler genannt, seine Detektei befand sich im Esperantoviertel der Stadt, und er hatte noch nie einen Fall gelöst, er lebte von Vorschüssen und Abstandshonoraren, er ermittelte glaubwürdig und mit Beweisen unterfüttert in eine bestimmte Richtung, die für die Polizei nicht nachvollziehbar war, er betrachtete die Fälle, die ihm angetragen wurden, von einer anderen Seite, dem

Augenscheinlichsten misstraute er sofort, widmete sich den Rändern, Details, schob Puzzleteile zusammen und Indizien beiseite, aber dann verlor er nicht nur irgendwann die Spur, sondern auch das Interesse, legte einen vorläufigen Akt an, aber schloss nie einen ab, das war zwar nicht sein Prinzip, das hatte sich einfach so ergeben, so dass man dann tatsächlich glauben konnte, dass es sein Prinzip sei. Er stellte fest, dass er alleine mit den Vorschüssen sein Auskommen haben konnte, und dennoch Klienten hatte, weil seine unorthodoxe Sicht auf die Fälle und die Lösung derselben eben so unwiderstehlich einnehmend waren. Hinter ihm an der Wand seines Büros hing auf einer Art Geschirrtuch der gestickte Spruch: »Ein Indiz ist auch nur ein Land in einer vermuteten Welt«, den Satz verstand niemand, der ihn, mit welchem Anliegen auch immer, besuchen kam, aber er klang gut, und alle dachten immer, diese Indizien in Verbindung mit dem Land in dem Spruch wären eine Anspielung auf Indien, weil Schulzi eine Bengalkatze war.

Es war der dritte September, was ihm deshalb in der Rückschau ganz besonders in Erinnerung blieb, weil im Radio von den *Temptations* der Song »Papa was a rolling stone« gespielt wurde, mit der Anfangszeile

It was the third of September
That day I'll always remember,

als es klopfte, Schulzi murrte ein gutturales: »Bitte treten Sie ein, aber nicht die Tür«, und als sich niemand an der Tür zu schaffen macht, stemmte er sich aus seinem unbequemen Egon Eiermann-Bürostuhl und ging selbst, er dachte: Wenn die Tür nicht zu mir kommt, komme ich eben zur Tür, vielleicht hat sie nur ein kleines Problem in den Angeln, das sich mit einem Tropfen Öl beheben ließe, eigenartigerweise war die Tür jedoch verschlossen, wie konnte das sein, hatte ihn jemand eingeschlossen, und wenn ja, wer und warum? Die *Temptations* sangen weiter, jetzt die Stelle, die der Sopran sang:

Dealing in dirt, and stealing in the name of the Lord
und bei dieser Zeile warf sich Schulzi mit aller Kraft gegen die Tür, er stahl der Tür die Berechtigung, verschlossen zu sein, woraufhin sie berstend aus ihren Angeln sprang und ihn in den Hausflur abrollen ließ, er blickte sich um, niemand war zu sehen, vor der Tür lag eine Maus, im Maul hatte sie eine Spielkarte, es war eine Pik 7, es war der dritte September, und jetzt die 7 der Maus, zusammen 10, das waren nun die ersten Ordnungsparameter seines Systems, eine neue Situation in seinem eigenen Koordinatensystem abzulegen, wenn es hart auf hart käme, hätte er eben diese numerischen Anhaltspunkte, vielleicht könnten sie ihm später noch dienlich sein.

Das Telefon klingelte, er eilte zurück ins Büro, es war Günter Lauser, sein Onkel aus Montreux, wieder fingen die Sandflöhe in seinen zu großen Schuhen zu kribbeln an, so als nähmen sie Anteil an der Situation, dem Klopfen an der verschlossenen Tür, der Maus mit der Spielkarte, ja, vielleicht wollten die Flöhe ihn nicht irritieren, sondern nur aufwecken, Jörg Gaspar Schulzi, wach auf, stell dich den Anforderungen des Unerwarteten, er fragte in die Muschel des Telefons: »Günter, was gibt's, der Moment ist grad ungünstig, aber sprich!« Sein Onkel im fernen Montreux fuhr ihn brüsk an, wo er denn sei, warum er denn auf sein Klopfen nicht reagiert hätte, nun sei er schon mal in der Gegend und dann das. »Was?«, fragte Schulzi gleichermaßen irritiert wie fordernd, aber er hörte am Ende der Leitung nur eine Art kehliges Röcheln, Lauser war ein Ziesel, und wie alle Ziesel hatte er einerseits den Schalk im Nacken, neigte aber auf der anderen Seite auch zum Pathos. »Günter, stirbst du gerade?«, Schulzi wollte die Situation mit einem makabren Witz entspannen, merkte aber sogleich, dass er erst seinen Onkel etwas hätte sagen lassen sollen, er fragte weiter: »Lässt du good old Montreux im Stich, oder lässt dich Montreux in Stich, oder wie ist das möglich, dass du an meiner Tür klopfst, über diese weite Distanz, ich hier auf den Färöern, du im fernen Montreux, ich weiß, die Arme der Ziesel sind lang, die metaphorischen, aber das schafft selbst ihr nicht, nicht du, Günter?« Doch nichts tat sich, die Leitung war so tot wie die Maus vor seiner kaputten Tür.

Und Günter offenbar auch, oder er narrte ihn damit, dass er tatsächlich auf den Färöern wäre, was Schulzi bezweifelte, denn Ziesel reisen nie, niemals, und was hatte es mit der Maus¹ und der Spielkarte vor der Tür auf sich? Es knackte viermal in der Leitung, als der letzte Ton des Songs der *Temptations* verklang

Wherever he laid his hat was his home
And when he died, all he left us was alone

4 Knackser, wo er seinen Hut ablegte, da wohnte er, und als er starb, ließ er, also Papa, uns alleine mit diesen 4 Knacksern, 3 plus 7 plus 4 macht 14, 14 Ecken hat mein Hut und der September ist der neunte Monat, 14 plus 9, das ist die 23, die Zahl des Unglücks, der Zerstörung sowie nicht zuletzt der Illuminaten, dachte Schulzi, während er die tote Maus gedankenverloren in die Bratpfanne warf und

halbherzig im Butter-
schmalz schwenkte, die
Illuminaten hatten das
Butterschmalz erfunden,
die »geklärte« Butter, weil
die reine Butter »den Geist
verschmiert«, weil sie gedankenlos konsumiert wird, mit
all ihren metaphysischen Inhalts-
stoffen, dem, was die Kühe über die Milch weitergeben,
ihre ganze unartikulierte und ungeklärte Wut und Frust-
ration. Die Katzen, die Schulzi sah, und was sie so untereinander kommunizierten, erinnerte ihn nur an das Muhen
der Kühe, was nicht heißen sollte, dass etwas nicht daran
stimmte, eine Kuh zu sein, aber Katzen sind Katzen, mit
dem Vorteil, dass sie sprechen können, kommunizieren, sie
sich untereinander gut verstehen, oder zumindest so tun
können, als wären sie in der Lage dazu, und sich trotzdem
in der Herde wohlfühlen. Katzen sind Herdentiere, und
Kühe sind es auch, aber Mäuse sind Einzelgänger, Indi-
vidualisten, und hier brutzelte eben eine von ihnen in der
Pfanne, und niemand vermisste sie, eben weil sie Einzelgänger sind.

Und Günter Lauser, sein Onkel aus Montreux? Das
war die Frage, die mit dem Bratenduft im Raum hing, wie
seine Füße in den zu großen Schuhen, mit den Sandflöhen,
wie einer der Fälle, die unaufgelöst von Schulzi abgelegt
wurden, außer sie lösten sich von alleine, und diese Op-
tion hielt er immer noch in Evidenz. Um sich selbst zu
schützen, vor dem Kommenden, das ihn doch jetzt etwas
irritierte, aber nur leicht, er wollte sich nicht die geklärte
Butter von Brot nehmen lassen, dem Brot seiner Instinkte,
auf die er sich schon immer verlassen konnte.

Die Maus schmeckte ihm, ihm fiel auf, dass sie ein überschüssiges Bein hatte, ein fünftes, selbst das konnte ihn nicht aus der inneren Ruhe bringen, war es eben so, so unerklärlich wie das Klopfen, die Spielkarte, das jähe Verstummen seines Onkels am Telefon und das viermalige Knacken in der Leitung, er hob das fünfte Bein der Maus auf, addierte es zu den gesammelten 23 Hinweispunkten, nun stand er bei 24, griff nach dem Buch, das ihm am nächsten lag, es war »Die Stadt der Blinden« von José Saramago, schlug die Seite 24 auf und markierte das Buch an dieser Stelle mit dem Bein der Maus als Lesezeichen, er hatte das Buch nicht mal angefangen, aber hatte das vor, das Lesezeichen sollte ihn immer daran erinnern, dass das Buch »aktiv« war, also jederzeit gestartet werden könnte, das war sein Trick, nur, dass er mit diesem »Trick« schon stapelweise Bücher aktiviert hatte, mal mit einem Weberknechtbein, mal mit einem Froschschenkel, und je mehr davon, desto zäher kam er voran, ein totes Bein kam ja letztlich auch nicht voran.

Schulzi beschloss, in die Stadt zu gehen, das Esperantoviertel bot eine Vielzahl kleiner Lokale, in denen er hoffte, den klopfenden, unsichtbaren Klienten, die tote Maus, die Spielkarte und den Anruf des Onkels in eine für ihn akzeptable und nicht allzu verstörende Ordnung bringen zu können.

Sein Lieblingslokal war das »Bohren & Der Club of Gore«, hier hatte er einen Stammplatz an der Theke, er ließ sich nieder, der Wirt, das Thermometerhuhn Woody Wüllenweber, stellte ihm, ohne dass er irgendetwas bestellen musste, seinen Lieblingsdrink, einen doppelten Blue Curaçao in einem handwarmen Tumbler, hin, statt Eis schwamm in ihm eine graue Pflaume. Er hob das Glas und schaute die Frucht lange an, als erwarte er eine Lösung, eine Antwort, und sei es nur etwa auf die Frage, warum er hier jetzt saß, auf dem Tresen lag eine ausgelesene Zeitung, sie titelte mit der Schlagzeile, dass das Geheimnis offenbar endlich gelüftet zu sein schien, wer die »Katze von Nebenan« war, die Katze, die man nie sah, bei den Peanuts, dem Comicstrip, die Katze, die Snoopy immer bedrohte, es gab nun stichhaltige Beweise dafür, dass es sich um Garfield handelte, bevor er so dick und verfressen wurde, ein von Lasagne aufgeschwemmter Egoist, Schulzi mochte Garfield nicht, noch nie, er war mal Infrastrukturminister gewesen, bevor er seinem Herzinfarkt erlag, und sein Tod war ein Segen für die Stadt, er nahm das Geheimnis seiner Vergangenheit mit ins Grab, aber nun war es offenbar raus, Schulzi wunderte sich allerdings, dass die Zeitung gar nicht von heute, dem 3. September, war, sondern von morgen, wie war das möglich? Er addierte zu seiner bisherigen Summe des Tages, zur 24, nochmal 4, für den morgigen Tag, nun stand er bei 28, er kippte das Getränk runter, die graue Pflaume zerdrückte er mit der Zunge am Gaumen, etwas Hartes blieb übrig, das sich nicht schlucken ließ, zunächst hielt er es für den Kern und spuckte ihn aus, es war aber eine Dublone, eine spanische Goldmünze, auf ihr geprägt das Profil von Inspektor Issel, dem pensionierten Polizeibeamten, der 1957 den Plan entwickelt hatte, nukleare Landminen mit eingeschlossenen Hühnern zu vergraben, um deren Korrosion durch Rost entgegenzuwirken. »Hühner, mit einer Wärmeabgabe von 290 Watt pro Vogel und Tag« seien »eine Möglichkeit«, um die Bombe mit einer »Heizung unter der Waffenhülle, unabhängig von einer Energieversorgung, am Aufstellungsort« warmzuhalten, wie durch ein geheimes Dokument erst 2014 bekannt wurde. Die Hühner wären demnach mit Futter versorgt und von der Technik isoliert worden und

hätten ausreichend Wärme pro-
duziert, um eine zuverlässige
Zündung zu gewährleis-
ten. Schulzi aber wusste
davon, denn damals
arbeitete er noch für
die Polizei, und Issel
war sein Vorgesetzter,
der Kontakt zu Issel riss
auch nach dessen Pensio-

nierung nicht ab, ja, Schulzi war sogar an der Entwicklung
dieser Idee mit den Antirostfraß-Atomhühnern beteiligt.
Sollte diese Dublone mit Inspektor Issel ein Gruß aus der
Vergangenheit sein, hier in der Bar mit der Zeitung von
morgen?

Er schaute Woody an, ratlos, der Wirt hob die Schultern,
und deutete mit dem Kopf gen Eingang, Schulzi folgte
mit seinem Blick dem mimischen Hinweis, dort stand ein
Elefant, es war der Diplomschweinehirt Dirk »Renegade«
Knipphals, auf ihm saß sein Onkel aus Montreux, Günter
Lauser, auf dem Bauch des Elefanten war eine riesige 82
gemalt, das Zahlenpalindrom von 28, der Zahl, die ihn bis
hierher durch den Tag an diesen Ort getragen hatte, 82 war
sein Alter, fast, denn noch war er 81, erst morgen würde er
82 werden, aber die Zeitung hier vor ihm auf dem Tresen
war ja von morgen, war heute schon morgen, ist morgen
heute schon gestern?

Der Elefant und sein Onkel kamen zu ihm, sie um-
halsten ihn, streuten Konfetti, Knipphals hatte eine dieser
nervigen Tröten, der Onkel eine Torte mit einem gelben
Smiley, die er Schulzi ins Gesicht klatschte, Schulzi begann zu weinen, die Dublone in seinen Händen schmolz,
sie war nur aus Schokolade, er wachte auf, er hatte nur ge-

träumt, das alles war nur ein böser, seltsamer Traum, er griff zum Bücherstapel neben sich, ganz oben lag »Die Stadt der Blinden« von José Saramago, das Buch hatte ein Lesezeichen, irgendein kleines Knöchelchen mit ledrig mumifizierter Haut, er schlug es an dieser Stelle auf, es war die Seite 24, und er las: »Jörg Gaspar Schulzi war einer, der sich nicht darauf verlassen konnte und schon gar nicht wollte, dass die Dinge das waren, was sie schienen …«

Dorothy L. Sayers

Die Tigerkatze

Es ist ungemein freundlich von Ihnen, mich hier zu besuchen, Harringay. Glauben Sie mir, ich weiß das zu schätzen. Nicht jeder viel beschäftigte Strafverteidiger würde das für so einen hoffnungslosen Klienten tun. Ich wünschte nur, ich könnte Ihnen eine glaubhaftere Geschichte anbieten, aber ehrlich, ich kann Ihnen nur dasselbe sagen, was ich Peabody schon gesagt habe. Natürlich weiß ich, dass er mir kein Wort von allem glaubt, und ich kann es ihm nicht einmal verdenken. Er meint, ich müsste mir schon etwas Plausibleres einfallen lassen – könnte ich wohl auch, aber wozu? Wer auf eine Lüge schwört, fällt irgendwann ja doch auf die Nase. Was ich Ihnen also jetzt erzähle, ist die reine Wahrheit. Ich habe einen Schuss abgegeben, nur einen, und zwar auf die Katze. Es ist schon komisch, dass ein Mensch gehängt werden soll, nur weil er auf eine Katze geschossen hat.

Merridew und ich waren immer die besten Freunde gewesen. Schule, College und so weiter. Nach dem Krieg haben wir nicht mehr viel voneinander zu sehen bekommen, weil wir in entgegengesetzten Ecken des Landes wohnten; aber hin und wieder haben wir uns auch geschrieben, und jeder wusste zumindest, dass es den andern noch gab, gewissermaßen im Hintergrund. Vor zwei Jahren schrieb er mir dann, er wolle heiraten. Er war gerade

vierzig geworden, und die Frau war fünfzehn Jahre jünger, aber er war unheimlich verliebt. Mir hat es schon einen kleinen Ruck gegeben. Sie wissen, wie das ist, wenn Ihre Freunde heiraten. Man hat das Gefühl, dass sie nicht mehr dieselben sind wie früher, und ich hatte mich doch schon ganz an den Gedanken gewöhnt, dass Merridew und ich dazu bestimmt waren, als Hagestolze alt zu werden. Aber ich habe ihm natürlich gratuliert und ein Hochzeitsgeschenk geschickt, und ich wünschte ihm auch aufrichtig, dass er glücklich würde. Allem Anschein nach war er dann ja auch überglücklich; ich fand es, alles in allem genommen, schon fast bedenklich, wie glücklich er war. Aber abgesehen vom Altersunterschied war es eine durchaus passende Verbindung. Er erzählte mir, er habe sie in Norfolk auf einer Gartenparty kennengelernt – ausgerechnet im Pfarrhaus –, und sie sei ihr Lebtag noch nie aus ihrem Dorf herausgekommen. Ich meine das wörtlich – nicht einmal bis ins nächste Dorf! Damit will ich nicht andeuten, dass sie vielleicht nicht ganz richtig gewesen wäre, o nein! Aber ihr Vater war irgendso ein komischer Einsiedler, der das Mittelalter erforschte oder so – arm wie eine Kirchenmaus. Er ist kurz nach ihrer Heirat gestorben. Im ersten Jahr ihrer Ehe habe ich beide überhaupt nicht gesehen. Merridew ist Tiefbauingenieur, und nach den Flitterwochen hat er seine Frau mit nach Liverpool genommen, wo er irgendetwas an der Hafenanlage zu arbeiten hatte. Nach der Einsamkeit in den Einöden von Norfolk muss das für sie eine große Veränderung gewesen sein. Ich war in Birmingham und steckte bis zum Hals in Arbeit, und so haben wir uns also nur hin und wieder geschrieben. Seine Briefe kann ich nur irrsinnig glücklich nennen, besonders zu Anfang. Später schien er sich gewisse Sorgen um die Gesundheit seiner Frau zu machen: Sie sei ruhelos, schrieb er; das Stadtleben bekomme ihr nicht; er sei froh, wenn er mit seiner Arbeit in Liverpool fertig sei und wieder mit ihr aufs Land könne. Wohlgemerkt, das soll alles nicht heißen, dass sie vielleicht nicht glücklich gewesen wären – er war ihr, wie man so sagt, mit Haut und Haaren verfallen, und soweit ich feststellen konnte, beruhte das auf Gegenseitigkeit. Das möchte ich ganz deutlich klarstellen.

Also, der langen Rede kurzer Sinn: Anfang letzten Monats schrieb Merridew mir, dass er eine neue Baustelle bekommen habe – ein Wasserkraftwerk irgendwo in Somerset –, und fragte mich, ob ich mich nicht ein paar Wochen losreißen und sie dort besuchen könnte. Er wolle noch einmal so gern mit mir plaudern, und Felice möchte mich auch so gern kennenlernen. Sie wohnten dort in einem Dorfgasthaus. Es sei ein sehr abgelegenes Fleckchen, aber es gebe Gelegenheit zum Angeln und eine sehr schöne Landschaft, und außerdem könne ich Felice Gesellschaft leisten, wenn er am Staudamm zu tun habe. Ich hatte ziemlich die Nase voll von Birmingham und der Hitze und so weiter, sodass der Vorschlag für mich sehr verlockend klang; und da mir sowieso ein Urlaub zustand, richtete ich es so ein. Ich hatte noch Geschäfte in London, die mich etwa eine Woche aufhalten würden, und so schrieb ich, dass ich am 20. Juni nach Little Hexham kommen würde.

Wie es sich so ergab, erledigten meine Geschäfte in London sich schneller als erwartet, und so hatte ich schon am 16. Juni absolut nichts mehr zu tun und saß nun in

einem Hotelzimmer, vor dessen Fenstern Straßenbau-
arbeiten im Gange waren und Presslufthämmer und Teer-
mischmaschinen für Leben sorgten. Sie werden sich noch
erinnern, was für ein heißer Monat der Juni war – eine
Bruthitze, kann man nur sagen. Ich sah keinen Sinn darin,
noch länger in London zu bleiben, und so schickte ich ein
Telegramm an Merridew, packte meine Siebensachen und
stieg noch am selben Abend in einen Zug nach Somerset.
Ich konnte kein Abteil für mich allein bekommen, aber ich
fand noch ein Raucherabteil in der ersten Klasse, in dem
nur drei Plätze belegt waren, und so machte ich mir's froh
und dankbar auf dem vierten Eckplatz bequem. Meine
Mitreisenden waren ein militärisch aussehender älterer
Herr, eine alte Dame mit allerlei Taschen und Körben
und eine junge Frau. Ich freute mich auf eine angenehme,
friedliche Reise.

Die hätte ich wohl auch gehabt, wenn ich nicht so eine
unselige Veranlagung hätte. Anfangs war alles in bester
Ordnung – ich glaube, ich war sogar halb eingeschlafen
und wurde erst wieder richtig wach, als um sieben Uhr der
Speisewagenkellner kam und ansagte, dass das Abendessen serviert werde. Meine Mitreisenden gingen nicht
essen, und als ich aus dem Speisewagen zurückkam, sah
ich, dass der ältere Herr nicht mehr da war, nur noch die
beiden Frauen. Ich nahm wieder in meiner Ecke Platz, und
nach einer Weile beschlich mich das scheußliche Gefühl,
dass sich irgendwo in diesem Abteil eine Katze befand. Ich
gehöre zu den unglücklichen Menschen, die keine Katzen
ausstehen können. Ich will damit nicht nur sagen, dass
Hunde mir lieber sind – ich meine, dass die Anwesenheit
einer Katze im selben Raum mir ein ganz gruseliges Gefühl gibt. Ich kann dieses Gefühl nicht beschreiben, aber
ich glaube, dass es etlichen Leuten genauso ergeht. Ich

habe mal gehört, es hätte etwas mit Elektrizität oder so ähnlich zu tun. Irgendwo habe ich auch gelesen, diese Abneigung beruhe oft auf Gegenseitigkeit, aber das ist bei mir nicht der Fall. Die Biester scheinen von mir regelrecht fasziniert zu sein – jedenfalls schnurren sie mir immer sofort um die Beine. Es ist schon ein recht komisches Leiden, und bei alten Damen macht mich das gar nicht beliebt.

Jedenfalls wurde mir von Minute zu Minute unbehaglicher, und ich redete mir ein, die alte Dame in der andern Ecke auf meiner Seite müsse wohl eine Katze in einem ihrer unzähligen Körbe haben. Eine Zeit lang spielte ich sogar mit dem Gedanken, sie zu bitten, sie möge den Korb doch bitte auf den Gang stellen, oder den Schaffner zu rufen und die Katze entfernen zu lassen; aber ich wusste, wie dumm das geklungen hätte, und so entschloss ich mich durchzuhalten. Ich konnte ja nicht einmal sagen, dass sich das Tier schlecht benahm oder so etwas, und die alte Dame sah sehr nett aus; sie konnte ja nichts dafür, dass ich so komisch veranlagt war. Ich versuchte mich also abzulenken, indem ich die junge Frau mir gegenüber betrachtete.

Sie war durchaus ansehenswert – sehr schlank, dunkle Haare und eine Haut so weiß, dass man sich an Magnolienblüten erinnert fühlte. Und sie hatte ganz außergewöhnliche Augen – solche Augen hatte ich überhaupt noch nie gesehen; ganz hellbraun, fast bernsteingelb, weit

auseinanderstehend und ein wenig schräg, und sie schienen so etwas wie eine eigene Leuchtkraft zu haben, wenn Sie verstehen, was ich meine. Vielleicht klingt das jetzt – ich möchte nicht, dass Sie meinen, ich hätte mich da in sie verguckt. Nein, nein, sie wirkte auf mich überhaupt nicht anziehend, aber ich konnte mir gut vorstellen, dass sie einem anderen Mann den Kopf verdreht hätte. Sie war nur einfach ungewöhnlich. Aber so sehr ich mich auch bemühte, an anderes zu denken, ich wurde dieses unheimliche Gefühl nicht los, und schließlich ging ich hinaus auf den Gang. Ich erwähne das nur, weil es Ihnen vielleicht helfen wird, den Rest der Geschichte zu verstehen. Wenn Sie sich nur vorstellen können, wie entsetzlich ich mich fühle, wenn eine Katze in meiner Nähe ist – selbst wenn sie in einem Korb eingesperrt ist –, werden Sie vielleicht besser verstehen, warum ich mir die Pistole gekauft habe.

Also, wir kamen nach Hexham Junction, der Bahnstation von Little Hexham, und da stand der gute Merridew schon auf dem Bahnsteig. Die junge Frau stieg aus – Gott sei Dank aber nicht die alte Dame mit der Katze –, und ich reichte ihr gerade ihr Gepäck hinaus, als er angaloppiert kam und uns alle beide begrüßte.

»Hallo!«, rief er. »Das ist ja ausgezeichnet! Habt ihr euch schon miteinander bekannt gemacht?« Und da ging mir schlagartig auf, dass die junge Frau Mrs. Merridew war, die eine Einkaufstour nach London gemacht hatte, und ich erklärte ihr, warum ich so plötzlich meine Pläne geändert hatte, und sie sagte, wie sehr sie sich freue, dass ich gekommen sei – das Übliche eben. Mir fiel auf, was für eine angenehm tiefe Stimme sie hatte und wie graziös ihre Bewegungen waren, und ich verstand – aber wohlgemerkt, ohne sie zu teilen – Merridews Vernarrtheit.

Wir stiegen in seinen Wagen – Mrs. Merridew setzte sich nach hinten, und ich setzte mich neben Merridew und war sehr froh, die Luft zu fühlen und dieses bedrückende elektrisierende Gefühl loszuwerden, das ich im Eisenbahnabteil gehabt hatte. Er sagte, es gefalle ihnen hier ausgezeichnet, und Felice habe gewissermaßen zum zweiten Mal zu leben begonnen. Auch er fühle sich sehr wohl, sagte er, aber ich fand im Stillen, dass er ein wenig ausgepumpt und nervös wirkte.

Diese Herberge hätte Ihnen gefallen, Harringay. So richtig schön altmodisch, und alles echt – nichts von dem, was sie einem in der Tottenham Court Road als Antiquitäten andrehen. Wir aßen alle zusammen zu Abend, und dann sagte Mrs. Merridew, sie sei müde, und ging früh zu Bett, während Merridew und ich noch ein Gläschen miteinander tranken und einen Spaziergang durchs Dorf machten. Es ist ein winziges Nest irgendwo am Ende der Welt – kleine strohgedeckte Häuser mit spitzgiebligen Mansardenfenstern, die aussehen wie aufgestellte Ohren, und um zehn gehen alle Lichter aus. Der ganze Ort schlief selig. Merridews Arbeiter schliefen natürlich nicht dort – für sie waren an der Baustelle Baracken aufgeschlagen worden, eine Meile hinter dem Dorf.

Der Wirt schloss gerade die Bar ab, als wir zurückkamen – ein Klotz von einem Mann, mit völlig ausdruckslosem Gesicht. Er hatte eine magere Frau mit rotblondem Haar, die so unterdrückt wirkte, dass sie nicht einmal den Mund aufzumachen wagte. Aber später stellte ich fest, dass dies ein Irrtum war, denn als er eines Abends mal einen über den Durst getrunken hatte und sich offenbar anschickte, die Nacht durchzufeiern, schickte sie ihn mit einer Handbewegung und einem Blick nach oben, der ihm jeden Spaß vergehen ließ. An diesem ersten Abend saß sie auf der Veranda und würdigte uns kaum eines Blickes, als wir vorbeikamen. Ich fand diese Frau die ganze Zeit sehr ungemütlich, aber ihr Haus hatte sie tipptopp ordentlich und sauber.

Man hatte mir ein ganz vornehmes Zimmer gegeben, gleich unter der Dachtraufe, mit einem breiten, niedrigen Flügelfenster, durch das man in den Garten sah. Das Bettzeug duftete nach Lavendel, und kaum lag ich darin, war ich schneller eingeschlafen, als Sie bis zehn zählen können. Ich war nämlich einfach müde. Aber später in der Nacht wachte ich wieder auf. Mir war so heiß, dass ich ein paar Decken abnahm und ans Fenster ging, um etwas Luft zu schnappen. Der Garten war von Mondlicht überflutet, und auf dem Rasen sah ich etwas sich winden und die seltsamsten Bewegungen vollführen. Ich musste erst eine ganze Weile hinsehen, bevor ich erkannte, dass es zwei Katzen waren. Auf diese Entfernung störten sie mich nicht, und ich schaute ihnen eine Zeit lang zu, bevor ich wieder zu Bett ging. Sie wälzten sich miteinander, sprangen dahin und dorthin, jagten ihre eigenen Schatten im Gras und waren ganz vertieft in ihre geheimnisvolle Beschäftigung – nahmen sich selbst sehr ernst dabei, wie es der Katzen Art ist. Es sah fast aus wie eine Art ritueller Tanz. Aber dann schien etwas sie zu erschrecken, und sie huschten davon.

Ich ging wieder zu Bett, konnte aber nicht wieder einschlafen. Meine Nerven schienen zum Zerreißen gespannt zu sein. Ich lag da und beobachtete das Fenster und lauschte auf so etwas wie ein leises Rascheln in der großen Wistarie, die sich auf meiner Seite am Haus emporrankte. Und dann landete etwas mit einem sanften Plumps auf dem Fenstersims – eine große Tigerkatze.

Was sagten Sie? Nun, so eine schwarz-grau gestreifte Katze. Bei uns zu Hause sagt man Tigerkatze dazu. Und so ein Monstrum von einer Katze hatte ich noch nie gesehen. Sie stand da und schaute mit schräg gelegtem Kopf ins Zimmer und rieb sich die Ohren am Fensterrahmen.

Das konnte ich natürlich nicht leiden. Ich habe das Biest weggescheucht, und sie verschwand ohne einen Laut. Hitze hin, Hitze her, ich machte das Fenster daraufhin zu. Ganz weit draußen im Gebüsch glaubte ich noch ein leises Miauen zu hören, dann war es still. Danach schlief ich dann sofort wieder ein und lag im Bett wie ein Stein, bis mich morgens das Mädchen wecken kam.

Am nächsten Tag fuhr Merridew uns mit seinem Wagen zur Baustelle, wo der Staudamm entstand, und da fiel mir zum ersten Mal auf, dass Felice noch keineswegs von ihrer nervösen Unruhe geheilt war. Merridew zeigte uns, wo sie einen Teil des Flusses in einen schnell fließenden kleinen Bach umleiteten, um damit den Generator des Kraftwerks anzutreiben. Über den Bach waren ein paar Bretter gelegt, und er wollte uns hinüberführen und uns den Generator zeigen. Der Bach war nicht besonders breit und der Steg kein bisschen gefährlich, aber Mrs. Merridew weigerte sich entschieden, da hinüberzugehen, und wurde richtig hysterisch, als er darauf bestehen wollte. Schließlich gingen er und ich allein hinüber und schauten uns die Anlage an. Als wir zurückkamen, hatte sie sich dann wieder gefasst und entschuldigte sich für ihr albernes Benehmen. Merridew nahm natürlich alle Schuld auf sich, und ich kam mir ein wenig überflüssig vor. Sie erzählte mir hinterher, dass sie als Kind einmal in einen Fluss gefallen und beinahe ertrunken sei, und seitdem habe sie eine – wie nennt man das noch? – eine Phobie

vor fließendem Wasser. Aber abgesehen von dieser winzigen Episode habe ich die ganze Zeit, die ich dort war, nie ein scharfes Wort zwischen den beiden fallen hören, und eine ganze Woche lang habe ich auch sonst nichts bemerkt, was darauf hingedeutet hätte, dass Mrs. Merridews Gesundheitszustand zu wünschen übrig ließ. Im Gegenteil, je mehr es auf den Hochsommer zuging und je heißer die Tage wurden, desto mehr schien ihr ganzer Körper von Leben zu sprühen. Sie strahlte so richtig von innen heraus.

Merridew war den ganzen Tag fort und musste hart arbeiten. Ich fand, er tat zu viel, und fragte ihn, ob er schlecht schlafe. Nein, sagte er, im Gegenteil, er schlafe immer

sofort ein, sowie sein Kopf nur das Kissen berühre, und – was bei ihm besonders ungewöhnlich sei – er träume nie. Auch ich fühlte mich eigentlich ganz wohl, abgesehen davon, dass die Hitze mich träge machte und mir die Lust nahm, mich anzustrengen. Mrs. Merridew unternahm lange Autofahrten mit mir. Stundenlang saß ich dann neben ihr im Auto, halb eingelullt von der warmen Luft und dem Surren des Motors, und betrachtete meine Fahrerin, die aufrecht am Steuer saß und den Blick unverwandt auf die dahinjagende Straße geheftet hielt. Wir erkundeten die ganze Gegend südlich und westlich von Little Hexham, und das eine oder andere Mal fuhren wir in nördlicher Richtung bis hinauf nach Bath. Einmal schlug ich vor, wir könnten doch über die Brücke nach Osten fahren, denn die Waldlandschaft da drüben schien sehr schön zu sein, aber Mrs. Merridew hielt nichts von dieser Idee; es sei eine schlechte Straße, sagte sie, und die Landschaft auf der andern Seite sei ziemlich enttäuschend.

Alles in allem verbrachte ich eine angenehme Woche in Little Hexham, und wenn die Katzen nicht gewesen wären, hätte ich mich so richtig wohl gefühlt. Jede Nacht wimmelte es im Garten von ihnen – die Tigerkatze, die ich in der ersten Nacht meines Aufenthalts gesehen hatte, und eine kleine rote Katze sowie ein widerlicher schwarzer Kater waren besonders lästig, und eines Abends miaute ein verängstigtes weißes Kätzchen eine Stunde lang unter meinem Fenster. Ich warf mit Schuhen und Büchern nach meinen ungebetenen Besuchern, bis ich so recht von Herzen müde war, aber sie waren nicht davon abzubringen, in diesem Herbergsgarten ihre Treffen abzuhalten. Es wurde von Nacht zu Nacht schlimmer; einmal zählte ich fünfzehn Stück. Sie saßen auf ihren Hinterpfoten im Kreis herum, während die Tigerkatze in ihrer Mitte einen Schattentanz vollführte und wie ein Weberschiffchen hin und her flitzte. Mein Fenster musste ich geschlossen halten, denn die Tigerkatze schien sich angewöhnt zu haben, in der Wistarie herumzusteigen. Auch die Tür, denn einmal, als ich noch hinuntergegangen war, um etwas aus dem Aufenthaltsraum zu holen, traf ich sie auf meinem Bett an, wo sie die Tagesdecke mit den Pfoten bearbeitete und mit geschlossenen Augen in sinnlicher Ekstase schnurrte. Ich jagte sie weg, und sie spuckte nach mir, während sie auf den dunklen Flur flüchtete.

Ich erkundigte mich bei der Wirtin nach der Katze, aber sie antwortete kurz angebunden, sie hielten keine Katzen in der Herberge; und es stimmt, ich habe tagsüber nie eines von den Biestern zu Gesicht bekommen. Doch eines

Abends traf ich den Wirt draußen in einem der Schuppen an, und da hatte er die rote Katze auf der Schulter und fütterte sie mit etwas, das wie Leberstreifen aussah. Ich machte ihm Vorwürfe, dass er damit die Katzen anlocke, und fragte, ob ich ein anderes Zimmer haben könne, da mich das allnächtliche Gemaunze störe. Er öffnete halb seine Augenschlitze und brummelte, er werde seine Frau fragen; es geschah aber nichts, und ich glaube überhaupt, dass es in dem Haus gar kein anderes Zimmer mehr gab.

Und die ganze Zeit wurde das Wetter heißer und drückender; Gewitter kündigten sich an; der Himmel war wie Bronze und die Erde wie Eisen, und darüber flimmerte die Luft, dass einem die Augen schmerzten.

Ja, schon gut, Harringay – ich versuche bei der Sache zu bleiben. Und ich will nichts vor Ihnen verbergen. Ich sage Ihnen, dass meine Beziehungen zu Mrs. Merridew ganz gewöhnlicher Art waren. Natürlich sah ich sie sehr viel, denn wie gesagt, Merridew war ja den ganzen Tag weg. Wir fuhren morgens mit ihm zum Staudamm und brachten den Wagen zurück, und natürlich mussten wir einander dann bis zum Abend so gut wie möglich unterhalten. Meine Gesellschaft schien ihr angenehm zu sein, und ich konnte ja nun nichts gegen sie haben. Ich kann Ihnen nicht sagen, worüber wir uns unterhielten – nichts Bestimmtes. Sie war nicht sehr redselig. Stundenlang konnte sie in der Sonne sitzen oder liegen und kaum ein Wort sagen – nur den Körper dem Licht und der Wärme entgegenstrecken. Manchmal spielte sie einen ganzen

Nachmittag mit einem Zweig oder Stein, während ich dabeisaß und rauchte. Geruhsam? Nein – nein, ich würde sie nicht unbedingt einen geruhsamen Menschen nennen. Für mich war sie das zumindest nicht. Abends wurde sie dann immer etwas lebhafter und redete mehr, aber meist ging sie früh zu Bett und überließ Merridew und mich unserm gewohnten Schwätzchen im Garten. Ach ja, die Pistole! Ja, die habe ich in Bath gekauft, nachdem ich genau eine Woche in Little Hexam war. Wir waren morgens hinaufgefahren, und während Mrs. Merridew einiges für ihren Mann besorgte, sah ich mich in den Trödelläden um. Ich hatte vorgehabt, mir eine Luftpistole oder eine Erbsenschleuder oder dergleichen zuzulegen, doch da entdeckte ich die Pistole. Sie haben sie ja gesehen. Sie ist sehr klein – ›kaum mehr als ein Spielzeug‹, wie es in Büchern immer heißt –, aber durchaus tödlich. Der alte Mann, der sie mir verkaufte, schien nicht viel von Schusswaffen zu verstehen. Er sagte mir, er habe das Ding vor einiger Zeit als Pfand hereingenommen, und zehn Schuss Munition seien im Preis inbegriffen. Er fragte auch nicht nach dem Waffenschein – schien nur froh zu sein, das Ding loszuwerden, und wollte dem Kunden nicht noch Steine in den Weg legen. Ich sagte ihm, ich wisse damit umzugehen, und erwähnte halb im Scherz, ich wolle meine Schießkünste an Katzen ausprobieren. Das schien ihn ein wenig aufhorchen zu lassen. Er war ein verknöcherter kleiner Kerl mit dünnem grauem Bart und spindeldürrem Hals. Er fragte mich, wo ich wohnte, und ich antwortete, in Little Hexham.

»Nehmen Sie sich lieber in Acht«, sagte er. »Die Leute dort halten viel von ihren Katzen, und es soll Unglück bringen, sie zu töten.« Und dann sagte er noch etwas, was ich nicht ganz verstand – von einer Silberkugel. Er war ein zittriger alter Kerl und schien plötzlich Bedenken zu haben, mich mit meinem Einkauf gehen zu lassen, aber ich versicherte ihm, dass ich vollkommen in der Lage sei, auf die Pistole und mich selbst achtzugeben. Als ich ging, stand er an der Ladentür, zupfte an seinem Bart und schaute mir nachdenklich nach.

In dieser Nacht kam das Gewitter. Der Himmel war noch am Abend richtig bleiern geworden, aber die schwüle Hitze war noch drückender als der Sonnenschein. Beide Merridews schienen recht nervös zu sein – er schimpfte verdrießlich über das Wetter und die Fliegen, und sie war ganz aufgedreht und legte eine unnatürliche Erregung an den Tag. Manche Leute reagieren so auf Gewitter. Mir ging es nicht viel besser, und um alles noch schlimmer zu machen, überkam mich auch noch das Gefühl, das ganze Haus sei voller Katzen. Ich sah sie nicht, aber ich wusste, dass sie da waren, hinter Schränken lauerten und lautlos über die Gänge huschten. Ich war kaum in der Lage, im Salon sitzen zu bleiben, und war froh, in mein Zimmer fliehen zu können. Katzen hin und her, ich musste das Fenster öffnen und setzte mich mit offener Pyjamajacke davor und versuchte Luft zu bekommen. Aber es war wie im Innern eines Schmelzofens. Und stockdunkel. Ich konnte von meinem Fenster aus kaum sehen, wo das Gebüsch aufhörte und der Rasen begann. Aber die Katzen, die hörte und fühlte ich. Das war ein Geraschel und Gekratze in der Wistarie, und gegen elf Uhr begann eine von ihnen das Konzert mit einem lauten, hässlichen Gesang. Nach und nach fielen immer mehr darin ein – ich möchte schwören, es waren an die fünfzig. Und bald überkam mich dieses entsetzliche Gefühl der Übelkeit; die Muskeln zogen sich mir über den Knochen zusammen, und ich wusste genau, dass eine von ihnen sich im Dunkeln an mich heranschlich. Ich schaute mich rasch um, und da stand sie – die große

Tigerkatze; stand unmittelbar neben meiner Schulter, mit glühenden Augen gleich grünen Lampen. Ich schrie auf und schlug nach ihr, und sie fauchte und sprang vom Fenstersims nach draußen. Ich hörte sie unten auf dem Gartenweg landen, und im selben Moment setzte im ganzen Garten das Geheule in voller Lautstärke wieder ein. Urplötzlich aber herrschte vollkommene Stille; ein bläuliches Flackern in der Ferne, dann ein zweites. Beim ersten Mal sah ich die gegenüberliegende Gartenmauer; auf ihrer ganzen Länge saß eine Katze neben der andern, wie auf einem Wandfries im Kinderzimmer. Beim zweiten Blitz war die Mauer leer.

Um zwei Uhr morgens begann es zu regnen. Davor hatte ich drei Stunden dagesessen und die Blitze beobachtet, die über den Himmel zuckten, und mich über jedes Donnerkrachen gefreut. Das Gewitter schien die ganzen elektrischen Störungen aus meinem Körper abzuziehen; ich hätte schreien können vor Erregung und Erleichterung. Dann fielen die ersten schweren Tropfen; es goss, dann schüttete es. Die Tropfen prasselten auf den eisenhart gebackenen Garten wie Stahlsplitter. Betörende Erdgerüche stiegen zu mir auf, und der aufkommende Wind jagte mir die Regentropfen ins Gesicht. Am andern Ende des Flurs hörte ich ein Fenster zugehen und den Riegel schnappen, doch ich beugte mich in das tosende Wetter hinaus und ließ mir das Wasser über Kopf und Schulter laufen. Immer noch grollte zwischendurch der Donner, doch leiser und weiter entfernt, und im Schein der gelegentlichen Blitze sah ich das weiße Gitter fallenden Wassers zwischen mir und dem Garten.

Und nach einem dieser fernen Donnerschläge hörte ich das Klopfen an meiner Tür. Ich öffnete, und da stand Merridew. Er hatte eine Kerze in der Hand, und sein Gesicht war angstverzerrt.

»Felice!«, sagte er unvermittelt. »Sie ist krank. Ich bekomme sie nicht wach. Um Gottes willen, komm und hilf mir.«

Ich folgte ihm eilends über den Flur. In seinem Zimmer standen zwei Betten – ein großes Himmelbett, behängt mit rotem Damast, und ein kleines Klappbett neben dem Fenster. Das kleine Bett war leer und das Bettzeug zurückgeschlagen. Offensichtlich hatte er es gerade verlassen. In dem Himmelbett lag Mrs. Merridew, nackt und nur von einem Leintuch zugedeckt. Sie lag lang ausgestreckt auf dem Rücken, die langen schwarzen Haare in zwei Zöpfen auf den Schultern. Ihr Gesicht war wachsweiß und eingefallen wie das Gesicht einer Toten, und als ich ihr den Puls fühlte, war dieser so schwach, dass ich ihn zuerst gar nicht fand. Ihr Atem ging sehr langsam und flach, und ihre Haut war kalt. Ich schüttelte sie, aber sie reagierte nicht. Ich zog ihre Augenlider hoch und sah ihre Augäpfel nach oben verdreht, sodass nur das Weiße zu sehen war. Auch als ich mit der Fingerspitze den empfindlichen Augapfel berührte, erfolgte keine Reaktion. Ich fragte mich sofort, ob sie irgendwelche Drogen nahm.

Merridew hielt es offenbar für nötig, Erklärungen abzugeben. Er redete unablässig von der Hitze – sie ertrage nicht einmal ein seidenes Nachthemd auf dem Körper – sie habe ihn gebeten, sich in das andere Bett zu legen – er habe tief geschlafen und das Gewitter gar nicht mitbekommen. Erst die Regentropfen in seinem Gesicht hätten ihn geweckt. Er sei aufgestanden und habe das Fenster geschlossen. Dann habe er Felice gerufen und sich erkundigen wollen, ob ihr nichts fehle – er habe geglaubt, das Gewitter könne sie erschreckt haben. Er habe keine Antwort bekommen und eine Kerze angezündet. Ihr Zustand habe ihn sehr erschreckt – und so weiter.

Ich sagte ihm, er solle sich zusammenreißen und versuchen, ihre Hände und Füße zu wärmen, um den Blutkreislauf anzuregen. Ich war im Innersten überzeugt, dass sie unter der Wirkung irgendeines Opiats stand. Wir machten uns gemeinsam an die Arbeit, rieben ihre Glieder, kniffen sie, schlugen sie mit nassen Handtüchern und riefen ihr laut ihren Namen ins Ohr. Es war, als hätten wir es mit einer Toten zu tun, außer dass ihre Brust, auf der ich – ziemlich überrascht, einen Makel auf der weißen Magnolienblüte zu sehen – unmittelbar über dem Herzen ein großes braunes Muttermal entdeckte, das sich ganz leicht, aber regelmäßig hob und senkte. In meiner gestörten Fantasie erschien mir dieses Mal wie eine Wunde, eine drohende Gefahr. Wir arbeiteten so schwer, dass uns der Schweiß in Strömen hinunterlief – als wir nach einer Weile plötzlich merkten, dass vor dem Fenster etwas los war – ein verstohlenes Klopfen und Kratzen an der Scheibe. Ich schnappte mir die Kerze und sah hinaus.

Auf dem Fenstersims saß die Tigerkatze und trommelte gegen das Fenster. Der durchnässte Pelz klebte ihr am Körper, ihre Augen funkelten in die meinen, ihr Maul war protestierend weit geöffnet. Wütend bearbeitete sie den Riegel, während ihre Hinterpfoten auf dem Holz rutschten und kratzten. Ich schlug gegen die Scheibe und brüllte sie an, doch sie schlug wie besessen gegen die Scheibe zurück. Und während ich mich mit einem Fluch umdrehte, ließ sie einen langen, verzweifelten Schrei ertönen.

Merridew rief mir zu, ich solle die Kerze zurückbringen und das Vieh in Ruhe lassen. Ich kehrte zum Bett zurück, doch das grässliche Geschrei hörte und hörte nicht auf. Ich riet Merridew, den Wirt zu wecken und Wärmflaschen und etwas Kognak aus der Bar zu besorgen und zu sehen, ob er nicht nach einem Arzt schicken könne. Er ging, um das zu erledigen, während ich mit der Massage fortfuhr. Ich hatte den Eindruck, dass der Puls immer schwächer wurde. Dann fiel mir plötzlich ein, dass ich ein kleines Fläschchen Kognak in meinem Koffer hatte. Ich lief, es zu holen, und im selben Moment hörte die Katze plötzlich mit ihrem Geheul auf.

Als ich in mein Zimmer trat, umfing mich wohltätig die frische Luft, die durchs Fenster hereinkam. Ich fand im Dunkeln meinen Koffer und kramte zwischen Hemden und Socken nach der Flasche, als ich ein lautes, triumphierendes Miauen hörte, und ich konnte mich gerade noch rechtzeitig umdrehen, um die Tigerkatze noch einen kurzen Moment auf dem Fenstersims kauern zu sehen, bevor sie an mir vorbei ins Zimmer sprang und zur Tür hinausjagte. Ich fand die Flasche und eilte damit zurück, gerade als Merridew und der Wirt die Treppe heraufgerannt kamen.

Wir traten alle zusammen ins Zimmer. Und im selben Moment regte sich Mrs. Merridew, setzte sich auf und fragte uns, was denn um alles in der Welt los sei.

Selten bin ich mir so sehr wie ein Narr vorgekommen. Am nächsten Tag war das Wetter kühler; das Gewitter hatte die Atmosphäre gereinigt. Was Merridew seiner Frau gesagt hat, weiß ich nicht. Niemand von uns spielte jedenfalls auf die Ereignisse der Nacht an, und allem Anschein nach war Mrs. Merridew bester Gesundheit und ebenfalls bester Laune. Merridew nahm sich einen Tag frei, und wir machten alle zusammen einen weiten Ausflug mit Picknick. Wir verstanden uns bestens. Fragen Sie Merridew – er wird Ihnen dasselbe sagen. Ich kann nicht glauben, Harringay, kann einfach nicht glauben, dass er sich vorstellen … dass er mich verdächtigen könnte – es gab nichts zu verdächtigen. Gar nichts.

Ja – das war das entscheidende Datum – der 24. Juni. Ich kann Ihnen sonst nichts Näheres berichten; es gibt nichts zu berichten. Wir kamen zurück und aßen wie üblich zu Abend. Wir waren alle drei den ganzen Tag zusammen gewesen, bis es Zeit zum Zubettgehen wurde. Bei meiner Ehre, ich habe an diesem Tag mit niemandem allein gesprochen, weder mit ihm noch mit ihr. Ich war der Erste, der zu Bett ging, und die andern hörte ich etwa eine halbe Stunde später heraufkommen. Sie unterhielten sich gut gelaunt.

Es war eine helle Mondnacht. Zur Abwechslung störte mich einmal kein Katzenkonzert. Ich machte mir nicht einmal die Mühe, das Fenster oder die Tür zu schließen. Vor dem Zubettgehen legte ich die Pistole neben mich auf den Stuhl. Ja, sie war geladen. Ich verfolgte keine bestimmte Absicht damit, dass ich sie neben mich legte; außer dass ich vorhatte, auf die Katzen zu schießen, wenn sie wieder mit ihren Spielchen anfingen.

Ich war todmüde und dachte, ich würde sofort einschlafen, aber daraus wurde nichts. Ich muss wohl übermüdet gewesen sein. Ich lag wach im Bett und schaute hinaus ins Mondlicht. Und da, gegen Mitternacht, hörte ich, was ich wohl halb erwartet hatte: ein verstohlenes Rascheln in der Wistarie und ein leises Miauen.

Ich richtete mich im Bett auf und griff nach der Pistole. Ich hörte das leise ›Plopp‹, als die große Katze aufs Fenstersims sprang; ich sah ihre schwarz-silberne Flanke und den Umriss ihres runden Kopfes mit den gespitzten Ohren und dem aufgerichteten Schwanz. Ich zielte und schoss, und das Vieh gab einen fürchterlichen Schrei von sich und sprang in mein Zimmer.

Ich sprang aus dem Bett. Der Schuss hatte furchtbar in dem stillen Haus widerhallt, und von irgendwoher hörte ich leise eine Stimme rufen. Ich verfolgte die Katze auf den Flur, die Pistole in der Hand – wohl in der Absicht, sie ganz zu erledigen. Und als ich am Zimmer der Merridews vorbeikam, sah ich da Mrs. Merridew stehen. Sie hielt sich mit beiden Händen rechts und links an den Türpfosten fest und schwankte vor- und rückwärts. Und dann fiel sie hin, mir genau vor die Füße. Ihre nackte Brust war über und über mit Blut befleckt. Und wie ich noch so mit der Pistole in der Hand dastand und auf sie hinunterstarrte, kam Merridew aus dem Zimmer und sah uns – so.

Also, Harringay, das ist meine Geschichte, genau wie ich sie Peabody erzählt habe. Ich fürchte, sie wird vor Gericht nicht sehr überzeugend klingen, aber was kann ich sonst sagen? Die Blutspur führte von meinem Zimmer zu ihrem; die Katze muss diesen Weg gelaufen sein; ich *weiß*, dass es die Katze war, auf die ich geschossen habe. Eine andere Erklärung habe ich nicht anzubieten. Ich weiß nicht, wer Mrs. Merridew erschossen hat, oder warum. Ich kann auch nichts daran ändern, dass die Leute aus der Herberge sagen, sie hätten die Tigerkatze nie gesehen; Merridew hat sie in der einen Nacht gesehen, und ich weiß, dass er das sicher nicht abstreiten wird. Durchsuchen Sie das Haus, Harringay – das ist das Einzige, was zu tun ist. Nehmen Sie das Ding auseinander, bis Sie den Kadaver der Tigerkatze finden. Darin werden Sie dann auch meine Kugel finden.

Susanne Scholl

Herr Moritz ermittelt

Es ist immer dasselbe. Das Frühstück lässt wieder einmal auf sich warten.

Das Personal liest.

Statt aufzustehen und Frühstück zu servieren, liegt das Personal im Bett und schaut in ein Buch.

Herr Moritz ist irritiert.

Was kann diese Ansammlung Papier schon Interessantes liefern?

Und überhaupt.

Das Personal sollte sich mehr um Moritz' Bedürfnisse kümmern. Dazu hat man es doch, oder?

Herr Moritz ölt seine Stimmbänder.

Mausi – was für ein blöder Name für eine Katze – Mausi lugt hinter dem Diwan hervor und pfaucht.

Sie hat gerade gut geschlafen, Herr Moritz mit seinem Gegröle hat sie aufgeweckt. Und jetzt hat sie auch Hunger.

Und beißt Herrn Moritz wütend in den Nacken.

Weil er sie aufgeweckt und ihren Hunger angefacht hat.

»Ruhe, ihr zwei Nervensägen!«

Das Personal spricht sehr ungehörig, hat aber das Buch weggelegt und begibt sich unter Protest in die Küche.

Herr Moritz und Mausi sitzen neben dem Kühlschrank und fixieren das Personal.

Das Personal wirft aber jetzt erst einmal die Kaffee-
maschine an.

Mausi pfaucht, Herr Moritz aber singt eine Arie.

Das Personal schüttelt sich und geht zur Ecke mit den
Katzenspeisen.

Mausi schlängelt sich um die Beine des Personals, Herr
Moritz dagegen sitzt und fixiert die Hände des Personals.

Seit ein paar Tagen ist das Personal schlecht gelaunt. Und
unruhig. Das wiederum stört Herrn Moritz. Mausi küm-
mert sich nicht darum. Aber Herr Moritz ist jünger und
muss auf das Personal aufpassen, schließlich kann man
nicht vorsichtig genug sein, wenn das eigene Wohlergehen
auf dem Spiel steht.

Das Personal hat aber offenbar Sorgen. Immer wieder
wandert es durch die Wohnung auf der Suche.

Was sucht das Personal wohl?

Herr Moritz wäscht sich erst einmal gründlich. Er macht
seine Morgentoilette immer erst nach dem Frühstück – wer
will sich schon zweimal kurz hintereinander waschen?

Mausi rollt sich auf dem grünen Fauteuil ein. Sie findet
Herrn Moritz' demonstratives Waschen in aller Öffent-
lichkeit peinlich.

Das Personal sucht seinen Goldring.

Den es immer trägt. Den es aber auch am Abend immer
auf den Nachttisch legt.

Der Ring kann doch nicht aus der Wohnung verschwunden sein?

Wo kann er nur hingekommen sein?

Waren Fremde da?

Herr Moritz springt auf die Fensterbank. Das Fenster ist zu, aber wenn er den Hals ein bisschen streckt, kann er ins gegenüberliegende Fenster schauen.

Dort gegenüber wohnt die wunderschöne Mieze – auch das ein blöder Name für eine Katze, findet Herr Moritz. Mieze mit ihrem herrlichen, blauen Fell und der süßen, flachen Nase. Herr Moritz ist ein bisschen verliebt. Mausi findet das lächerlich. Schließlich sind sie alle ja keine Freigänger, also gibt es ohnehin kein Happy End in absehbarer Zeit.

Aber Mieze ist zu reizend. Wenn sie mit hoch erhobenem, wunderschönem, buschigem Schwanz durch die Wohnung stolziert, um dann mit einem eleganten Satz auf das Fensterbrett zu springen und sich dort graziös das Gesicht zu waschen, beginnt Herrn Moritz' Herz höher zu schlagen. Dann singt er nur für sie – seine Angebetete.

Das Personal findet Herrn Moritz' Liebesbekenntnisse ziemlich nervtötend.

»Kannst du dich nicht mit der Mausi zufriedengeben?«, fragt es, als Herr Moritz wieder einmal durchs geschlossene Fenster hinübersingt zu seiner großen Liebe.

Was fällt dem Personal da ein? Mausi? Mausi ist doch seine Schwester – was soll er mit der? Außerdem ist sie lange nicht so schön wie Mieze.

Das sagt er natürlich nicht laut.

Mausi hat ihn schon wegen weniger kränkender Aussagen durch die Wohnung gejagt. Manchmal auch gebissen.

Herr Moritz bleibt also am Fenster sitzen und flötet der Dame seines Herzens zu. Aber durch das geschlossene Fenster ist das nicht so sinnvoll – das weiß er. Deshalb kratzt er vorsichtig an den Fenstern, damit das Personal begreift, dass es das Fenster öffnen soll. Allerdings stellt sich das Personal dumm – und das Fenster bleibt zu, zumal es gerade zu regnen begonnen hat. Herr Moritz ist frustriert und pfaucht das Personal und Mausi an. Mausi pfaucht zurück und droht ihm mit ihren spitzen Krallen.

Herr Moritz verzieht sich ins andere Zimmer und beschließt, eine Runde zu schlafen. Das hilft immer noch am Besten gegen Liebeskummer – sieht man einmal vom Fressen ab.

Am nächsten Tag wacht Herr Moritz von einem freundlichen Frühlingslüftchen auf, das durch die Wohnung streicht.
    Das Fenster ist offen, schließt er, kaum erwacht und gestreckt. Und schon begibt er sich an seinen Aussichtsplatz.

Aber – da ist weit und breit keine Mieze zu sehen.
    Herr Moritz ist enttäuscht.

Auch am nächsten und übernächsten Tag wartet Herr Moritz vergeblich auf das Erscheinen seiner Angebeteten.
    Herr Moritz wird unruhig.
    Mausi macht sich lustig über ihn. Aber nicht einmal, sie durch die Wohnung zu jagen – über Tische und Sessel und durch die Badewanne und über das große Doppelbett im Schlafzimmer – kann ihn heute richtig ablenken. Er macht sich Sorgen. Mieze war noch nie so lange verschwunden.

Überhaupt ist es seltsam still in der gegenüberliegenden Wohnung, denkt Herr Moritz.

Nichts rührt sich dort und das schon seit Tagen.

Was tun?

Mausi putzt ihr rundes Gesicht und ignoriert Herrn Moritz' nervöses Zirpen.

Das Personal sitzt vor seinem Computer und schaut gebannt hinein.

Von beiden ist wohl kaum Hilfe zu erwarten.

Herr Moritz fasst einen folgenschweren Entschluss.

Der Sprung hinunter in den Garten ist für einen großen Kater wie ihn kein Problem. Na gut, der dicke Bauch könnte ihm ein bisschen im Weg sein, aber das kann einen Herrn Moritz doch nicht daran hindern, seine große Liebe suchen zu gehen.

Herr Moritz wandert nachdenklich in die Küche. Sein Napf ist voll. Man muss sich natürlich stärken, bevor man sich auf ein solches Abenteuer einlässt. Und nach dem ausgiebigen Mahl muss man auch etwas ruhen – bevor man über irgendwelche Aktivitäten, vor allem einen Sprung aus dem Fenster, nachdenken kann.

Am späten Nachmittag liegt das Personal auf dem Sofa und schaut sehr gebannt in den großen, schwarzen Kasten.

Mausi hat es sich direkt auf dem Schoss des Personals gemütlich gemacht und schnarcht leise.

Herr Moritz wird von beiden ignoriert.

Also begibt er sich auf Erkundungstour.

Vom Fensterbrett in den Garten gelangt man leicht, wenn man sich auf der Hausmauer abstützt.

Herr Moritz springt elegant auf den Boden, schüttelt sich leicht, wäscht sich das Gesicht, als sei es für ihn die normalste Sache der Welt, aus dem Fenster zu hüpfen, und schlendert dann ganz angelegentlich in Richtung Kellerfenster.

Also zu den etwas tiefer gelegenen Fenstern jener Wohnung, in der seine Angebetete lebt.

Aber da ist niemand. Herr Moritz hüpft leichtfüßig auf das Fensterbrett von Miezes Heim und versucht hineinzuschauen. Aber die dichten, dunkelblauen Vorhänge lassen keinen Blick zu.

Herr Moritz nimmt auf dem Fensterbrett Platz, lässt seinen Blick über den Garten streifen und tut so, als wolle er einfach die schöne Abendsonne genießen.

Er schließt sogar seine Augen, als ob er rundum zufrieden und völlig entspannt wäre. Nur seinen Schwanz hat er nicht so ganz unter Kontrolle, der klopft mit kleinen, nervösen Schlägen gegen die Fensterscheibe. Vielleicht hört ihn die Angebetete ja und erscheint endlich wieder?

Aber die Angebetete lässt sich nicht blicken.

Durch die zugezogenen Vorhänge kann Herr Moritz auch nicht erkennen, ob ihr Personal da ist.

Sehr seltsam, denkt Herr Moritz und überlegt, was zu tun ist.

Mausi sitzt am Fenster seiner Wohnung und wäscht wieder einmal ausführlich ihr Gesicht.

Sie ist so unsensibel, denkt Herr Moritz.

Es scheint sie gar nicht zu interessieren, was mit seiner Mieze passiert sein könnte. Mausi halt. Wenn man schon so

heißt. Und hinter ihr steht auch noch sein Personal und krault ihr zärtlich den Rücken.

Das findet er besonders verwerflich. Immerhin ist er der Herr im Haus.

In Miezes Wohnung ist es still. Zu still.

Herr Moritz ist beunruhigt. Er richtet seine Ohren in verschiedene Richtungen, aber da ist nichts.

Herr Moritz hüpft nachdenklich vom Fensterbrett und schlendert betont leichtfüßig durch den Garten.

Er hat etwas entdeckt. In einem der Blumenbeete glänzt es in der Sonne.

Herr Moritz dreht dem betreffenden Beet den Rücken zu, legt sich in ein Stück Rasen und denkt erst einmal nach.

Was kann in einem Blumenbeet glänzen. Und warum riecht es bei den Blumen so merkwürdig?

Irgendwie vertraut und auch wieder nicht und irgendwie appetitlich und wieder nicht.

Herr Moritz wäscht seine Beine und dreht sich angelegentlich auf den Rücken.

Dann steht er auf und siehe da, jetzt sitzt er fast direkt vor dem interessanten Blumenbeet.

Irgendetwas glitzert da.

Gold denkt Herr Moritz und nähert sich ganz vorsichtig.

Und Mieze – es riecht nach Mieze. Und nach seinem Personal, wie kann das denn sein?

Herr Moritz sträubt seine Schnurrhaare. Irgendetwas stimmt hier ganz und gar nicht.

Vorsichtig streckt er seine rechte Vorderpfote aus und kratzt ein wenig am weichen Boden unter den lila Blumen mit dem merkwürdigen Duft. Wieso riecht es hier nach Mieze und nach seinem Personal?

Der Boden ist weich, Herr Moritz mag das, er muss sich nicht anstrengen und wühlt sich mit der Nase voran ein wenig tiefer.

Plötzlich spürt er einen Schlag auf die Nase, pfaucht und springt einen Schritt zurück.

Und da liegt er – der Goldring des Personals. So als gehörte er hierher.

Herr Moritz ist verblüfft.

Er stößt den Ring leicht mit der Vorderpfote an. Der Ring rollt auf den Weg neben dem Beet.

Herr Moritz denkt nach. Wie kommt der Ring hier in dieses Beet. Wo es so deutlich nach Mieze riecht – und auch ein bisschen nach Tod. Muss Herr Moritz zugeben. Ziemlich stark nach Tod sogar.

Herr Moritz nimmt den Goldring vorsichtig zwischen die Zähne und macht sich auf den Heimweg – das Beet wird er morgen genauer untersuchen. Aber zuerst will er noch in Miezes Wohnung vorbeischauen. Wieder springt er auf das Fensterbrett, aber die Vorhänge sind immer noch geschlossen und dahinter ist es still, wie ausgestorben.

Herr Moritz ist so beunruhigt, dass er den Ring auf das Fensterbrett fallen lässt.

Und sich dann gleich auf den Heimweg macht.

Nach so viel Stoff zum Nachdenken muss man erstens essen und zweitens schlafen.

Was Herr Moritz dann auch ausführlich tut.

Am nächsten Tag wacht er von einem viel zu lauten Schrei des Personals auf.

»Mein Ring, mein Ring, hab ihn gefunden, wie kommt der nur auf das Fensterbrett von der Franzi! Oh wie ich mich freu, mein Ring ist wieder da!«

Herr Moritz macht ein Auge auf – und erinnert sich.

Das Beet, der Ring, die verschwundene Mieze.

Wo bleibt aber das Frühstück? Ohne Frühstück kann man nicht ermitteln.

Das Personal ist aus dem Haus gerannt, hinüber zu Miezes Wohnung, und hat sich den Ring geschnappt. Es schaut glücklich aus, das Personal. Es weiß ja auch nicht, dass Herr Moritz den Ring nicht auf dem Fensterbrett, sondern im lila Blumenbeet gefunden hat.

Endlich kommt das Personal wieder zurück, geht in die Küche – und macht diesen scheußlichen Kaffee, der so riecht, dass man nur davonlaufen möchte.

Zum Glück gibt's auch Frühstück für Herrn Moritz und Mausi. Gut, dass Mausi auch Frühstück kriegt, ist eigentlich überflüssig, weil sie ja nichts tut.

Herr Moritz isst sich satt und wäscht sich gründlich – aber nicht so gründlich wie sonst. Er muss ständig an das lila Beet denken und irgendwie eben auch an Mieze.

Nach der Morgentoilette begibt sich Herr Moritz wieder in den Garten.

Das Beet sieht genau so aus wie gestern. Dort, wo er ein bisschen die Erde aufgeschabt hat, ist eine kleine Mulde entstanden. Herr Moritz gräbt weiter.

Und plötzlich ist da etwas, was nichts in einem Blumenbeet verloren hat.

Herr Moritz gräbt jetzt schneller. Er bohrt die Nase hinunter und weiß plötzlich ganz genau, da liegt Mieze. Wie kann Mieze da unten liegen, da kann sie doch nicht atmen? Herr Moritz wühlt jetzt sehr wild in der Erde und legt Miezes rosa Decke frei. Und unter der Decke liegt sie.

Fein säuberlich auf der Seite, die Pfoten schön übereinander, die süße flache Nase seitlich in die Luft gestreckt.

Aber sie atmet nicht. Sie pfaucht ihn nicht an, sie hält die schönen Augen fest geschlossen.

Und Herr Moritz muss sich eingestehen, dass seine Mieze tot ist. Mausetot sozusagen.

Mieze ist tot. Das muss Mord gewesen sein!

Herr Moritz zerrt die rosa Decke aus der Erde.

»Moritz, was machst du da! Lass das sofort! Blödes Vieh!«

So hat das Personal noch nie mit ihm gesprochen. Was für eine Frechheit!

Herr Moritz pfaucht das Personal mit offenem Mund und gefletschten Zähnen an.

»Geh da weg, du Dummkopf. Die Miezi war krank und ist gestorben und die Franzi war so traurig, dass sie mich gebeten hat, die Miezi hier zu begraben und du Depp hast sie jetzt wieder ausgegraben und jetzt muss ich sie halt doch irgendwo im Wienerwald einbuddeln, damit du sie nicht wieder ausbuddeln kannst. Uff, du bist wirklich so blöd…«

Herr Moritz fühlt sich ziemlich dumm, aber das würde er dem Personal nie zeigen, weil er doch auch so unendlich traurig ist. Also pfaucht er noch einmal laut und drohend und trollt sich dann murrend auf sein Fensterbrett. Auf dem aber Mausi sitzt.

Und die kriegt jetzt Herrn Moritz' ganze Trauer zu spüren und wird so lange verprügelt, bis er das Fensterbrett für sich alleine hat. Er muss schließlich trauern. Und außerdem ist er der Herr im Haus.

Margit Schreiner

Der Mörder mit der weißen Weste

Lilli und Paula sind ein gutes Team. Lilli ist introvertiert, aber, wenn es darauf ankommt, wehrhaft. Paula ist neugierig, aber feige. Paula spürt auf, Lilli setzt nach. Das ist auch notwendig. Wir alle wissen nicht, was der Weiße bei uns will. Mittlerweile steht er täglich in unserem Garten. Er ist übergewichtig, also sicher gut versorgt. Übermäßige Triebhaftigkeit dürfte es auch nicht sein, Lilli und Paula sind kastriert. Das müsste seine Libido doch einschränken. Wir vermuten Machogehabe.

Als er das erste Mal auftauchte, habe ich ihn glatt mit Paula verwechselt. Paula ist dreifärbig und hintenherum vorwiegend weiß. Als er mich erblickte und vor Entsetzen wegrannte, sah ich nur sein weißes Hinterteil. Paula läuft immer vor mir weg, vor allem dann, wenn ich sie rufe. Allerdings war merkwürdig, dass das impertinente Subjekt unseren Feldweg entlang und dann schnurstracks über die Hauptstraße lief, was Paula aus Feigheit nie tun würde.

Eines Morgens kam Paula mit blutiger Nase nach Hause.

Resigniert kroch sie in meine Unterwäschelade, die sie geschickt herausziehen kann, und blieb dort den ganzen Vormittag, indem sie sich in einem Körbchen meines teuersten Wolford-BHs einrollte. Lilli zeigte sich wie immer desinteressiert. Sie ist in der Regel froh, wenn Paula sich zurückzieht. Sie fühlt sich, seit ich Paula adoptiert habe, weil Lilli mir depressiv vorkam, schon seit sechzehn Jahren von Paula belästigt. Zu Mittag kam Paula endlich aus meinem Wolford-BH herausgekrochen und nahm ihren üblichen Tagesablauf wieder auf. Er besteht darin, dass sie entweder vor ihrem leeren Fressnapf oder vor meiner verschlossenen Schlafzimmertür sitzt und ununterbrochen miaut. Wenn sie weder etwas zu fressen kriegt, noch in mein Bett darf, stürzt sie sich auf Lillis Schwanz und beißt hinein. Lilli knurrt dann.

Ein paar Tage später röhrte es im Garten. Paula hüpfte sofort wieder in meine Unterwäschelade. Lilli rührte nicht einmal ein Ohr. Ich schaute aus dem Fenster und sah einen ziemlich dicken, langhaarigen Streuner, Faulenzer, Herumtreiber vor unserer Tür sitzen. Es war der Weiße! Er hatte böse, grüne Augen und ein gesträubtes Nackenfell. Diesmal rannte er nicht einmal weg, die Distanz zwischen uns war offensichtlich zu groß. Ich musste mehrmals in die Hände klatschen, bevor sich bequemte, provokant langsam unser Grundstück zu verlassen.

Zwei Tage später stand er dann in unserem Keller. Ich war gerade dabei, die Biokartoffeln aus dem dunklen Vorratsraum zu holen. Das kriminelle Element wollte an mir vorbei in den ersten Stock laufen, wo die Fressnäpfe von Paula und Lilli stehen. Aber da hatte er nicht mit Lillis Aufmerksamkeit gerechnet, was die Bewachung ihrer Essensvorräte anging. Da kann sie auf meiner weichen Überdecke aus flauschigem Samt noch so tief schlafen, hat es jemand auf ihr Fressen abgesehen, ist sie von null auf hundert hellwach. Mit angelegten Ohren und horizontal abstehendem Schweif, zum Angriff bereit, stürzte sie fauchend die Treppen hinunter, auf den potentiellen Dieb los. Der fand in der Eile der Flucht nicht gleich die kleine Katzentür und knallte zweimal mit dem Kopf gegen das Fenster. Beinahe hätte Lilli ihn erwischt. Durch die Katzentür folgte sie ihm nicht mehr, da es an diesem Tag regnete und Lilli nasses Fell verabscheut. Sie trabte in aller Ruhe die Treppen in den ersten Stock zurück, legte sich in mein Bett und schlief augenblicklich wieder ein. Paula, die weitaus weniger wachsam ist, hatte die Attacke in meiner Unterwäschelade verschlafen.

Es kam noch schlimmer. Der weiße Kerl hatte, wahrscheinlich um Lilli zu bestechen, doch tatsächlich eine tote Maus in unserem Keller hinterlegt. Da weder Lilli noch Paula auf tote Mäuse reagieren, die sie nicht selbst gefangen haben, muss die Maus bereits ein paar Tage unbemerkt dort gelegen haben. Sie stank! Letztendlich musste ich sie selbst entsorgen, was meinen Zorn auf den Eindringling steigerte. Aber der feige Mörder legte noch nach. Diesmal ein Rotkehlchen als Draufgabe! Das schlug dem Fass den Boden aus! Nachdem Paula und Lilli unter meiner Assistenz das Rotkehlchen lange beschnuppert hatten, legten wir uns gemeinsam auf die Lauer. Paula im Keller hinter den Biokartoffeln, Lilli draußen im Garten unter der Bank vor dem Saunahäuschen, ich mit meinem Kaffee im ersten Stock am Fenster zum Garten. Nach der dritten Tasse sah ich ihn kommen. Offenbar nichts ahnend, mit erhobenem Schwanz, den Kopf präpotent in die Höhe reckend. Er sprang auf den Kellerfenstersims und drang durch die Katzentüre ein. Ich hörte einen schrillen Schrei. Ob er von Paula stammte, die ihn erschrecken wollte oder ihrerseits erschrak, oder von dem Schurken selbst, der über Paulas plötzliches Auftauchen hinter den Biokartoffeln erschrak, sah ich von meinem Platz am Fenster aus nicht. Ich sah nur, dass der Übeltäter in heller Panik aus der Katzentüre stürmte, vom Kellerfenstersims auf den Boden sprang, sich dort ein Bein verknackste und humpelnd das Weite suchte. Lilli schnellte unter der Saunahäuschenbank hervor und stürzte sich auf den Unhold, der sich kreischend unter ihr krümmte. Paula, die dem Eindringling vorsichtig gefolgt war, schätzte die Lage nun als für sie ungefährlich ein, trabte heran und biss den Verbrecher in den Schwanz. Schließlich gelang ihm die Flucht.

Ich belohnte die beiden tapferen Ordnungshüterinnen sofort mit zwei Näpfen voll mit exquisitem Biolammfleisch mit Spargel, was die zwei auch erwartet hatten. Das war wohl das Mindeste. Sie schlugen sich die Bäuche voll, dann legten wir uns zu dritt erschöpft in mein Bett und ruhten uns lange aus. Der Vogelmörder mit der weißen Weste kam nie mehr.

Justin Scott

Der Weiße Tod

Auf Hunde konnte der Kater durchaus verzichten, aber
er liebte die Abwechslung. Das Kommen und Gehen auf
einer Farm füllte die gähnende Langeweile. Also war der
Kater selbstverständlich zur Stelle, als die neuen Hunde
in den großen rot-weiß-blauen, mit Luftlöchern durch-
siebten Air-France-Containern eintrafen und es ans Aus-
packen ging.

Die Menschen waren aufgeregt. Schließlich hatten
sie keine ruhige Minute mehr gehabt, seit sich die Kojoten über die Schafe hermachten. Dabei hätte es Kojoten
in Connecticut eigentlich gar nicht geben dürfen. Und
trotzdem waren sie plötzlich dagewesen: groß, böse und
hungrig. Eines Nachts hatten sie ein Lamm gerissen und
sich dann zwei Mutterschafe geholt. Die Menschen be-
schimpften sie als »böse Bande«. Die Katze wusste es besser. Sie hatte sich auf eigene Faust
kundig gemacht und auf ihre
vorsichtige Art herausge-
funden, dass es sich kei-
neswegs um eine »Bande«,
sondern um eine Fami-
lie handelte – um eine
Familie, bestehend
aus drei fast ausge-

wachsenen männlichen Jungtieren mit Mutter und Vater, wobei Letztere erstaunlich gut miteinander harmonierten. Die Frage, ob sie »bösartig« zu nennen waren, war eine intellektuelle Spielerei, die den Kater nicht interessierte. Tatsache war, dass die Kojoten alles, was ihnen in die Quere kam und sie überwältigen konnten, als ihr Futter ansahen. Aus diesem Grund hatten die Menschen drei Hunde kommen lassen, die in Frankreich speziell zur Bewachung von Schafherden abgerichtet worden waren.

Der Kater hatte automatisch angenommen, dass es sich bei diesen Hunden nur um Königspudel handeln konnte. Seine Erfahrung mit französischen Hunden beschränkte sich nämlich auf seinen langjährigen Hausgenossen Roger, einen prächtigen Pudel, der allerdings so betagt war, dass ihm die Zähne bereits ausfielen; der Kater fand gelegentlich in Ecken eines dieser Beißwerkzeuge, die rund und abgesetzt wie Kiesel in einem Flussbett herumlagen.

Stattdessen entstiegen den Air-France-Containern drei Monster, die mit Roger so viel Ähnlichkeit hatten wie ein Habicht mit einem Huhn. Mit wolkenweißem Fell, Staturen wie Mähtraktoren und Zähnen, die man gesehen haben musste, um es zu glauben, glotzten sie misstrauisch in die Runde. Nachdem sich der Kater vom Dach des Lieferwagens aus erst einmal eine neue Perspektive verschafft hatte, gab er den Neuankömmlingen die Namen Weißer Tod Eins, Zwei und Drei, die, nachdem sie sich offenbar vergewissert hatten, dass keine Kojoten in unmittelbarer Nähe lauerten, mit ihren voluminösen Schwänzen wedelten.

Mit dem Weißen Tod Eins, Zwei und Drei auf dem Farmgelände blieben die Schafe in dieser Nacht unversehrt. Als man den Nachbarshund am nächsten Morgen tot auffand, behaupteten die Menschen, die Kojotenbande habe sich stattdessen an ihm vergriffen. Familie, dachte der Kater, keine Bande. Eine Familie mit Mutter, Vater und drei großen Jungen. Eine bösartige Bande, sagten die Menschen. Und der arme Hund habe keine Chance gehabt.

Die Katze konnte nicht einsehen, dass das eine Tragödie sein sollte. Der sogenannte »arme« Hund war ein gemeines Vieh gewesen, das sich stets einen Spaß daraus machte, Karnickel, Streifenhörnchen und Katzen zu vernaschen. Eigentlich konnte nur von einer positiven Wendung der Dinge gesprochen werden.

Am darauffolgenden Morgen ging es den Schafen bestens, und ein anderer Nachbarshund war tot. Die Kojoten, so sagten die Menschen, seien verzweifelt. Eines Tages würden sie an den falschen Hund geraten. Es wurde sogar erwogen, den Weißen Tod auszuleihen. Der Kater beschloss, sich die Leiche anzusehen.

Er entdeckte einen weiteren üblen Schurken, der sein verdientes Ende gefunden hatte. Merkwürdigerweise hatten die Kojoten ihn gar nicht aufgefressen. Sie hatten ihm nur sauber wie ein Tierarzt mit dem Skalpell die Kehle durchtrennt. »Was glotzt du da!«, schrie ein Mensch mit einer Schaufel den Kater an. Der Verlust des Hundes hatte ihm offenbar zugesetzt.

»Glotze ja gar nicht«, murmelte der Kater vor sich hin und tappte davon.

In den folgenden Nächten blieb es auf allen Ebenen ruhig: Schafe – null, Hund – null, Kojoten – null. Die Kojoten hätten sich verdrückt, behaupteten die Menschen, was nicht stimmte. Sie verhielten sich ruhig und überdachten die neue Lage. Der Kater konnte sie wittern. Er war auf eines ihrer Opfer gestoßen, ein dämliches Opossum. Sie hatten es auf freier Wildbahn erwischt. Entsprechend vorsichtig verhielt sich von da an der Kater. Er achtete besonders auf die Windrichtung, mied offene Plätze, und, wenn er einen solchen überqueren musste, vergewisserte er sich zuvor der Fluchtmöglichkeiten, wozu im Fall von Kojoten nur Bäume dienen konnten. Sich irgendwo zu verstecken, wo sie graben konnten, war zwecklos. Es mussten Bäume sein, sonst nichts.

Mittlerweile verliefen die Tage des Weißen Todes nach einem bestimmten Muster: Es wurde im Stall geschlafen, mit den Kindern herumgetollt, in der Sonne gedöst und gefressen. Gelegentlich fühlte der Kater ganz überraschend ihre Augenpaare auf sich gerichtet, und gewöhnte sich an, einen großen Bogen um sie zu machen. Trotzdem ereilte ihn ein hässlicher Schreck ... und daran war die Menschen-Mutter schuld, die manchmal die Schnelligkeit einer Schlange entwickelte. Sie schnappte ihn schwungvoll von seinem Plätzchen auf der warmen Motorhaube des Lieferwagens und vollführte mit ihm im Arm einen ihrer (für sie) vergnüglichen Walzer über den Hof bis hin zum Weißen Tod. Dabei sang sie, wer den nächsten Tanz mit ihr wolle, und ließ ihn wie einen Leckerbissen an der ausgestreckten Hand über die Schnauzen des Weißen Todes baumeln. Als der Kater steif wurde, drückte sie ihn lachend an sich und sagte: »Die tun dir doch nichts, Katerchen. Die sind viel zu gut erzogen. Stimmt's nicht?«, fragte sie, und alle drei sahen mit undurchsichtigem Ausdruck in den schwarzen Knopfaugen zu ihr auf.

Die Menschen debattierten über den weiteren toten Hund eines Nachbarn, der mit einem Kombi auf den Hof gefahren kam. Wieder war die Kehle durchgebissen, stellte der Kater fest, als er nachsehen ging. Es handelte sich um einen großen Golden Retriever, der genug Fleisch auf den Knochen hatte, um eine ganze Kojotenfamilie satt zu kriegen. Sein Körper allerdings war unversehrt; bis auf einen gebrochenen Fuß, wie der Kater entdeckte. Der Hund hatte sich wenigstens gewehrt.

Es begann zu regnen, und der Kater machte sich auf den Heimweg; er war nachdenklich und bereute seine Neugier bereits. Er hatte einen langen Weg vor sich und würde nass werden. Schließlich fiel er in eine leichte, kilometerfressende Gangart und nahm eine Abkürzung über ein weites Heufeld. Der Kater hatte gewusst, dass der Retriever ihm nicht grün gewesen war, aber um Katzen zu jagen, hätte er abspecken müssen.

Tiefergehende Überlegungen waren nicht die Stärke des Katers. Schnelle Entscheidungen, das war eher seine Sache. Er verheddderte sich so in seinen Gedankengängen, dass er über ein völlig verdattertes Streifenhörnchen fiel und sich beinahe den Fuß gebrochen hätte. Er überschlug hastig die Stunden bis zum Abendessen, sagte sich, zum Teufel damit und jagte nach dem Imbiss. Das Streifenhörnchen hatte Vorsprung und verschwand in einem Loch. Es im Regen auszubuddeln war eine matschige Angelegenheit. Der Kater kehrte ihm gerade den Rücken, als hinter ihm etwas durch die Luft rauschte.

Idiot, dachte er, und drückte sich instinktiv platt ins nasse Gras, du hast den Tod verdient. Der Kojote, dem Mond sei Dank, sauste wie der Intercity über ihn hinweg. Und sein Ende wäre sicher gewesen, hätte es sich um den Vater-Kojoten und nicht um eines seiner plumpen Jungen gehandelt. Nach einem Satz von gut vier Metern landete der Kater schon wieder laufend im Gras und suchte in panischer Hast nach einem Baum, der, wie er aus Erfahrung wusste, auf Heufeldern ausgesprochen selten zu finden war. Idiot, Idiot, Idiot! Der Kojote war keuchend hinter ihm, machte schnell Boden gut, und schrie nach seiner Verwandtschaft. Vor dem Kater lag eine Steinmauer, und dahinter erstreckte sich ein weiteres leeres Heufeld. Er machte einen Satz auf die Mauer und rannte über den Sims. Der Kojote heulte fast vor Freude über die Langsamkeit der Katze und setzt mit eingeknickten dürren Hinterläufen zum Sprung an. Der Kater sah das Loch, auf das er gehofft hatte, und zwängte sich durch die schmale Öffnung zwischen den großen Steinen in eine kleine Höhle, duckte sich, hielt die Luft an, wartete, dass sich sein Herzschlag normalisierte, während sich draußen die Kojotenfamilie frustriert knurrend und heulend versammelte.

Rechte Freude an dem Leben, das ihm eben geschenkt worden war, wollte beim Kater in diesem Augenblick nicht aufkommen. Regen tropfte von seinem Rückenfell. Und allein der Mond wusste, wie lange es dauerte, bis einer Familie von ausgehungerten Kojoten das Warten langweilig wurde. Und sie waren tatsächlich halb verhungert, waren nur noch Haut, Knochen und Zähne. Der Kater hasste es, mit nassem Fell zu schlafen. Draußen patrouillierten die Kojoten. Drinnen hörte die Katze ein Zischen und ortete das Geräusch im Dunkeln – in einer Ecke lag eine zusammengerollte Schlange. Es reichte ihm. Er fuhr seine Krallen aus, zeigte die Zähne und knurrte: »Verpiss dich, Schuppenkopf!«

Die Schlange blinzelte, glitt davon und verschwand wie eine Zunge zwischen den Zähnen in den Steinen.

Als der Kater in dieser Nacht nach Hause kam, schwenkte die Menschen-Mutter ihn in die Höhe und hätte ihn beinahe totgedrückt. »Gott sei Dank! Ich dachte schon, die Kojoten hätten dich erwischt. Sie haben wieder zwei Hunde getötet. Armes Katerchen! Du bist ja ganz nass! Hast du Hunger?«

Der Kater gab ihr zu verstehen, dass er Hunger hatte, und die Menschen-Mutter türmte so viel Hühnchen in seinen Napf, dass der alte Pudel Roger angetrabt kam, um nachzusehen, was für ihn übrig blieb. »Da ist für dich nichts drin«, erklärte der Kater kategorisch, und Roger antwortete: »Okay.« Er legte sich hin und sah dem Kater beim Essen zu, was den Genuss nur noch steigerte.

Roger lag da mit knurrendem Magen. Seine milchigen Augen glänzten in falscher Hoffnung, und die schwerhörigen Ohren waren auf die Geräusche der Nacht konzentriert.

»Kojoten«, erklärte die Katze knapp. »Vier Kilometer.«

»Exakt«, log Roger. »Dachte ich mir schon.«

Die Katze fraß weiter. Roger stellte die Ohren auf.

»Große Eule.«

»Exakt.«

Die Pan-Am-Linienmaschine New York–Boston flog mit fünf Minuten Verspätung übers Haus. »Lastwagen auf der Holzbrücke«, sagte der Kater.

»Exakt.«

Die Katze seufzte. »Hör mal, Roger. Tu mir einen Gefallen.«

»Und der wäre?«

»Geh nachts nicht raus.«

»Warum nicht?«

»Geh nachts einfach nicht raus.«

»Ich mach' immer nur einen kleinen Spaziergang. Weißt du doch. Ach so! Du meinst, die Kojoten könnten mich erwischen? Vergiss es. Ich gehe nicht weit. Außerdem werden wir doch von den Herrschern der Pyrenäen bewacht.«

»Hm.«

Der Kater verfügte über kein überwältigend gutes Gedächtnis. Die meisten Tage begannen für ihn immer wieder neu. Häufig erfreute er sich an Entdeckungen wie dem blauen Himmel, den weißen Wolken, Bäumen, ja selbst dem Geschmack des Futters. Die ernsten Dinge des Lebens meisterte er mit Instinkt. Sein Körper duckte sich unter dem Sprung eines Kojoten, was schneller funktionierte als jeder Gedanke. Trotzdem besaß er tief verwurzelte Erinnerungen – zusätzlich zum Instinkt. Genau genommen handelte es sich um vier dieser bleibenden Erinnerungen. Eine hatte etwas mit dem Geruch der Menschen-Mutter zu tun, der ihm gelegentlich weiche Knie bescherte. Die übrigen drei galten allesamt Roger. Als kleine Katze hatte der Kater dicht an Rogers hohem Schädel geschlafen und sich an dessen weicher Lockenpracht gewärmt. Stundenlang hatte Roger so vor dem Kamin gelegen, um das Kätzchen nicht zu wecken. Dann eines Tages, er war längst erwachsen gewesen und hatte Roger kaum noch registriert, hatte ihn ein schneller, aggressiver Terrier auf offenem Gelände erwischt, und es hatte übel für den Kater ausgesehen, bis Roger mit markerschütterndem Gebell aus dem Haus gerannt gekommen war; für den Kater war er ein ganz neuer Roger gewesen, einer mit furchterregendem Gebiss und Mordlust in den Augen. Soweit der Kater die Situation beurteilen konnte, befand sich der Terrier bestimmt noch immer auf der Flucht. Die dritte Erinnerung bezog sich auf den reifen Roger. Ein Schlaumeier aus New York, zu Besuch bei den Menschen, hatte die Bemerkung gemacht, wenn sein Zwergpudel über ein Sofa springen konnte, müsste ein ausgewachsener Königspudel wie Roger mindestens die Garage schaffen. Zur Verwunderung des Katers hatte Roger es versucht... zweimal. Und genau das war der Grund, weshalb er sagte: »Roger, wir bleiben heute hübsch zu Hause. Okay?«

»Okay. Aber nur heute. Ich brauche meine Gymnastik.«

Der Kater saß bei Roger, bis dieser eingeschlafen war und die Menschen die Tür abgeschlossen hatten. Das dauerte eine ganze Weile, und er kam später los, als er gehofft hatte, doch daran war nichts zu ändern. Er schlüpfte aus dem Haus, benutzte jedoch das Badezimmerfenster im ersten Stock und nicht seine Katzenklappe ... für den Fall, dass der Killer die Farm beobachtete.

Von der Dachrinne aus verschaffte sich der Kater einen Überblick. Das beleuchtete Haus im Rücken, wartete er, bis sich seine Augen an die Dunkelheit angepasst hatten. Die Schafe grasten. Er hörte die Kaugeräusche. Der Weiße Tod hatte die übliche Verteidigungsstellung eingenommen. Einer war zwischen Haus und Schafen postiert. Die

beiden anderen patrouillierten die Grenzen des Pferchs. Ungefähr alle fünfzehn Minuten konferierte einer mit den beiden anderen, und gelegentlich tauschten sie die Rollen. Einmal schienen sie eine Falle aufzubauen. Zwei Hunde gingen zum Haus, während sich der dritte mit seinem weißen, wolligen Fell zwischen den Schafen verbarg. Vermutlich sollte das die Kojoten zu einer Unbedachtheit verlocken. Aber die Kojoten fielen nicht darauf herein. Der Kater konnte sie mit dem Wind hören. Sie waren mindestens fünf Kilometer weit entfernt. Nach zwei Stunden änderte der Weiße Tod die Taktik. Sie steckten die Köpfe zusammen. Dann verschwand einer von ihnen in der Dunkelheit.

Der Kater, der ein exzellentes Gehör besaß, vorausgesetzt er besann sich darauf, hatte gehört, was die Hunde verabredet hatten, und heftete sich an die Fersen des Pyrenäenhundes. Es war der Weiße Tod Zwei, dessen Silhouette der Kater im Lauf zwischen den Bäumen erkannte.

Zuerst hatte der Kater Mühe, das Tempo mitzuhalten. Der große Hund entfernte sich immer weiter von der Farm und legte eine Geschwindigkeit vor, die der Kater höchstens zwei Kilometer durchstehen würde. Aber er schaffte sogar drei Kilometer, bis das riesige Vieh endlich stehen blieb und die Nase in den Wind hielt. Dankbar erklomm der Kater einen niedrigen Ast, um zu verschnaufen. Eine Minute später schoss der Hund wie ein Pfeil davon. Der Kater hetzte mit pochendem Herzen hinter ihm her. Allmählich kam ihm der Gedanke, dass er auf dem besten Weg war, die einzige Katze Connecticuts zu werden, die je an Überlastung gestorben war. Danach erwog er ernsthaft, die Sache an den Nagel zu hängen.

Nach zwei weiteren mühseligen Kilometern kam der Kater zu dem Schluss, dass der dämliche Hund tatsächlich hinter den Kojoten her sein musste. Die Katze witterte sie und hörte sie. Was der Weiße Tod Nummer Zwei allerdings nicht zu begreifen schien, war, dass die Kojoten umsichtig darauf bedacht waren, ihn nie näher als einen Kilometer weit an sich herankommen zu lassen. Der Kater hatte zwar keine Ahnung, wie man es in Frankreich machte, aber wer in Connecticut eine Familie von Kojoten überraschen wollte, der sorgte tunlichst dafür, dass der Wind gegen ihn stand. Der Kater beschloss, Feierabend zu machen, und lief nach Hause.

Das laute Gezeter der Menschen weckte ihn am späten Nachmittag des folgenden Tages, und er reckte seine steifen, schmerzenden Gliedmaßen. Der Nachfolger des Wachhundes auf der Nachbarfarm war getötet worden. Er war ein scharf abgerichteter deutscher Kampfhund gewesen, was den Kater mächtig freute. Da er wusste, dass die Kojotenfamilie und der Weiße Tod Zwei kilometerweit entfernt gewesen waren, reduzierte sich sein Verdacht auf den Weißen Tod Eins und Drei. Andererseits dachte er besorgt daran, was passieren würde, falls er in dieser Nacht den falschen Hund beschattete und Roger spazieren ging. Glücklicherweise jedoch war Roger mehr als erschöpft, nachdem er den ganzen Tag der Katze beim Schlafen zugesehen hatte. Das war ein Hobby des Pudels, für das der Kater kein Verständnis aufbringen konnte.

Der Weiße Tod hielt sich auch in dieser Nacht an die Strategie des Vorabends, und der Kater heftete sich bald an die Fersen des ausgewählten Jägers. Diesmal war es der Weiße Tod Nummer Eins, der größte der drei Hunde mit einem beeindruckenden Brustkorb. Er verschwand in gemächlichem Tempo in die Nacht, die Katze lief in einer leichten Gangart hinter ihm her. Der Kater war besonders vorsichtig, denn immerhin standen die Chancen 50:50, dass er es mit dem Killer zu tun hatte.

Gut einen Kilometer hinter der Farm bog der Hund in ein Wäldchen ab, das an ein Pferdegut mit einem Dobermann grenzte. Mittlerweile war es ein neuer Dobermann, da der alte, wie dem Kater jetzt einfiel, eine aufgeschlitzte Kehle hatte. In seinem Eifer kam der Kater zu nahe heran, und eine kritische Sekunde lang blieb der Weiße Tod Nummer Eins stehen und starrte in seine Richtung. Die Katze ahmte die Silhouette einer krüppeligen Schierlingstanne nach. Der Hund lief weiter. Als er den Waldrand erreichte – und das war bereits so nahe an der Farm, dass die Katze das Flüstern der Pferde hören konnte –, legte sich der Hund plötzlich auf den Bauch, riss sein Maul mit den furchterregenden Zähnen weit auf, gähnte und schlief ein.

Dem Kater klappte die Kinnlade herunter. Der Weiße Tod Nummer Eins war ein Faulenzer. Er jagte keine Kojoten. Er schlief. Die Katze kletterte auf einen zerzausten Ahorn, machte es sich auf einem Ast bequem und wartete ab. Ungefähr eine Stunde nach Monduntergang stand der Pyrenäenhund auf, lief nach Hause und erzählte dort seinen Kameraden, dass die Kojoten ihn getäuscht hatten.

Der Weiße Tod Nummer Drei, der mit dem unheimlichen Leuchten in den Augen, erklärte seine Gefährten verächtlich zu erbärmlichen Versagern. Er wolle, so behauptete er, ein für alle Mal mit den Kojoten aufräumen. Der Weiße Tod Eins riet daraufhin der Nummer Drei, das Maul zu halten, wenn er nicht eins draufbekommen wolle. Beide Hunde standen sich plötzlich steifbeinig und mit gesträubten Nackenhaaren gegenüber. Und einen wohligen Augenblick lang glaubte der Kater, es würde ein Gemetzel geben. Dann ging der Weiße Tod Zwei dazwischen und erinnerte die Kampfhähne scharf, dass sie den weiten Weg aus einer der besten französischen Ausbildungsstätten gekommen seien, um glänzende Arbeit zu leisten. »Hier geht's nicht um dich oder mich, sondern um Schafe!« Auch wenn dem Kater der Sinn dieser Argumentation nicht einleuchtete, Eins und Drei murmelten beschämt Entschuldigungen und nahmen ihre Patrouillengänge wieder auf.

Der Killer ist also Drei, dachte der Kater. Der schlanke, ranke Zwei würde im Leben keinen Kojoten zu fassen bekommen, und Eins mit der Heldenbrust verschlief seine Chancen. Drei hatte eine Schraube locker. Drei raste durch die Gegend und brachte statt Kojoten Hunde um. Weshalb, das wusste der Kater nicht, und es interessierte ihn auch nicht. Obwohl ... falls die Menschen recht hatten, und Hunde und Kojoten nahe verwandt waren, dann bestand immerhin die grauenvolle Möglichkeit, dass Drei sie einfach nicht unterscheiden konnte.

Die Menschen waren spät nach Hause gekommen. Der Lieferwagen war noch warm. Der Kater kletterte auf den Reifen unter dem vorderen Kotflügel und aalte sich in der Wärme des noch vibrierenden Motors. Dann kam ihm ein wunderbarer Gedanke. Vielleicht machte der Weiße Tod Drei jahrelang weiter und tötete jeden Hund

im Land, während die Menschen die Kojoten dafür verantwortlich machten. Eine äußerst angenehme Vorstellung! Nur, wie war er überhaupt auf das Thema gekommen? Der Kater wurde unruhig. Etwas hatte ihn doch ... Gütiger Mond! Roger. Armer, schwerhöriger, dummer alter Roger. Eines Nachts würde der Weiße Tod ihn schnappen. Und der Kater mochte Roger. An den

Grund für diese Gefühle konnte er sich im Augenblick nur nicht erinnern. Dämlicher Hund. Er hatte keine Chance. Selbst dann nicht, wenn es stimmte, dass er ein Marinehund gewesen war. Roger behauptete nämlich, zu einer Kommandoeinheit der SEALs gehört zu haben. Speerspitze der Siebten Flotte oder so was Blödes. Der Pudel behauptete, die Schiffsschraube eines U-Boots abgebissen zu haben. Kein Wunder, dass ihm die Zähne aus dem Maul fielen. Trotzdem, gegen den Weißen Tod hatte er nicht den Schimmer einer Chance. Und allmählich dämmerte es dem Kater wieder – der weiche Lockenkopf, der Terrier, die Garage.

Der Motor des Lieferwagens sprang mit lautem Dröhnen an. Der Kater sprang hoch, knallte mit dem Kopf unsanft gegen den Kotflügel und sprang vom bereits rollenden Reifen. Heiliger Mond! Er war eingeschlafen. Hatte gar nicht gehört, dass sie eingestiegen waren.

»Pass doch auf die Katze auf!«, sagte die Menschen-Mutter.

»Soll die blöde Katze doch selbst auf sich aufpassen. Roger, du bleibst hübsch auf der Veranda. Sonst machen die Kojoten Hackfleisch aus dir!« Der Lieferwagen ratterte über die Auffahrt. Kieselsteine spritzten nach allen Seiten und gingen wie ein Regen auf den Kater nieder. Als es wieder ruhig war, lief der Kater auf die Veranda. »Ich bleib' doch nicht auf der Veranda«, murmelte Roger dort. »Ich mach' meinen Spaziergang.«

»Hm. Ich geh' mit dir rüber zum Stall und zurück«, verkündete der Kater.

»Ne, ne. Ich mache einen richtigen Spaziergang.«

Draußen lauerte der Weiße Tod. Nicht unbedingt der richtige Zeitpunkt für einen Spaziergang. »Lass uns zum Schuppen rübergehen.«

»Du kannst gehen, wohin du willst, Kater. Ich jedenfalls mache einen Spaziergang.«

»Die Kojoten…«

»Habe ich dir erzählt, dass ich bei einer Kommandoeinheit der Marine gewesen bin?«

»Jeden Abend. Seit sieben Jahren.«

Roger hörte ihn nicht. »Ich nehm's doch mit jedem Kojoten auf, der sich blicken lässt.«

»Und wenn alle fünf auf einmal kommen?«, fragte die Katze. Sie wusste, dass es zwecklos gewesen wäre, dem einfältigen Roger das Problem mit dem Weißen Tod Drei auseinanderzusetzen.

»Ich hör' die Bande rechtzeitig und laufe zur Veranda zurück. Und dich nehme ich mit. In Ordnung?«

Sie hatten den Schuppen erreicht, und Roger machte keine Anstalten, umzukehren. Der Kater überlegte, was zu tun war, als plötzlich der Weiße Tod Eins hinter einer Futterkrippe hervorsprang. »Na, wo soll's denn hingehen, Jungs?«

»Auf 'nen Spaziergang«, antwortete der Kater. »Zum Schlittschuhlaufen ist es noch nicht ganz die Jahreszeit.«

»Ich würde mich nicht zu weit wagen«, riet der Weiße Tod Eins. »Wenigstens, bis wir die Kojoten erledigt haben.« Na, darauf können wir lange warten, Schlafmütze, dachte der Kater.

»Wir halten Augen und Ohren offen«, sagte Roger und stolzierte an dem großen Pyrenäenhund vorbei. Der Kater bewunderte Rogers Selbstbewusstsein. Er war zwar keine Intelligenzbestie, aber er bewies immerhin Stil, indem er sich von einem dahergelaufenen Ausländer nichts sagen ließ. Der Weiße Tod Eins trabte neben ihnen her.

»Na gut. Ich gebe euch Geleitschutz.«

»Nicht nötig.«

Der Kater dachte daran, dass der Weiße Tod Drei und fünf Kojoten die Gegend unsicher machten, und sagte daher: »Wenn's dir Spaß macht, bitte.« Und zu seiner Erleichterung blieb der riesige weiße Hund an seiner Seite.

Nachdem sie einen guten Kilometer gelaufen waren und geschnüffelt hatten, fragte Roger unvermittelt: »Wer bewacht eigentlich die Schafe?«

»Die zwei anderen. Das reicht vollkommen.«

Die Gedanken des Katers schweiften in die Ferne. In der mondlosen Nacht war kaum etwas zu sehen. Im Wind witterte er die Kojoten. Und er konnte hören, wie sie sich leise, in etwa drei Kilometer, unterhielten. Er spitzte die Ohren nach dem Weißen Tod Drei, nach einem kurzen, schlurfenden Geräusch und einem plötzlichen Tod, wenn der Killer wieder einen Wachhund umbrachte. Solange der Weiße Tod Eins bei ihnen war, waren sie sicher. Drei würde Roger niemals in Anwesenheit von Eins töten.

Eins war sehr still geworden. Zuerst hatten sich Roger und er angeregt unterhalten, hatten Kriegserlebnisse ausgetauscht. Roger hatte über Eskapaden im Mittelmeerraum gequasselt, und Eins hatte von der Wolfsjagd geprahlt. Schließlich hatte Eins durchblicken lassen, dass die Kojoten für sie ein Kinderspiel seien. Immerhin hätten sie es sonst mit richtigen Wölfen zu tun.

»Weshalb sind die Kojoten dann noch da?«, hatte der Kater wissen wollen, und danach war Eins sehr still geworden. Auf einer kleinen Lichtung waren sie schließlich stehen geblieben. Die Katze hörte seltsame Geräusche. Sie kletterte auf eine Birke, um sie besser einordnen zu können. Es waren die Kojoten. Und sie waren mittlerweile nur noch zwei Kilometer entfernt. Sie flüsterten erregt miteinander. Der Kater kletterte höher, bis er die Unterhaltung verstehen konnte.

»Wieder der weiße Hund. Der dämliche. Der mit den verrückten Augen.« Drei, dachte der Kater. Der mit den verrückten Augen war Nummer Drei. Der, der Kojoten jagte, anstatt Hunde umzubringen. Was, beim Mond, ging da vor?

»Wenn dieser Idiot mit den verrückten Augen je draufkommt, uns gegen den Wind anzugreifen, sitzen wir im Dreck«, sagte die Mutter missmutig.

»Ich hätte Lust, ihm den Kopf abzureißen, bevor er's kapiert.«

»Es gibt einfachere Methoden, an Futter zu kommen, mein Sohn. Also gehen wir. Legt Spuren!«

»Verdammt. Wo ist der mit der Heldenbrust?« Der mit der Heldenbrust musste Nummer Zwei sein.

»Der schiebt auf der Farm Wache.«

»Und die Schlafmütze?«

»Die schläft vermutlich.«

»Spurenlegen, habe ich gesagt. Lauft flussabwärts!«

Die Katze sah von ihrem Ast zum Boden hinunter. Roger saß auf den Hinterläufen und starrte lächelnd in die Dunkelheit. Offenbar hatte er das Geschwätz der Kojoten für einen Lieferwagen gehalten. Der Weiße Tod Nummer Eins stand hinter ihm und wedelte gemächlich mit dem Schwanz. Und er sah kein bisschen schläfrig aus.

Der Kater war mit einem Satz vom Baum und landete unsanft auf allen vieren.

»Gehen wir nach Hause, Roger«, erklärte er.

»Augenblick noch.«

»Viele Zweikämpfe gehabt bei der Marine?«, fragte Nummer Eins.

Roger sah ihn an. »Nein.« Er bewegte die Kinnladen und versuchte mit der Zunge einen lockeren Zahn zu lösen.

Der Kater hörte, wie die Kojoten durch das Flussbett planschten, das in gut dreihundert Meter Entfernung parallel zu dem Wildpfad verlief, auf dem sich der Kater mit den beiden Hunden befand. Der Kater horchte angestrengt. Nummer Drei entfernte sich weiter. Er suchte die Kojoten wieder in der falschen Richtung. Man konnte sich über diese französischen Meisterschüler wirklich nur wundern.

Der Kater trat unauffällig näher zu Roger und rieb sich an dessen Vorderlauf. Dabei flüsterte er leise: »Roger, dieser Hund ist ein verrückter Killer. Er hat sämtliche Hunde der Nachbarschaft erledigt, und jetzt bist du an der Reihe.«

»Was hast du gesagt? Was brabbelst du da?«

Der Blick des Katers schweifte zu Nummer Eins, dessen Schwanz rhythmisch hin und her schlug. Der Weiße Tod sah auf die Katze herab. Du weißt, dass ich's weiß, du Mistvieh, dachte die Katze. Du hast mich heute Nacht bemerkt. Du hast nur so getan, als ob du schläfst.

Der Kater versuchte Roger eine weitere Warnung zuzuflüstern.

»Warum gehst du nicht endlich nach Hause, du hinterhältiges Katzenvieh!«, knurrte Nummer Eins.

»Lass den Kater in Ruhe«, mahnte Roger sanft. »Er kann nichts dafür.«

»Was, bitte, soll das denn heißen?«, forderte der Kater.

»Verdufte, solange noch Zeit ist!«, entgegnete Nummer Eins.

»Lass den Kater in Ruhe«, wiederholte Roger, stand auf und baute sich vor dem großen Pyrenäenhund auf.

Dieser Pudel ist wirklich dämlich, dachte der Kater. Er riskiert tatsächlich meinetwegen sein Leben. Wofür hält er diesen Killer? Für Kaugummi? »Roger«, sagte der Kater laut. »Ich lauf mal rasch zum Fluss runter. Ich bin durstig. Kommst du mit?«

»Ich warte lieber hier.«

»Komm bitte mit. Ich seh' im Dunkeln so schlecht.«

Roger lachte. »Du hast doch Augen wie eine Katze! Schon gut. Ich komme ja.« Sie verschwanden im Gestrüpp. Der Kater lief geschmeidig voraus. Der große Pyrenäenhund heftete sich dicht an ihre Fersen.

Der Wind stand noch immer gegen sie, doch der Winkel war flacher geworden. Es konnte nur noch Minuten dauern, bis die Kojoten die Witterung des Hundes aufnehmen würden, oder der Weiße Tod umgekehrt die Kojoten hören musste. Für den Kater hieß es, jetzt oder nie.

Er rannte zum Fluss und das Flussbett hinauf, indem er von Stein zu Stein sprang. Hinter einer Biegung sah er sich plötzlich den goldgelben, hungrigen Augen eines Kojoten gegenüber.

»Deine Mutter treibt's mit Hunden!«

Damit machte der Kater auf der Hinterpfote kehrt und raste flussabwärts den Weg zurück, den er gekommen war.

Jaulend setzten die Kojoten ihm nach. Die Kojoten-Mutter überholte ihren Gefährten und die Söhne und schrie: »Ich hole mir deine Leber, Katze!«

Der Kater schlitterte von bemoosten Steinen zu glitschigem Treibholz, landete schließlich auf kühlen, nassen Kieseln, jagte die Uferböschung hinauf und prallte beinahe gegen Roger, den der große Pyrenäenhund in die Enge getrieben hatte und der jetzt mit dem Rücken zu einem Baum stand.

Der Kater bemerkte zufrieden, dass die Instinkte des alten Pudels noch so weit intakt waren, dass er sich Rückendeckung in Form eines Baumes verschafft hatte. Davon abgesehen machte er einen hilflosen, völlig verwirrten Eindruck. Er schien nicht begreifen zu wollen, dass der Weiße Tod Nummer Eins ihm an den Kragen wollte.

Mit peitschendem Schwanz setzte der große Pyrenäenhund zum Sprung an. Er war so berauscht von seiner Lust zu töten, dass er die Kojoten erst hörte, als diese auf die Lichtung stürmten. Einen endlosen Augenblick lang rührte sich keiner. Dann sprang der Kater auf Rogers Rücken und zischte: »Spring!« Und damit grub er die Zähne in das Fell des Pudels.

Roger sammelte seine morschen Knochen und sprang. Tatsache war, dass er vor der Garage gar keine so schlechte Figur gemacht und schon beim zweiten Versuch die Dachrinne erreicht hatte. Der Kater hatte den Eindruck, dass er diesmal die Garage glatt übersprungen hätte, wenn eine im Wald gestanden hätte. Er schnellte jedenfalls so hoch und so weit, dass der Kater beinahe heruntergefallen wäre. Er rettete sich nur mithilfe seiner Krallen, was Roger zu einem zweiten Satz veranlasste, womit der Weiße Tod Nummer Eins sich auf der Waldlichtung endgültig allein fünf wütenden Kojoten gegenübersah.

Der Kater hätte sich das Gemetzel gern angesehen, aber er befürchtete, Roger könnte sich verlaufen und unfreiwillig an den Ort der Gefahr zurückkehren. Der Kater blieb daher auf dem Posten und lenkte den alten Pudel mit Zwicken heimwärts, was ihm auch kein geringes Vergnügen bereitete.

Nummer Zwei und Drei waren vor dem Haus. Die Katze wartete, dass das Schlachtgetümmel leiser wurde.

»Euer Partner hat gesagt, er braucht Hilfe. Er ist auf dem

Wildpfad. Gut drei Kilo-
meter von hier. Einer von
euch soll gleich kommen,
der andere fünf Minuten
später.«

Der Pyrenäenhund mit den irren Augen stürmte in die Dunkelheit. Drei Minuten später folgte ihm der mit der Heldenbrust.

»Habe ich gar nicht gehört«, keuchte Roger und sank erschöpft auf die Veranda.

»Wenn wir Glück haben, gibt es morgen nur noch einen Pyrenäenhund und keine Kojoten mehr.«

»Aber ich habe gar nicht gehört, dass er das gesagt hat.«

»Vielleicht hast du's nicht mitgekriegt, weil der Zug gerade vorbeigefahren ist.«

Cornelia Travnicek

Purrlock Bowles und die Hunde von Barkerville

Etwas war passiert in Barkerville. An der Stelle, an der genau vier Grundstücke aufeinandertrafen, standen einander sieben Hunde hinter den jeweiligen Zäunen gegenüber. Im ersten Garten hatte sich eine Border Collie-Dame ins Gras gesetzt, im zweiten lief ein weißer Malteser nervös auf und ab, im dritten sprang ein Chihuahua um einen Schäferhund herum und im vierten hatten sich drei Mischlinge wie die Orgelpfeifen liegend aufgereiht.

»Ich mach's! Ich mach's! Ich mach's!«, rief der Chihuahua und hüpfte dabei durch die Gegend wie sein Lieblingsball.

»Ich kann es auch machen!«, fiel ihm der Malteser ins Wort, mit einem Seitenblick auf den Collie.

»Mojo kennt den Kater, er hat schon mit ihm gesprochen, er macht es«, sagte der Schäferhund bestimmt.

»Wir alle kennen den Kater«, warf der Malteser ein und es klang, als schmolle er.

»Zwischen kennen und kennen ist ein Unterschied«, stellte der Schäferhund fest.

Die drei Mischlinge sprachen nichts, ihnen war schon so oft in ihrem Leben gesagt worden, sie sollten endlich einmal die Klappe halten, dass sie es ab und an tatsächlich auch taten.

237

»Soll ich? Soll ich? Soll ich?« Immer noch schnellte der Chihuahua auf und ab, als wäre sein Vater ein Känguru gewesen.

Der Schäferhund nickte und Mojo, der Chihuahua, schoss durch den Garten Richtung Haus davon. Erst kurz vor der Terrassentür wurde er langsamer, begann zu humpeln und kläglich zu wimmern.

*　*　*

Wo blieb denn der verdammte Kater nun? Mojo presste die Nase an das Gitter des Transportkorbes. Irgendwo links von ihm fürchtete sich ein Kaninchen. Gegenüber im Raum saß ein Dobermann und versuchte sehr angestrengt, nicht an das Kaninchen zu denken. Mojo interessierte sich nur für Kaninchen, wenn er mit ihnen um die Wette rennen konnte. Jetzt interessierte er sich für Katzen, genauer gesagt für einen Kater. Er schnüffelte. Es roch überall nach diesem roten Bastard – aber wo war er? Da fiel Mojos Blick auf eine rötlich geringelte Schlange, deren Spitze von einem Regal hing und gelangweilt zuckte.

»Catson! Catson! Catson! Hey! Hey! Hey! Catson!«

Mit jedem Zuruf wurde Mojo lauter. Eine Hand legte sich auf seinen Transportkorb. »Psssssst«, machte die Stimme seiner Besitzerin in einem Tonfall zwischen Beruhigung und Befehl.

»Catson! Catson!«

Die Schlange am Regal hielt in ihrer Bewegung inne. Der Kater des Doktors, Catson, wurde oben am Regal sichtbar. Er überblickte den Raum, um herauszufinden, wer da nach ihm rief.

»Hey, du eingebildeter Sohn einer Katze!«, bellte Mojo.

Es gab ein plumpsendes Geräusch, wie wenn etwas Wei-

ches, Schweres auf vier Pfoten landet, dann spazierte Catson in die Mitte des Raumes, setzte sich in genau einem Meter Abstand vor die Nase des Dobermannes, dessen Lefzen nun verdächtig zuckten, und begann sich genüsslich die Pfote zu lecken und damit über das linke Ohr zu wischen.

Dann sah er in Mojos Richtung: »Bist du sicher, dass deine eigene Mutter eine Hündin war?«

»Hey, Catson, wie geht's, lange nicht gesehen!«

»Was machst du hier, vermisst du den Trichter?«

Der Trichter. Mojo knurrte instinktiv, als Catson diesen erwähnte.

»Nein, ich bin wegen dir hier! Wegen dir!«

»Wegen mir? Mojo, mein Freund, es tut mir leid, falls ich dir falsche Hoffnungen gemacht habe, ich weiß, ich bin ein gutaussehender Katzer, aber …« Catson lachte auf.

»Gutaussehend, bei meiner Rute!« Mojo kicherte. Dann erinnerte er sich, warum er hier war. »Du hast mir doch von diesem Detektiv erzählt, diesem, diesem Purrlock?«

»Purrlock? Purrlock Bowles? Der Kater mit den viele Schüsseln? Der, der sie alle um die Pfote wickelt?«

»Ja, du hast mir doch erzählt, er findet Dinge! Dinge, die verloren wurden!«

Wieder legte sich die Hand auf den Transportkorb, wieder befahl die Stimme von Mojos Besitzerin, er solle »Psssst« sein, diesmal noch eindringlicher.

»Ohja, er sieht alles, er findet alles, er weiß alles …«

»Wir brauchen ihn! Etwas Wichtiges ist verlorengegangen!«

In diesem Moment öffnete sich die Tür zum Behandlungszimmer und Mojos Transportkorb wurde angehoben.

»Ayeayeayeaye«, seufzte Mojo.

»Alles wird gut«, sagte seine Besitzerin. Mojo lief im Transportkorb im Kreis.

»Jetzt humpelt er gar nicht mehr«, meinte seine Besitzerin beinahe vorwurfsvoll zum Tierarzt.

»Er soll kommen!«, rief Mojo Catson noch zu, bevor sich die Tür zum Behandlungsraum hinter ihm schloss.

* * *

Merlin, der Malteser, hatte die Schnauze unter seinen Pfoten vergraben. Heute stand nur die Große von den drei Mischlingen am Zaun und unterhielt sich mit der Border Collie-Dame. Der Schäferhund hielt wie immer im Schatten seiner Hundehütte sein Mittagsschläfchen, und Mojo hatte seit seinem Tierarztbesuch Hausarrest – zur Beobachtung. Der Malteser war zu aufgeregt, um zu verfolgen, worüber die beiden Hundedamen sich unterhielten, aber allein sein wollte er auch auf keinen Fall. Er wollte seufzen, aber es wurde ein Gähnen. Aufregung machte ihn immer so schrecklich müde. Dabei rutschte seine obere Pfote von seiner Schnauze und gab den Blick auf die Spitze des Zaunpfeilers frei. Da sprang der Malteser auf und bellte: »Katze! Katze! Katze!«

Tatsächlich saß oben auf dem betonierten Steher ein Kater, Siam in der Färbung beinahe, und putzte sich bei gespreizten Zehen eine Vorderpfote. Das Kläffen des Maltesers schien ihn nicht zu beeindrucken. Auch die Collie-Dame und die Mischlingshündin fielen nun in das Gebell ein: »Katze! Katze! Katze!«

Der Kater streckte seelenruhig ein Hinterbein bis in

die Krallenspitzen so gerade nach vorne aus, dass es einer Ballerina alle Ehre gemacht hätte, und begann auch dieses hingebungsvoll zu putzen. Die drei Hunde sprangen am Pfeiler hoch, unter dem Pfeiler im Kreis, dem eigenen Schwanz hinterher – er reagierte nicht.

»KATZE!«

»Kater«, sagte der Kater.

Leyla, die Colliehündin, hielt inne.

»Wie bitte?«

»Genauer gesagt: Bowles. Purrlock Bowles«, stellte der Kater sich vor, wandte ihr sein Gesicht zu und sah sie aus einem strahlend blauen und einem tiefgrünen Auge aufmerksam an.

»Katze!«, machte Merlin noch einmal, weil es so schwierig war, wieder aufzuhören, wenn man erst einmal angefangen hatte.

»Sind Sie der Detektiv?«, fragte Leyla und es kam ihr ganz natürlich vor, den schlanken karamellfarbenen Kater zu siezen, als wäre er ein Rudelführer. »Sie haben da ein ganz wunderbares Halsband, Gnädigste«, entgegnete der Kater nur. »Ich frage mich, warum an diesem wunderbaren Halsband nicht ein ebenso wunderbarer Anhänger zu finden ist?«

»Ach«, machte Leyla und sah betreten zu Boden, »der ist verloren gegangen. Was für eine Beobachtungsgabe!«

»Bedauerlich«, sagte Bowles. »Also, Catson meinte, Sie bräuchten meine Hilfe.«

»Ja«, seufzte Leyla. »Bei meinen Besitzern ist etwas verschwunden! Und dann haben sie darüber so sehr gestritten, dass sie jetzt nicht mehr miteinander sprechen! Und es heißt, sie wollen sich scheiden lassen, das habe ich von meinem Frauchen gehört! Und dann – was würde dann aus mir? Scheidungshund? Tierheim?«

»TIERHEIM!«, bellte die große Mischlingshündin. Zwei Hunde- und ein Katzenaugenpaar richteten sich auf sie. »Entschuldigung«, sagte sie. Das Tierheim war so eine Sache. Eine Zeit, an die sie sich nicht gerne erinnerte. Bowles, der Kater, wandte sich wieder Leyla zu, die ihm die klügste von den dreien zu sein schien.

»Was ist verschwunden?«

»Ein Papier, das irgendwie auch Geld ist, aber kein Geld, aber viel Geld!«, rief wieder die große Mischlingshündin dazwischen.

»Ein Lottoschein«, erklärte Leyla.

»Ein Lottoschein also«, wiederholte Purrlock und drehte die Ohren. »Soso.« Der Reihe nach sah er die drei Hunde eindringlich an und es kam dem Malteser so vor, als brenne ihm der Katerblick ein Zeichen in sein weißes Fell.

»Sie gestatten, dass ich mich einmal umsehe«, sagte Purrlock Bowles, »und zwar in allen vier Gärten, ja?« Und dann sprang er, ohne die Antwort abzuwarten, in Leylas Garten. Merlin schluckte Geifer und beinahe seine eigene Zunge, als er zusehen musste, wie der Kater mit erhobenem Schwanz durch das Gras auf Leylas Haus zutrabte.

»Kater«, knurrte er.

* * *

Bowles strich um das
Haus von Leylas Be-
sitzer. Mit einem Ohr
hörte er dem Streit-
gespräch im Inneren zu.
Die Diskussion hatte den
Zenit des Geschreis bereits
überschritten, der Rest war
Kälte. Als er gerade unter einem
Handtuch durchschlüpfte, das am
Wäscheständer auf der Terrasse hing und ihm aufs ange-
nehmste über den Rücken streichelte, fiel Bowles' Blick auf
ein Gebüsch am Zaun.

»Es ist doch immer das gleiche«, sagt Bowles nur, als er
sich auf der anderen Seite des Zauns direkt hinter einer
Hundehütte aus dem flachen Loch drückte.

Bowles spazierte um die Hütte herum, würdigte den
in bunten Pinselstrichen über dem Eingang aufgemalten
Namen des Hundehüttenbewohners nur eines kurzen
Blicks und verschwand dann im Inneren.

* * *

»Ich bin derjenige, der eine Versammlung einberuft«,
schmollte der Schäferhund. Noch mehr als die Tatsache,
dass er hier nicht der Vorsitzende war, störte ihn, dass er
dafür sein Mittagsschläfchen hatte unterbrechen müssen.
Und das alles wegen dieses Katers, der gerade, ja, konnte
das denn wahr sein, das war doch der Gipfel der Frechheit – genüsslich sein eigenes Poloch ableckte.

»Alle hier?«, fragte Purrlock nun, richtete sich auf und
ließ seine hellrosa Zunge noch einmal über seine Nase
schnellen.

»Ja«, antwortete Leyla artig. Auch das stieß dem Schäfer ein bisschen sauer auf – Hunde, die einer Katze Rede und Antwort standen.

Die drei Mischlinge lagen wieder wie die Orgelpfeifen im Gras. Der kleinste von ihnen hatte einen Gesichtsausdruck, als warte er darauf, dass der Kater beim Balancieren abrutschen möge.

»Nun, ich muss gestehen, ich bin beinahe ein wenig beleidigt, dass man mich wegen einer solch banalen Angelegenheit belästigt hat«, begann Purrlock.

»Was soll das heißen?«, fragte der Schäferhund scharf. Der Kater ignorierte ihn.

»Das, meine Gnädigste, gehört wohl Ihnen«, stellte Bowles fest und stieß mit seiner Pfote etwas Glitzerndes vom Zaunpfeiler ins Gras vor Leyla. Leyla lief hin, beschnüffelte das Metallteil und rief aus: »Das ist ja mein Anhänger! Wo haben Sie den denn nur gefunden?«

»Das könnte Ihnen wohl Herr Merlin genauso gut verraten wie ich«, sagte Purrlock Bowles und hätte dabei vor Selbstzufriedenheit beinahe geschnurrt.

»Merlin?«, fragte Leyla. »Du wusstest doch, dass ich diesen Anhänger suche?«

Merlin, der Malteser, senkte den Blick.

»Und wenn er schon dabei ist, kann er Ihnen auch gleich noch verraten, wo die anderen Leichen, äh, der Lottoschein vergraben liegt«, erklärte Bowles und legte sich den Schwanz um die Beine.

»Was?«

»Was?«

»Waff? Waff? Waff?«

Die Hunde kläfften fragend durcheinander. Nur Merlin nicht. Er hatte seine Schnauze so tief gesenkt, dass er Regenwürmer riechen konnte.

»Wenn sich mir alles richtig darstellt, dann ist unser Herr Merlin hier«, und während er das sagte, schien Purrlock Bowles schrecklich gelangweilt, »wie könnte es anders, unsterblich in Sie, Gnädigste, verliebt –« Bei diesen Worten blickte Bowles Leyla nun an.

Merlin überlegte kurz, doch wieder am Betonpfeiler hochzuspringen, ließ es dann aber bleiben.

»Als nun Ihre Besitzer im Lotto gewonnen hatten und in ihrer Freude über das viele Geld Zukunftspläne machten, die vor allem den Umzug in ein größeres Haus in einer anderen Stadt beinhalten und ihn so des Objekts seiner Zuneigung beraubt hätten, beschloss Herr Merlin, das zu verhindern – indem er den Lottoschein verschwinden ließ. Was er nicht vorhersehen konnte, war, wie sehr das Verschwinden des Lottoscheins die Besitzer seiner Angebeteten entzweien würde – die nun sogar so weit gingen, sich gegenseitig vorzuwerfen, sie hätten den Schein vor dem jeweils anderen versteckt, um sich nach einer Trennung allein ein schönes Leben zu machen.«

»Merlin!«, rief Leyla aus. »Warum hast du denn den Lottoschein nicht einfach zurückgegeben?«

»Einfach gesagt: Unser Herr Merlin hatte Angst vor einer Strafe. Und, da bin ich mir sicher, vor Ihrem ebenso strafenden Blick, Gnädigste.«

»Ach, Merlin«, machte Leyla.

»Ach, Merlin«, wiederholten die drei Orgel-Hunde.

Der Schäferhund schüttelte den Kopf.

»Zu Herrn Merlins eigenem Glück«, erklärte Bowles, »ist Herr Merlin ein guter Hund – nicht wahr, Herr Merlin?«

Merlin wollte die Schnauze noch tiefer senken, bekam aber eine Ameise in die Nase und musste niesen.

»Und gute Hunde zerkauen kein wichtiges Papier – sie verbuddeln es höchsten einmal im Garten. Und zum Glück Ihrer Besitzer, Gnädigste, hat es in der letzten Woche nicht geregnet. Es wird ihm also ein Leichtes sein, Ihnen den Schein nun auszuhändigen. Nicht wahr, Herr Merlin?«

Ohne den Kater einer Antwort zu würdigen, machte sich Merlin mit zwischen die Hinterbeine geklemmtem Schwanz auf, um unter dem Haselnussstrauch ein wenig in der weichen Erde zu graben.

»Wie kann ich Ihnen nur danken?«, wollte Leyla von Bowles wissen.

»Schauen Sie, dass Ihr nächster Fall ein bisschen aufregender wird«, meinte Bowles nur und dann war er auf einmal verschwunden. Oder auch einfach nur sehr schnell in den nächststehenden Baum gehüpft.

»Hunde«, sagte er dort zu sich selbst.

Peter Zirbs

Der Hai

Der Schwarze räkelte sich genüsslich auf dem noch son-
nengewärmten Betonfleck gleich neben den Mülltonnen
im Lichthof des Altbaus; er wälzte sich mit flinken Bewegungen und ausgestreckten Pfoten nach links und rechts
und verspürte eine angenehme Müdigkeit. Das war auch
kein Wunder. Die letzten Tage waren anstrengend gewesen, besonders für einen Kater im mittleren Alter, der
Entdeckungsreisen zwar prinzipiell nicht abgeneigt war –
aber was sich in den vergangenen Wochen zugespitzt und
heute seinen krönenden Abschluss gefunden hatte, ging
wirklich auf keine Kuh- beziehungsweise Katzenhaut.
Das hatte mit dem relativ beschaulichen Leben, das er bis
dahin geführt hatte, nichts mehr zu tun. Aber diese eine
große Anstrengung, dieser Coup: Er musste sein, wenn er
Schlimmeres verhindern wollte. Und das wollte er.

* * *

Namen hatte er viele. Oft wurde er einfach nur »der
Schwarze« gerufen; die Kinder aus den angrenzenden
Häusern bedachten ihn wiederum mit allerlei lustigen Be-
zeichnungen, die er sich allesamt gern gefallen ließ. Von
»Fetzen« über »G'frast« und »Teufel« hörte er auf so gut
wie alles; wohl wissend, dass er trotz der gelegentlichen

Wutausbrüche vorwiegend älterer Hausbewohner eigentlich immer auf Zuneigung und Nahrung stieß. Ja, er war frech; und ja, er steckte seine Schnauze oft in Dinge, die ihn nichts angingen.

Und ja, besonders, was den Diebstahl von Essen anging, hätte er ein erstaunliches Strafregister – würde man nach menschlichen Maßstäben urteilen. Aber hey, er war ein Kater, und seine Spezies zählt zur Gattung der Raubtiere. Das lässt sich auch nach einem Jahr des Verwöhnens in einem Wiener Innenstadtbezirk nicht verleugnen.

Da waren die acht Jahre zuvor schon etwas anderes gewesen: Geboren und aufgewachsen war er in den riesigen Revieren des Alten Observatoriums in Belgrad, alte verfallene Gebäude mitten in einer weitläufigen Parklandschaft.

Für die zahlreichen Katzen zählte vor allem der Umstand, dass so gut wie alle Bewohner des Areals zumindest insofern katzenfreundlich waren, als dass sie schmackhafte Essenreste wie auch billiges Trockenfutter vor ihre Haustüren stellten. Und wenn es regnete, stürmte oder kälter wurde, öffnete sich auch die eine oder andere Wohnungstür, um den Katzen trockenen Unterschlupf zu bieten.

Es war durchaus ein Katzenparadies gewesen, das der Schwarze da vor rund einem Jahr verlassen hatte. Trotzdem fiel ihm der Abschied von Belgrad nicht schwer: Die Katzenpopulation war zu diesem Zeitpunkt sprunghaft angestiegen, und es wurde eng für ihn. Jüngere Kater machten ihm seine ursprünglichen Reviere streitig, und auch die Bereitschaft der menschlichen Bewohner, eine immer größere Schar wilder Fellknäuel zu bewirten, sank.

Da kam es ihm gerade recht, dass sich ein Touristenpärchen in den schwarzen Kater verliebte und ihn auf offiziellem Wege in eine andere Stadt an der Donau brachten. Zwar waren die Formalitäten, Transporte und veterinärmedizinischen Notwendigkeiten ein Horror für ihn gewesen, aber es dauerte nicht lange und er war in Wien angekommen.

Und wie er angekommen war! Da wurde derart liebkost und gefüttert, dass er aufpassen musste, nicht binnen kürzester Zeit seine sportliche Figur zu verlieren. Statt Trockenfutter gab es feine Beutelchen mit Kreationen, die einem dieser sauteuren Restaurants Konkurrenz machen konnten; und was die Menschen hier an Lebensmitteln in den Abfall warfen, war anderswo ein Menü für eine ganze Familie. An Nahrung und Zuneigung herrschte jedenfalls kein Mangel in seinem neuen Revier, einem Wiener Altbauinnenhof im neunten Bezirk.

* * *

Das Pärchen, dass ihn von Belgrad nach Wien exportiert hatte, gab es übrigens nicht mehr in dem vierstöckigen Gründerzeithaus: Sie hatte sich von ihrem Freund bei einer Tinder-Affäre erwischen lassen; nach seinem Auszug war ihr die Wohnung zu groß geworden und so nahm sie das Angebot an, eine berufliche Veränderung mit einem Ortswechsel zu verknüpfen. Die Trennung von dem schwarzen Kater war kurz und von ihrer Seite ein wenig zu emotional, was ihm etwas Unbehagen bereitete. *No bad feelings*.

Sorgen um seine Zukunft musste er sich jedenfalls trotzdem nicht machen. Schließlich ging er in drei Wohnungen ein und aus und wurde von noch mehr Bewohnern verpflegt. Das Pärchen, das nun schon länger keins mehr war, hatte ihn nach Wien gebracht und für seine Impfungen bezahlt – mehr konnte man wirklich nicht verlangen. Er war durchaus zufrieden.

Und seinen neuen Namen hatte er zwar nie wirklich akzeptiert, sich aber rasch daran gewöhnt. Zumindest oberflächlich. Das Pärchen hatte ihn nämlich Pascal gerufen, und auf diesen Namen hörte er ausschließlich aus Berechnung. »Pascal, dein *Purina*!« – dann war er sofort zur Stelle, um das heillos überteuerte Futter aus einem Porzellannapf, der mit dem stilisierten Katzenbild eines zurzeit beliebten Cartoonisten geschmückt war, unter erstaunlicher Geräuschentwicklung zu vertilgen.

Nein, schlecht hatte er es wirklich nicht in seinem neuen Revier; Trennung hin oder her. Er fühlte sich wohl hier, und wenn es nach ihm ging, dann sollte das auch so bleiben.

* * *

Seinen eigentlichen Namen verdankte er der Studenten-WG im dritten Stock, die aus drei Personen bestand, was sich aber laufend ändern konnte. Mal zog ein Freund interimistisch für ein paar Wochen ein, mal wohnte eine Freundin für zwei Monate da. Dort bekam er nicht nur sehr brauchbares Futter, sondern auch ausgiebige Streicheleinheiten.

Außerdem, das musste er zugeben, hatte er ein Faible für das ausgezeichnete Gras entwickelt, das in der WG gerne geraucht wurde. Ein paar wenige Schwaden reichten, um ihm ein angenehmes High zu verschaffen; er nahm dadurch sowohl die Streicheleinheiten als auch die Musik und die darauffolgende Nahrungsaufnahme viel intensiver wahr – und schlief darauf ganz vorzüglich.

Bereits an dem Tag, als er nach den hochnotpeinlichen Prozeduren beim Tierarzt endlich in seinem neuen Revier in Wien ankam, hatte er seine erste Begegnung mit der Studenten-WG. Das Pärchen trug ihn gerade in einem Transportkäfig in das Stiegenhaus, als ihm Max aus der WG entgegenkam.

»Den haben wir aus Belgrad mitgebracht. Das war eine bürokratische Tortur, unglaublich!«, empörte sich gerade die Frau. Und weil es just der Tag war, an dem der weit über die Landesgrenzen bekannte Autor Peter Handke den Literaturnobelpreis verliehen bekam und Max außerdem noch dezent unter dem Einfluss des am späten Vormittag angezündeten Joints stand, fragte er witzelnd: »Und wie heißt er leicht? Handke, oder wie?«

Und dieser Name blieb ihm. Keine Ahnung, warum, aber der kurze Zischlaut, der beim Aneinanderstoßen von »d« und »k« entstand, war stark genug, um ihn auch aus 20 Meter Entfernung noch wahrzunehmen, aber lang nicht so stressig wie das unangenehm zischende »s« in »Pascal«. Handke also.

* * *

Dass irgendetwas im Haus nicht stimmte, bemerkte Handke daran, dass die alte Dame aus dem zweiten Stock schon länger nicht mehr wie gewohnt sein Schüsselchen mit *Soft Dreams Kalb* vor ihre Türe stellte. Krank schien sie nicht zu sein, denn er konnte selbst wenn er im Lichthof war, ihre Trippelschritte in der kleinen Wohnung vernehmen. Dennoch war ihr Verhalten ungewöhnlich.

Endgültig klar wurde es ihm, als er wenige Tage später eine hausfremde Person ungehalten an die Tür der betagten Lady pumpern hörte. Das war kein höfliches Klopfen; das war der Klang von Menschen, von denen man sich fernhalten sollte. Das wusste Handke, denn er lebte zwar gerne in Frieden mit seiner Umgebung – aber dumm war er nicht. Wenn sich ihm bereits angesichts der Gangart eines menschlichen Wesens das Fell sträubte und er sich am liebsten in einem engen Spalt verkriechen mochte, dann war die Katzenkacke am Dampfen. Und das passierte wirklich selten. In diesem Falle war es aber so, und Handke ahnte, dass der nun schon ein Jahr dauernde Frieden im alten Alsergrunder Zinshaus nur noch von kurzer Dauer sein würde.

* * *

Der überstürzte Auszug von Christa – so hieß die ältliche Mieterin im zweiten Stock – überraschte auch die anderen Bewohner. Sie lebte von allen Parteien am längsten im Haus und erwähnte mehr als nur einmal, dass sie hier wohl auch sterben würde. Auf Max' Nachfragen reagierte sie ungewohnt wortkarg, um nicht zu sagen eingeschüchtert. Der durchaus sympathische Kifferstudent konnte trotz mehrfachem Insistieren keine vernünftige Antwort aus ihr herausbekommen.

Irgendetwas war also faul, und es musste mit dem Besuch dieses unangenehmen Typen zu tun haben. Endgültig sicher war sich Handke spätestens ab dem Zeitpunkt, wo er das heisere Schluchzen Christas durch die Eingangstür vernehmen konnte, das nur vom herrischen, manchmal höhnischen Anschnauzen des hausfremden Eindringlings unterbrochen wurde.

Wenig später konnte sich Handke langsam einen Reim auf die Sache machen. Es war ein paar Tage, nachdem Christa ohne ihre kargen Besitztümer ausgezogen war; sie verließ um fünf in der Früh das Haus, in dem sie zwei Drittel ihres Lebens verbracht hatte, ohne sich von ihren Nachbarn zu verabschieden. Ein Umstand, der bei den restlichen Hausbewohnern auf Unverständnis stieß und für ungläubiges Kopfschütteln sorgte. Das sah Christa nämlich ganz und gar nicht ähnlich.

An einem Vormittag, drei Tage nach Christas Auszug, tauchte jedenfalls der ungehobelte Klotz erneut auf, doch diesmal wurden bereits zwei Katzen- und zwei Menschenohren gespitzt. Während Handke seinem Instinkt, sich unter dem Altpapiercontainer zu verkriechen, widerstand, ging Max einen Schritt weiter und schlich vor seine Wohnungstür, um herauszufinden, wen der Typ wohl als nächstes besuchen würde.

Es war der alleinstehende Mann in den besten Jahren, der in inniger Liebe mit seinem Rennrad ebenfalls im zweiten Stock wohnte. Die Tür schloss sich rasch hinter den beiden, doch es war trotzdem sonnenklar, dass es sich hierbei ganz sicher nicht um einen Freund des Drahteselliebhabers handelte. Und tatsächlich: Nur wenig später schnappten sowohl Max als auch Handke ein paar Wortfetzen auf, wie etwa »Ich dreh Ihnen das Gas und das Wasser ab, dann werden Sie aber blöd schauen! Wenn Sie nicht binnen ein paar Wochen von hier verschwunden sind, brauchen Sie Stützräder beim Radeln, und die Tour de France wird Ihnen im Vergleich zu Ihrem restlichen Leben wie ein Kinderausflug vorkommen!«, hörten sowohl Max als auch Handke den offenbar ungebetenen Gast drohen.

Und vermutlich dürfte er bei Christa ähnlich schwere Geschütze aufgefahren haben.

*   *   *

»Das ist ein Miethai«, flüsterte Max zu Handke.

Diese Gewohnheit, mit einer Katze zu sprechen, konnte durchaus am Graskonsum liegen – aber andererseits, Hand auf Herz: Wer spricht nicht gelegentlich mit einer Katze? »Das ist eine Arschgeige, die die Mieter mit unlauteren Tricks aus ihren alten, günstigen Mietverträgen drängen will. Jetzt erinnere ich mich wieder: Es ist der Sohn vom Hausbesitzer, der jetzt wohl die Geschäfte übernommen hat. Was für eine verdammte Krätzn«, fluchte Max in gedämpfter Lautstärke vor sich hin.

Handke widersprach ihm wie so oft nicht.

»Bei mir beißt er sich aber die Zähne aus, weil mein Papa, der Staranwalt, wird ihm schon die Wadl'n viere richten!«

Handke ahnte, dass die Sache so einfach nicht werden würde, wie Max sich das vorstellte.

*   *   *

Denn bereits am nächsten Tag konnte Handke nicht nur die verhassten Schritte des Eindringlings erlauschen, sondern erkannte am Klopfen auch die Tür des Hausbewohners, der wohl der nächste auf der Abschussliste des Miethais sein würde. Und natürlich war es Max mit seiner WG, dessen großflächige Wohnung vermutlich ein besonders begehrenswerter Teil des Mietportfolios werden sollte. Wie befürchtet, verlief das Gespräch zwischen Max und der Arschgeige nicht einmal annähernd so, wie sich das der

WG-Hauptmieter noch tags zuvor vorstellte.

»Wie würde das denn deinem Papa gefallen, wenn er von deinem kleinen illegalen Laster erfahren würde?«

Max schluckte, fasste sich aber geschwind.

»Das wird ihm und seinen Klienten wahrscheinlich ziemlich wurscht sein, dass sein Sohn ein bisserl Gras raucht«, versuchte er sich in Zweckoptimismus.

»Was heißt ein bisserl Gras? Für die zwei Kilo gehst du ins Häf'n, und da red ich noch gar nicht von dem Koks, dass sie in deiner Wohnung finden werden!«, bellte der Miethai heiser.

»Was für zwei … und welches Koks? Wovon reden Sie überhaupt? Das können Sie nicht machen!«

»Bürscherl, ich kann noch viel mehr. Man muss nur Freunde an den richtigen Stellen haben. Exekutive und so, du verstehst?«

Max verspürte den Kloß im Hals immer dicker werden.

»Also: Zwei Wochen geb ich dir, dann bist du draußen. Und glaub mir, das ist für dich mit Abstand die gesündeste Lösung. Schöne Grüße an deinen Papa und habe die Ehre!«

Handke strich gerade noch rechtzeitig um die Ecke des Stiegenhauses, als er schon die Wohnungstür zufallen und den Miethai die Treppen hinunterlaufen hörte. Wenn es so weiterginge, wäre das Haus in Kürze zuerst leer, würde dann wenig katzengerecht saniert und zu guter Letzt an eine Meute wohlverdienender Parteien vermietet. An Menschen, die Angst vor Bakterien und Angst vor Katzen haben und ihre Kinder dennoch nicht impfen lassen würden. Feng Shui ja, miau nein. Handke konnte sich das alles geradezu bildlich vorstellen, und er neigte zu Übertreibungen. Aber auch für ihn wäre in Bälde hier kein Platz mehr, von der guten Verpflegung und den abendlichen wohltuenden Grasschwaden ganz zu schweigen.

Er musste also dringend etwas tun.

* * *

Handke war klar, dass es sich nur um Tage handeln konnte. Wenn der Typ das nächste Mal auftauchte, brauchte Handke einen Plan, den er sofort umsetzen konnte. Und er brauchte Unterstützung.

Die fand er auch in Gestalt von Elvis. Als dicke Freunde konnten sie sich nicht bezeichnen, aber wenn man sich schon die Grenzen ihrer Reviere sowie einige menschliche Futterspender teilte, dann konnte man genauso gut das Kriegsbeil begraben und die gemeinsame Zeit so angenehm wie möglich verbringen. Also lagen sie oft nebeneinander beim Eingang des Fahrradkellers oder turnten auf dem dünnen Zaun zwischen den Höfen des Häuserblocks herum. Oder sie bissen sich gegenseitig in Nacken und Ohren – was Kater eben so treiben.

Elvis war nicht nur doppelt so schwer wie Handke, sondern hatte auch ein paar besondere Talente. Eines davon war, dass er wie aus dem Nichts zum falschen Zeitpunkt an der richtigen Stelle auftauchen konnte. Und genau das würden sie brauchen.

Elvis war jedenfalls schnell von der Sache zu überzeugen; da er momentan von seinen sogenannten Besitzern auf einer strengen Diät mit *Royal Pet Ultra Veterinary Sensitivity Control* gehalten wurde, konnte Handke ihn mit dem Versprechen einer Portion *Paw Princess* –mit unglaublich viel Zuckerzusatz! – leicht für sich gewinnen.

Viel zu besprechen gab es ohnehin nicht. Entweder waren sie auf Anhieb erfolgreich, oder die Sache war gelaufen. Timing war alles, und schon beim Gedanken an ihr Vorhaben fuhr Handke instinktiv die Krallen aus. Er beschloss, sie vorsorglich an der alten Matte vor der Kellertür zu wetzen, um im Ernstfall keine Gedanken mehr daran verschwenden zu müssen. Er war bereit.

*   *   *

Wenn die WG Geschichte wäre, würden nur noch wenige Parteien im Haus überbleiben, und auch die hatten schon mitbekommen, woher der Wind wehte.

Denn dafür sorgte schon die nicht funktionierende Stiegenhausbeleuchtung, der schimmelnde Wasserfleck im Erdgeschoss sowie die ständig von Unbekannt geöffnete Tür zum Fahrradkeller. Nicht zu vergessen die rätselhaften Stromausfälle, die nicht nur ärgerlich waren, sondern auch schon die eine oder andere Arbeit am Computer zunichte gemacht hatten.

Es war längst allen klar – sie waren hier als Mieter definitiv nicht mehr erwünscht. Und wirklich Lust auf Prozesse hatte auch niemand; geschweige denn das nötige Kleingeld dafür.

Lange mussten Handke und Elvis nicht warten: Der grindige Miethai erschien eine Woche nach dem wenig erbaulichen Gespräch mit Max. Ein Blickkontakt reichte, und die beiden Katzenkörper, die unterschiedlicher nicht sein konnten, setzen sich mehr oder weniger flott in Bewegung und bezogen auf der Treppe zum Dachboden Position.

Von hier aus hatten sie einen guten Blick auf die Tür der Noch-WG, ohne selbst gleich gesehen zu werden.

* * *

Der Miethai, die Arschgeige, ging in aller Seelenruhe die letzten Stufen zur Tür. Er schien es überhaupt nicht eilig zu haben und kramte in der Innentasche seines erstaunlich geschmacklosen Sakkos. Er schien gefunden zu haben, was er suchte: ein nicht allzu kleines Plastikpäckchen, dass offenbar mit einer weißen Substanz gefüllt war. Mit dem Päckchen in der einen Hand schickte er sich an, mit der anderen anzuklopfen.

Doch so weit kam er nicht mehr. Denn Handke ließ sich mehr oder weniger elegant aus etwa zwei Metern Höhe auf seine Schultern fallen, um ihn gleichzeitig ins Ohr zu beißen und sich dabei mit seinen gut geschärften Krallen im Gesicht des Miethais festzukrallen.

Der Typ schrie auf; teils aus Schmerz, teils aus Überraschung, und fasste Handke um den Hals. Das war der Moment, in dem Elvis sein Talent einsetzen konnte: Wie aus dem Nichts scharwenzelte er um die Beine des ohnehin schon unter Schmerzen strauchelnden Miethais, bis er ihn an der Kante der Treppe hatte.

Für Handke wurde die Luft langsam im wahrsten Sinne des Wortes dünn. Es blieben ihm nur noch wenige Sekunden, bevor er selbst das Bewusstsein verlor. Vorsichtshalber steckte er seine Krallen noch tiefer in das Weiß des Augapfels der Arschgeige. Endlich fielen sie, alle drei. Und um alle drei herum wurde es finster.

* * *

Elvis war der erste, der wieder zu sich kam. Zum Glück hatte ihn der den Halbstock herunterfallende Miethai nur peripher getroffen; sein Hinterlauf stand dennoch in einem ungesunden Winkel von seinem gut gepolsterten Katzenpopo weg und ließ sich auch unter Schmerzen kaum bewegen.

Handke wurde von einem Schrei zurück in den Wachzustand geholt: Es war Max, der die Schreckens- und Schmerzensrufe des Miethais gehört hatte und genau im richtigen Moment kam, um dessen seltsam verrenkten Körper im Zwischenstock liegen zu sehen; in einer Blutlache, mit bizarren Zombieaugen und der linken Hand in einem pudrigen Haufen weißen Pulvers, das sich gerade langsam mit dem Blut aus seiner Schädeldecke zu vermengen begann.

Max zögerte nicht lange; er rief die Rettung und bat auch gleich um Polizei. Sein Entsetzen war ehrlich, seine kurze Geschichte glaubwürdig. Vermutlich war der Sohn des alten Hausbesitzers komplett zugeknallt gewesen und hatte so die Balance verloren. Die blutigen Einstiche konnten sich die drei Kriminalpolizisten auf Anhieb nicht erklären, aber es war durchaus möglich, dass es sich hierbei um die Nadelstiche einer Spritze gehandelt haben könnte. Man wusste ja, dass Drogensüchtige die seltsamsten Stellen bevorzugten.

* * *

Handke merkte, wie die letzten Sonnenstrahlen vom Betonfleck wegwanderten. Seinen Hals spürte er zwar noch immer leicht pulsieren, doch wie alle Kater war er hart im Nehmen. Elvis wiederum war von Max zum Tierarzt gebracht worden, um ihn musste man sich also auch keine Sorgen machen.

Und um die Mietverhältnisse im Haus ebenso wenig. Handke war klar, dass das Glück nur ein vorübergehendes sein würde. Aber immerhin: Für ihn und die restlichen verbliebenen Mieter war zunächst mal Ruhe. Und der nächste Miethai musste erst einmal auftauchen und sein Glück versuchen. Kampflos würden sie jedenfalls nicht aufgeben.

Textnachweis

Lilian Jackson Braun: *Madame Phlois Sünde*, aus: Lilian Jackson Braun: *Die Katze, die zuletzt lachte*, © 1988 by Lilian Jackson Brown, *The cat who had 14 Tales*

Rita Mae Brown & Sneaky Pie Brown: *Entdeckung im Tunnel*, aus: Rita Mae Brown: *Ruhe in Fetzen. Ein Fall für Mrs. Murphy.* Übersetzt von Margarete Längsfeld. Rowohlt Verlag, Reinbek bei Hamburg 1994. Originalausgabe: *Rest in Pieces*, by Rita Mae Brown, Sneaky Pie Brown. © 1992 Rita Mae Brown. © 1994 by Rowohlt Verlag GmbH, Reinbek bei Hamburg

Agatha Christie: *Der seltsame Fall des Sir Arthur Carmichael*, aus: Agatha Christie: *Villa Nachtigall.* Übersetzt von Günter Eichel. Copyright der deutschsprachigen Ausgabe © 1964 Diogenes Verlag AG Zürich

Patricia Highsmith: *Mings fetteste Beute*, aus: Patricia Highsmith: *Kleine Mordgeschichten für Tierfreunde / Kleine Geschichten für Weiberfeinde.* Übersetzt von Melanie Walz, Copyright © 2004, 2006 Diogenes Verlag AG Zürich

Edgar Allan Poe: *Die schwarze Katze.* Übersetzt von Dietrich Klose. Originalausgabe: *The Complete Works of E.A. Poe*, New York 1902 (Virginia Edition).

Dorothy L. Sayers: *Die Tigerkatze.* Übersetzt von Otto Bayer. Aus: Dorothy L. Sayers: *Figaros Eingebung und andere vertrackte Geschichten.* © Scherz Verlag, Bern. Alle Rechte vorbehalten S. Fischer Verlag GmbH, Frankfurt am Main.

Justin Scott: *Der weiße Tod*, © 1989 by Justin Scott. Originalausgabe: *The White Death*, aus der Anthologie *Opening Shots: Great Mystery and Crime Writers share their first published stories* (2000)

Sharyn McCrumb: *Nine Lives to live.* Übersetzt von Christian Trautmann. Aus: Michael Stolter u. a.: *Eine Braut per Post gekauft. Katzenkrimis.* Europa Verlag, Hamburg/Wien 2001. © 1992 by Sharyn Crumb. © für die deutsche Ausgabe Europa Verlag GmbH Hamburg/Wien 2001

Inhalt

33 ARTEN EINE KATZE ZU LIEBEN Literarisches Schnurren,
eingesammelt von Ruth Rybarski

33 ARTEN EINE KATZE ZU LIEBEN
Literarisches Schnurren, eingesammelt
von Ruth Rybarski
288 Seiten, Broschur
ISBN: 978 3 7017 1542 8

Katzen öffnen Kühlschränke und Kästen, apportieren Mäuse und
Socken und haben die oft gerühmte Eigenschaft, sich ihre Lebens-
menschen Untertan zu machen. Vor allem aber haben sie Schriftstel-
ler*innen und Künstler*innen immer wieder zu Liebeserklärungen
und Schwärmereien, hintergründigen Betrachtungen oder launigen
Versen animiert.

Dieser Tradition folgen auch die 33 Autor*innen dieser Sammlung:
Friedrich Achleitner, Manfred Deix, Karola Foltyn-Binder, Barbara
Frischmuth, René Freund, Marianne Gruber, Sabine Gruber,
Elfriede Hammerl, Monika Helfer, Peter Henisch, Wolfgang
Hermann, Ludwig Hirsch, Paulus Hochgatterer, Adolf Holl, Ruud
Klein, Michael Köhlmeier, Alfred Komarek, Doris Mayer, Günther
Nenning, Erika Pluhar, Eva Rossmann, Gerhard Ruiss, Gerhard Roth,
Tex Rubinowitz, Robert Schindel, Evelyn Schlag, Burkhard Schmid,
Margit Schreiner, Julian Schutting, Norbert Silberbauer, Michael
Stavaric, Armin Thurnher und Herbert Völker.

KATZE LIEBT FRAU LIEBT KATZE Literarische Streicheleinheiten, eingefangen von Ruth Rybarski

KATZE LIEBT FRAU LIEBT KATZE
Literarische Streicheleinheiten,
eingefangen von Ruth Rybarski
240 Seiten, Hardcover
ISBN 978 3 7017 1570 1

Von schnurrenden Humoristen, samtpfotigen Schmeichlern, pelzigen Tröstern und anderen einzigartigen Katzen. Katzenkennerinnen können nicht irren: Katzen sind nicht nur die literarischsten Tiere der Welt, sondern auch von unverwechselbarem Charakter. Sie sind konkurrenzlos als schnurrende Wärmeflaschen, ideenreiche Spaßmacher und einfühlsame Mitbewohner. Ihr Geschmack ist unbestechlich, egal ob es um Dosenfutter, Familienzuwachs, diese Hunde, neue Liebhaber oder potenzielle Ehemänner geht.

Ruth Rybarski hat knapp 30 bisher noch nie veröffentlichte Liebeserklärungen eingesammelt. Ein Muss für alle Katzenfreudinnen und -freunde und all jene, die es noch werden wollen.

TORTENSCHLACHTEN Geschichten zum Geburtstag,
gesammelt von Petra Hartlieb

TORTENSCHLACHTEN
Geschichten zum Geburtstag,
gesammelt von Petra Hartlieb
200 Seiten, Hardcover
ISBN: 978 3 7017 1646 3

Nicht feiern ist auch keine Lösung! Geburtstage sind ebenso groß-
artig wie unvermeidbar – und das gilt nicht nur für uns, sondern
auch für Tanten und Onkeln, für Eltern und Geliebte, für Omas
und Opas, für Freundinnen, die nicht älter, und Kinder, die nicht
rasch genug größer werden können. Sogar an jene wird hier
gedacht, die vor jeder Feier ans andere Ende der Welt (oder auch
nur in die nächste Bar) flüchten, ebenso an die Auserwählten, die
am 29. Februar, am 1. Mai oder am letzten Tag des Jahres geboren
oder gar bereits wiedergeboren sind: 25 zeitgenössische Autorinnen
und Autoren schenken uns ihre schrägsten, herzerwärmendsten und
unglaublichsten »Geschichten zum Geburtstag«. Dieses Buch selbst
ist schon ein Grund zum Feiern.

Mit Geschichten von Polly Adler, Ela Angerer, Bettina Baláka,
Ruth Cerha, Friedrich Dönhoff, Petra Hartlieb, Monika Held, Peter
Henisch, Wolfgang Hermann, Margarita Kinstner, Elisabeth Klar,
Edith Kneifl, Konrad Paul Liessmann, Heidi List, Klaus Nüchtern,
Klaus Oppitz, Kurt Palm, Verena Petrasch, Eva Rossmann, Tex
Rubinowitz, David Schalko, Susanne Scholl, Dirk Stermann, Cornelia
Travnicek, Anna Weidenholzer und einem Songtext von Gustav.